W0368004

N'aie pas peur si je t'enlace

Fulvio Ervas

N'aie pas peur si je t'enlace

Traduit de l'italien par Marianne Faurobert

LIANA LEVI *piccolo*

Titre original :
Se ti abbraccio non aver paura

© Fulvio Ervas 2012
© Marcos y Marcos 2012
© 2013, Éditions Liana Levi, pour la traduction française
ISBN : 978-2-86746-709-7

www.lianalevi.fr

Ce roman retrace l'histoire vraie du long voyage aux États-Unis et en Amérique latine de Franco Antonello et de son fils Andrea, durant l'été 2010.

Andrea vient d'avoir dix-huit ans, son autisme a été diagnostiqué quand il en avait trois.

Franco Antonello a raconté son aventure à Fulvio Ervas au cours d'un dialogue qui a duré plus d'un an.

Fulvio Ervas en a tiré un récit mêlant émotions et souvenirs authentiques.

Des images du voyage et de la vie d'Andrea sont en ligne à l'adresse Internet www.andreaantonello.it ou sur sa page Facebook.

L'espoir porte un costume de plumes,
Se perche dans l'âme,
Et inlassablement chante un air sans paroles.

Emily Dickinson

NEVADA
CALIFORNIE
Grand Junction
Denver
Las Vegas
COLORADO
Los Angeles
Tuba
Taos
Kingman
Amarillo
ARIZONA
NOUVEAU MEXIQUE
Denton
TEXAS
LOUISIANE
La Nouvelle-Orléans
FLORIDE
Tampa
Miami
Key West
MEXIQUE
Tulum
Guadalajara
Belize
BELIZE
Oaxaca
Acapulco
Livingston
GUATEMALA
Puerto Escondido
Antigua
HONDURAS
Chichicastenango
SALVADOR
NICARAGUA
COSTA-RICA
Jaco
San José
Puerto Jiménez
Panama
PANAMA
VENEZUELA
GUYANA
SURINAME
COLOMBIE
ÉQUATEUR
Manaus
BRÉSIL
PÉROU
Salvador
Barra Grande
Itacaré
Ilheus
Arraial d'Ajuda
BOLIVIE
CHILI
PARAGUAY
ARGENTINE
URUGUAY
FLORIDE · Miami · Key West · Tampa
ALABAMA
MISSISSIPPI
LOUISIANE · La Nouvelle-Orléans
TEXAS · Denton · Amarillo
NOUVEAU MEXIQUE · Santa Fe · Taos
COLORADO · Denver · Grand Junction
UTAH
ARIZONA · Tuba · Kingsman
NEVADA · Las Vegas
CALIFORNIE · Los Angeles
MEXIQUE · Guadalajara · Acapulco · Porto Escondido · Oaxaca
GUATEMALA · Antigua · Chichicastenango · Livingston
BELIZE · Belize
MEXIQUE · Tulum
COSTA RICA · San José · Jaco · Puerto Jimenez
PANAMA · Panama
BRÉSIL · Manaus · Salvador · Barra Grande · Itacaré · Ilhéus · Arraial d'Ajuda

Certains voyages commencent bien avant le jour du départ.

Parfois longtemps avant.

Il y a quinze ans je vivais tranquille, serein, auprès de mes proches, dans un monde familier. Voilà tout à coup qu'Andrea me bouscule, me retourne les poches, change les serrures des portes. Tout est bouleversé.

Il aura suffi de quelques mots : « Votre fils est probablement autiste. »

Ma première réaction a été l'incrédulité : c'est impossible, ce doit être une erreur de diagnostic. Puis je me suis rappelé certains détails, des petites choses qui m'avaient paru insignifiantes. Je m'étais trompé.

Alors éclate un orage, deux ouragans, sept typhons.

Dès lors on est dans la tourmente.

Après le diagnostic je suis entré dans un bar et j'ai demandé un verre d'eau, plate.

– Vous désirez autre chose ?

La serveuse a dû remarquer ma stupeur.

– Vous avez une idée de ce qu'est l'autisme ?

– Non.

– Moi non plus.

J'ai contemplé mon verre, je l'ai bu lentement comme si l'eau pouvait laver mes pensées, drainer le problème jusqu'à mes reins et l'expulser loin de moi. Mais ça ne marche pas comme ça.

– Et comment ça marche ? ai-je demandé à Barnard.

Au village, tout le monde, y compris moi, appelait le médecin de famille « Barnard[1] » à cause de sa hantise des maladies du cœur, des coronaires et d'autres pathologies dont je ne me souciais pas à l'époque. Quand on va bien, le corps tout entier va bien et le cœur avec.

– La vie tient sous une courbe en cloche : au centre, les troubles ordinaires, et sur les côtés des extravagances de toutes sortes, voilà comment ça marche. Au milieu, la vie se dilue, et sur les côtés elle est trop dense.

– Je ne comprends pas.

– La vie n'est pas parfaite, mais elle a sa propre force.

Il avait raison. La biologie a sa propre force et fait grandir les enfants, même ceux qui souffrent d'autisme.

Certains estiment que vivre avec un enfant autiste revient à se soumettre à une forme de tyrannie. À l'idée de ce qu'il adviendrait du monde s'il tombait sous le contrôle d'Andrea, j'ai envie de rire.

Pour commencer, les semaines auraient une couleur. La semaine du rouge, libre cours au commerce des carottes, des oranges et des tomates, subventions réservées à leurs producteurs et blocage total de la circulation des camions transportant brocolis, choux et petits pois. Mais dès qu'arrive la semaine du vert, les magasins se remplissent des légumes précédemment interdits, les cageots d'oranges sont réexpédiés en Sicile et les carottes réintroduites, une à une, dans la terre. À l'endroit exact d'où elles avaient été retirées, bien sûr, impossible de replanter des carottes françaises dans un champ à Ferrare.

1. Christian Neethling Barnard, médecin sud-africain, a réalisé la première transplantation cardiaque en 1967.

Il n'y aurait pas de semaine du violet, tant pis pour les amateurs de prunes et d'aubergines.

Il n'existerait pas de moitié plein ni de moitié vide, ce qui résoudrait l'éternel dilemme : bouteilles et contenants devraient être soit pleins, soit vides, et les stylos, tous avec la pointe sortie ou tous avec la pointe rentrée, sinon les uns s'abîment et pas les autres. Voilà un risque qui serait évité.

Il conviendrait de ne pas porter de tricots ni de gilets à fermeture éclair en négligeant de remonter celle-ci tout à fait. Fermetures soit baissées, soit remontées, s'il vous plaît. Inutile d'ergoter sans fin pour savoir s'il fait froid ou s'il fait chaud. Un minimum d'esprit de décision ne nuit pas.

Qu'on n'aille pas s'imaginer qu'on peut manger une pizza en la divisant en portions, en partant d'un point quelconque, mettons, et en les détachant à son gré : d'abord on mange le blanc de la mozzarella, puis le vert du basilic, et à la fin, seulement à la fin, la pâte avec le rouge de la sauce tomate.

Trois cent soixante-cinq jours par an, ce serait la journée du chocolat. Une obligation pas si désagréable.

Qu'aucun propriétaire de thermostat, ou d'appareil en tenant lieu, n'espère d'indulgence. Éteint ou ouvert au maximum : les demi-saisons sont ruineuses.

Les clochers seraient équipés d'un distributeur de bulles de savon, tous les vendredis, bulles à la volée pour annoncer la fin de la semaine, ainsi que les lundis, pour en fêter le début ; feux d'artifice le jour de l'an, aux solstices et aux équinoxes, et chaque fois que les finances le permettent.

Une tyrannie aux idées claires.

Un tyran fragile, qui a tant besoin de liberté. C'est pourquoi nous le laissons aller seul à l'école. Ce sont ses vingt minutes d'oxygène, dix à l'aller et dix au retour. Vous n'avez pas peur ? nous demande-t-on. Si, bien sûr. Tous les jours.

Mais Andrea affiche un de ces sourires, quand il met son sac sur l'épaule, puis quand il rentre à la maison, que ça vaut toutes les inquiétudes. Parce que être libre, ce n'est pas seulement respirer et sentir son cœur battre, ça ne suffit pas.

Certes, la liberté n'est jamais donnée et il nous a fallu signer des décharges, un garçon autiste qui va tout seul à l'école, c'est un vrai problème : pour les enseignants, pour les agents de police, pour la communauté, pour tous les automobilistes européens et les touristes lituaniens de passage.

C'était un soir, à la fin mai, je n'arrivais pas à dormir. Je me rappelais un hurlement d'Andrea, quelques jours auparavant, après l'un de ses fréquents accès de confusion : il errait dans la maison, terriblement inquiet. Je lui avais demandé ce qui lui arrivait, avec insistance, et lui, étrangement, m'avait saisi par les épaules. Me fixant dans les yeux comme il ne l'avait jamais fait, il avait ouvert grand la bouche et poussé un cri qui semblait venir de très loin. J'ai eu l'impression qu'il disait, je crois l'avoir entendu : je n'y arrive pas, je n'y arrive pas…

Et cela a réveillé des images du passé : un accident, la moto qui vole, et puis le hurlement d'Andrea à terre, quelque part devant moi, les gens qui accourent et m'empêchent de le voir, la jambe droite toute tordue, la morphine, c'est un garçon autiste, les deux ambulances, laissez-nous ensemble, puis deux lits d'hôpital, l'un à côté de l'autre. On s'en est tirés, mais ce cri d'Andrea ressurgit parfois dans mes nuits. Peut-être n'était-ce pas la douleur, peut-être était-ce son monde étrange qui avait trouvé sa voix. Quelque chose hurlait à la liberté et sortait en raclant les poumons et la gorge.

Je me suis levé, j'ai allumé le téléviseur, puis je l'ai éteint. J'ai trifouillé le curseur de la radio. J'ai ouvert le placard où je range les cartes routières et les guides de voyage. J'ai déplié sur le tapis une vieille carte du monde, et j'ai fait le vide dans ma tête en redessinant les frontières, Croatie, Slovaquie, Macédoine, Moldavie…

Le matin suivant, Andrea s'est réveillé très tôt. Il déambulait en pyjama, suivant le périmètre de la table, effleurant le divan, vérifiant la fenêtre du salon. J'ai cherché mes pantoufles en vain, avant de comprendre qu'elles avaient dû être parfaitement alignées sous la chaise du bureau. Pieds nus, j'ai foulé un fragment de papier, puis un autre, jusqu'à ce que je découvre sur la table ce qui restait de ma vieille carte : un tas de confettis. De minuscules parcelles du monde, bonnes pour le recyclage.

Andy, Andy, ai-je murmuré. Pas une once de colère. Rien du tout.

Lui, il avait son regard un peu mélancolique. Allez, le monde change si vite, et puis j'aurais dû y penser, les journaux et les revues finissent souvent déchiquetés, Andrea travaille avec une précision admirable, comme pour laisser des miettes de paroles à d'invisibles rouges-gorges qui voltigent chez nous.

Dans un mois, l'année scolaire se termine, c'est le début des vacances. Mes amis enverront leurs enfants en colonie, leur offriront une bonne semaine au vert, à la montagne, ils les confieront à leurs grands-parents, les emmèneront camper, les laisseront jouer au ballon dans un coin de jardin. Ils ont raison, les enfants ont besoin de se vider la tête et de jouer.

Je vais écoper des soucis habituels : qui reste avec Andrea, et où ? Comment l'occupe-t-on ? Qu'est-ce qui peut bien lui convenir ? Un système de tours compliqué, incessant, on fait des acrobaties pour tenir jusqu'au mois de septembre.

On se fatigue, c'est humain.

Chaque fois qu'on affronte des difficultés, chaque fois qu'on retrousse nos manches pour les résoudre, on achète un ticket, un petit ticket qui nous emmène à la station suivante.

Non, pas cette année. S'il faut se donner du mal, autant que ce soit pour une authentique aventure.

Nous sommes toujours en voyage, même quand nous attendons qu'Andrea rentre de l'école, ou que nous le poursuivons parmi la foule.

Le moment est venu de prendre le large. Maintenant, il va falloir qu'on se perde.

L'idée d'un grand voyage a commencé à me travailler, sans bruit. Sans que rien transparaisse. Comme un virus. Je ne ressentais pas le besoin d'un programme précis. Pour Andrea, tous les jours, chaque heure est un imprévu : ce sera le cas pour moi aussi, et advienne que pourra.

Un matin je suis parti à la rencontre d'Andrea sur le chemin de l'école. Je l'ai vu arriver, de son pas rapide, et je lui ai demandé s'il aimerait passer des vacances spéciales. Il s'est laissé distraire par du linge étendu dans la cour d'une maison. Il est parti en courant et s'est mis à tirer sur les draps, à déplacer les pinces et à redresser les chaussettes.

– On part très loin d'ici ? lui ai-je demandé.

Il m'a regardé à la dérobée, avec un sourire.

– Andrea, on va en Amérique ?

– Amérique belle.

Là, devant ce linge, tiré au cordeau comme seul Andrea sait le faire, je me suis dit : lui et moi nous allons traverser toutes les Amériques possibles et imaginables, deux ou trois, celles que nous rencontrerons. On vadrouillera tout l'été, comme des explorateurs.

Stations-service, rubans d'asphalte, repas sur le pouce, gens sympathiques, gens qui s'enfuient, gens qui nous saluent au passage. Allez, un mois, deux mois. On ne s'arrêtera pas à moins d'être fatigués – on se fatiguera forcément de quelque chose –, à moins de se sentir comblés, dans un lieu idéal pour quelqu'un comme Andrea, avec son père à la traîne. En espérant qu'on ne nous dise pas : halte là ! Qu'est-ce que vous venez faire ici ? Mettre le souk ? Et quel souk nous allons mettre, rien qu'avec les morceaux de papier qu'Andrea sème partout, les ventres qu'il aime toucher et les baisers qu'il distribue généreusement : c'est bon, nous ferons attention, nous nous modérerons, nous n'ennuierons personne, Amérique, sois un peu tolérante !

`Tu supportes Andrea avec autisme` : voilà ce qu'il m'a écrit. Je voulais savoir comment il prenait cette histoire de voyage et on s'est installés, avec sa mère, devant l'ordinateur. Seul avec moi, il n'écrit pas, il lui faut la présence de sa mère.

Cette question m'a scié.

Je te supporterai Andrea, bien sûr, qu'est-ce que tu t'imagines ? Ne t'inquiète pas, lui ai-je dit, et puis toi aussi tu vas devoir me supporter.

Je lui ai demandé ce qu'il préférait : un voyage tranquille, ou un voyage plein de fêtes ? `Tranquille et fêtes`, a-t-il écrit. Les deux. Géant, Andrea. Notre voyage sera géant. Extravagant, vital, impétueux. Un peu thérapeutique.

Je regardais stupéfait, comme toujours, Andrea taper sur le clavier, sa façon de porter son poing à son cœur avant chaque lettre. Poing sur le cœur, lettre, lettre, lettre, poing sur le cœur, mot.

Le monde tout entier traverse Andrea comme une roche qui roule, une avalanche. Andrea n'a pas de défense, il n'a aucune barrière, il absorbe tout comme une éponge et il suffit de le regarder pour comprendre qu'il a un rapport différent, bien à lui, avec la réalité. Oralement, il s'exprime de manière morcelée, il prononce des mots brusques : maison, sortir, le vert. Ses réponses, mécaniques, reprennent une partie de la question.

Ce qu'il laisse filtrer est concentré : un alchimiste distillant peu de mots, mais des mots qui résonnent. Il faut seulement apprendre à les entendre.

Avec l'ordinateur, il parvient à écrire des phrases. Il a appris à le faire après des années d'exercice, grâce au soutien d'un accompagnant.

Ce système a laissé perplexe bon nombre de mes proches, et longtemps, je n'ai pas cru moi-même à ce que je lisais. Je me disais que les phrases qui apparaissaient sur l'écran étaient l'œuvre de la personne qui le guidait. Mais peu à peu, à ma grande surprise, Andrea a acquis son autonomie. Il écrit maintenant sur l'ordinateur sans que personne lui tienne la main, exprimant ce qu'il pense de sujets aussi divers que l'autisme, la vie ou l'amour. Je conserve toutes ses pages, des plus extravagantes et improbables aux plus touchantes. Ce sont des lettres envoyées de sa planète.

J'ai décidé, rapidement, de la date de notre départ : le 6 juillet. Le point zéro, l'origine. J'aurais aimé décoller le 4, pour la fête de l'Indépendance, mais ça n'a pas été possible. Nous partirons donc une fois l'indépendance conquise, ce qui est peut-être plus sûr.

Un voyage ? Oh non ! ont immédiatement réagi les enseignants et les autres parents : les enfants autistes ne sont à l'aise que dans les situations prévisibles, ils aiment la routine, les habitudes, et ne tolèrent pas le changement… Et toutes les objections d'usage : à quoi d'autre pouvais-je m'attendre ?

C'était compréhensible, normal. C'était moi, peut-être, qui déraisonnais. Je suis donc allé consulter les médecins qui suivent Andrea, et ils ne m'ont guère encouragé.

– Il vaudrait mieux qu'il reste ici chez lui.

– Ici... Vous pouvez passer des vacances reposantes, la région ne manque pas d'endroits tranquilles.

Par exemple ? Je pose la question puis je me rappelle qu'il ne faut jamais attendre beaucoup de précisions de la part du corps médical.

– Jesolo.

– La plage est bondée...

– Trouvez-vous un village de montagne.

– Du genre ?

– Les Dolomites...

Je les ai regardés, tous ces docteurs. Avec respect, bien sûr. Mais je ne peux pas oublier qu'Andrea porte gravées sur sa peau les marques de toutes sortes de cures. Que de voyages, dans l'espoir de le soigner, nous lui avons fait faire en long, en large et en travers. Des kilomètres parcourus de chez nous à Milan, à Gênes, à la Suisse, à Modène, Bologne et Sienne, jusqu'aux Pouilles : de quoi faire le tour de la planète. Andrea connaît déjà la moitié du monde grâce à ses thérapies : méthodes allemandes, américaines ou françaises. Médecine traditionnelle, cures expérimentales, spirituelles. Nous avons toujours eu confiance et nous avons accepté les suggestions, les aides, les conseils. En allant de l'avant. Sans préjugés. Maintenant nous allons tenter un autre style de cure. Je sens que ça va fonctionner. Pendant trois mois, nous serons libres, comme l'air.

Les amis les plus proches ont compris d'emblée qu'il n'était pas question de vacances, mais bien de liberté.

– Mais qu'est-ce que tu pars faire ?

– Je pars à la recherche de la chenille bleue.

Ils savaient qu'Andrea avait perdu sa peluche préférée, une chenille bleue, à l'époque exacte où le diagnostic avait été posé. Moi aussi j'admire le corps élastique des chenilles, leurs couleurs, leur détermination acharnée, leurs acrobaties sur tiges ou au bord des feuilles, suspendues au-dessus du vide, parfois sous terre.

– Vous la retrouverez, la chenille bleue ?

– On va essayer.

Je les ai vus lever les yeux au ciel, tous ensemble. Et de trépigner, de poser des questions sur tout et n'importe quoi.

Tout en les écoutant, j'ai imaginé les grandes lignes de notre périple. Traverser l'Amérique d'une côte à l'autre, en moto, et puis descendre, ou remonter, on verra bien.

Pour le retour, rien ne me venait à l'esprit, comme si Andrea avait eu le pouvoir de me garder sur la route à jamais.

J'avais quand même la frousse, et pas qu'un peu.

Un soir, après une journée pluvieuse, au cours de laquelle Andrea s'était beaucoup agité, j'étais allongé sur mon lit. J'ai pensé qu'il était temps d'entrer dans l'esprit du voyage, assez de bavardages. J'ai pris Andrea à part et je lui ai dit : nous devons nous entraîner un peu, pour le voyage.

– Le voyage, papa.

– Tu es prêt ?

– Oui.

– Tu ne me feras pas enrager ?

– Tranquille, toujours.

Nous avons commencé à faire de longs trajets en moto, je lui disais : cramponne-toi ! Comme si tu étais en Amérique, là-bas il faut bien s'accrocher parce qu'il y a des ouragans, et des tornades aussi, et il me serrait jusqu'à m'étouffer, avec cette force qu'il a. Nous avons parcouru des kilomètres,

Andrea agrippé à moi, concentré sur chacun de nos mouvements, comme toujours pas un détail de la route ne lui échappait. De quel côté on va, Andy ? Par là jusqu'au bout, papa. Plus sûr et précis que trois GPS. Monter, descendre, faire halte aux stations-service, prendre de l'essence, manger quelque chose, puisqu'à présent, les stations-service imitent l'Amérique et qu'on peut y passer la matinée ou même venir y prendre l'apéritif. Nous sommes allés vers la montagne, surtout mets bien ton casque – je devrai m'en assurer car il ne l'attache jamais. Parfois, à peine descendu de la moto, Andrea filait sans m'attendre, je n'avais pas encore ôté mon casque qu'il avait disparu. Attention, Andy, ne jamais quitter papa des yeux.

– Attention à qui ?

– À papa.

Je lui montrais les voitures de police, les gyrophares, nous avons imité les sirènes, nous avons tiré avec nos doigts sur des coyotes imaginaires, en franchissant des cols. Certains cols alpins grouillent de coyotes. Ce fut notre exercice anti-incendie, notre méthode pour former une équipe, restreinte mais soudée. Se comprendre au vol, s'efforcer d'avoir une coordination acceptable. Et puis, le soir venu, bombance d'images et de films sur l'Amérique, parce que je voulais qu'il mémorise les décors, les détails, pour qu'il ne débarque pas sur la lune sans savoir quel genre de pierres il allait rencontrer.

– Qui est John Wayne ?

– John Wayne beau.

– Non, pas beau ! C'est un cow-boy.

Il rigolait.

Tout va bien, me disais-je.

Maintenant Andy, je vais te montrer le parcours qu'on va suivre : Miami, on tourne à gauche vers Key West, traversée de la Floride, puis de l'Alabama, du Mississippi, de la Louisiane, et enfin, arrivée à Lo... à Lo...

– L'hôpital.

– Non, pas l'hôpital, andouille, Los Angeles ! Et après ? Qu'est-ce qu'on fait à Los Angeles si on est fatigués ?

– Fatigués, papa.

– On sera fatigués ?

– Oui.

De la côte Est à la côte Ouest, un classique. C'est rassurant, les classiques, forcément. Je ne réserverai que la moto, et une chambre d'hôtel à Miami.

Nous nous sommes retrouvés tous ensemble pour les adieux : sa mère, notre fils cadet, Andrea et moi. Pour préparer cette séparation.

Il y avait aussi Filippo, notre chien. Il fallait qu'il soit des nôtres : Andrea, le jour de son arrivée chez nous, lui avait chaleureusement souhaité la bienvenue en le jetant par la fenêtre. Filippo avait deux mois, et pas la moindre intention d'apprendre à voler.

J'ai regardé Andrea et tapé une phrase sur l'ordinateur : CIAO, ALORS ON PART BIENTÔT ?

Et lui, bizarrement impulsif, a répondu : On s'amuse, merci papa.

MA SEULE GRANDE PEUR, TU SAIS : SI ON EST SÉPARÉS ET QU'ON NE SE RETROUVE PLUS. QU'EST-CE QUE TU EN PENSES ?

Je reste près de papa

ET SI TU TE PERDS, SI TU NE ME VOIS PLUS, QU'EST-CE QUE TU FAIS ?

Je meurs

MAIS NON, PAS TOUT DE SUITE. AVANT DE MOURIR, TU FERAIS QUOI ?

Je regarde partout

ET SI TU NE ME VOIS PAS PENDANT LONGTEMPS, APRÈS…

J'appelle papa

MAIS SI ON S'EST PERDUS, ET MOI JE N'ARRIVE PAS, C'EST LA NUIT… QUE FAIS-TU ?

Je dors assis au bar et j'attends

BIEN. TU SAIS CE QUE TU DOIS FAIRE AUSSI ? DÈS QUE TU VOIS UN POLICIER, TU TE COLLES À LUI ET TU NE LE LÂCHES PLUS. COMPRIS ?

Oui d'accord

ET QU'EST-CE QUE TU LUI DIS ?

Mon papa échappé

TU DOIS DIRE : LOST, EN ANGLAIS ÇA VEUT DIRE QUE TU T'ES PERDU. ET S'ILS PARLENT ESPAGNOL TU DOIS DIRE : PERDIDO… OK ?

Perdido

TU ES PRÊT POUR TOUTES LES AVENTURES ? DORMIR N'IMPORTE OÙ, MANGER CE QU'ON TROUVE ET T'ADAPTER À TOUT ?

Andrea prêt

TU VEUX ME DEMANDER OU ME DIRE QUELQUE CHOSE AVANT DE PARTIR ?

Si papa content

SUPER CONTENT, J'AI HÂTE. MOI NON PLUS JE N'AI JAMAIS FAIT UN VOYAGE COMME ÇA.

Deux voyageurs intrépides

OUI ! TU AS PEUR DE QUELQUE CHOSE ?

Non

Je lui ai demandé de saluer son frère.

Tranquille sans frère

Et aussi sa mère.

Au revoir maman chérie des bisous

Nous étions tous émus. Comme l'équipage d'une mission lunaire. Nous nous sentions un peu comme des astronautes. Nous étions-nous assez entraînés ? Je me demandais si la gravité en Amérique était la même qu'ici, et si nous nous sentirions plus légers ou bien plus lourds.

Peu avant le départ, pris d'une frénésie subite, j'ai couru jusqu'au secrétaire et j'ai fouillé les tiroirs pour y trouver une copie des écrits d'Andrea. Avec des ciseaux j'en ai découpé les plus beaux passages, et tous ceux qui m'ont frappé, les plus forts. J'ai décidé de les emporter, avec les notes de nos amis, nous conseillant les endroits à ne pas manquer.

Un voyage de papier, sur des bouts de papier.

La dernière soirée, je l'ai passée seul, à récapituler du mieux possible. Deux sacs à dos devraient suffire, avec la housse pour les combinaisons de moto : j'ai calculé le nombre minimum de caleçons en tenant compte du pourcentage de blanchisseries au kilomètre carré, au pire nous nous contenterons de la rude étoffe du jean, personne n'est jamais mort de ce genre de misère.

Puisqu'il n'y a pas de formule indiquant le nombre optimal de chaussettes, je l'ai divisé par deux, même s'il est vrai que les chaussettes sales contribuent à la solitude de l'humanité. Si ça se trouve, à un moment crucial de notre périple, on se demandera quelle route prendre, quelqu'un s'approchera, s'évanouira à cause du remugle et nous raterons le meilleur.

J'ai aussi dû diviser par deux le nombre de jeans prévus par sa mère, car si les femmes ont un merveilleux sens pratique et ne laissent rien au hasard, elles conçoivent néanmoins les bagages à la manière de Mary Poppins et vous y fourrent six paires de jeans plutôt qu'un GPS. Des T-shirts, nous n'en aurons jamais trop et oui, j'ai pris la baguette magique d'Andrea. Qu'est-ce que tu vas faire avec la baguette magique ? lui ai-je demandé, baguette magique, baguette magique… Il m'a convaincu, un peu de magie avec pas mal d'attention, ça peut servir. OK, les blousons, des tongs, je saute du coq à l'âne, comme un fou. L'important est que tout le nécessaire y soit : savon, brosses à dents, appareil photo, téléphone et ordinateur portable, passeport, carte de crédit et un peu de liquide. Stop, c'est plein à craquer. Ce qui manque, nous l'achèterons en route.

J'ai songé, en sombrant dans le sommeil, au sens de ce voyage. Aux yeux des autres, ça pouvait passer pour un coup d'esbroufe, une charge inutile et glorieuse. C'était peut-être le cas.

Mais si au bout du compte c'était Andrea qui m'emmenait avec lui ? Allez savoir ce qui agit, dans la dynamique de certains départs, entre le cerveau et les tripes. Allez savoir…

En voyage

Même pour ces voyages-là, l'heure du départ arrive. Sans tambour ni trompette. Andrea enlace sa mère, il la serre, la relâche, puis il l'embrasse. Elle lui rappelle qu'il ne doit agripper personne, ne pas toucher le ventre des gens.

– Ça ne leur plaît pas, aux Américains… Après ils s'énervent et ils tirent.

Nous nous sommes regardés, nous rappelant l'un comme l'autre les maillots sur lesquels on écrivait : *N'aie pas peur si je t'enlace.* À l'école, Andrea éprouvait tout le temps le besoin d'étreindre avec fougue ses camarades et nous espérions que, de cette manière, les choses seraient plus faciles. Une inscription ni trop grande, ni trop petite : ça ne sonnait pas comme un avertissement, mais pas non plus comme une prière. Une simple suggestion, et puis les maillots étaient tellement jolis. On ne les lui enfilait pas sans peine. Andrea levait les bras en l'air en restant tout raide, et il fallait faire glisser le tissu centimètre après centimètre. Nous en avions acheté de quatre couleurs : blanc, bleu, rouge et orange. Nous pensions pouvoir varier mais il arrivait que, des jours durant, Andrea ne veuille que de l'orange, ou seulement du bleu. C'est ainsi que nous les avons accumulés. Dans son armoire, il y avait des piles entières de maillots de couleur.

– On lave chaque centimètre carré. Compris ? Et vous ne mangez pas de saloperies. Eh toi, ne le perds pas. Et ne te perds pas, me dit sa maman.

Ses yeux brillent, entre larmes et fierté.

Son frère esquive la morsure, un réflexe acquis d'expérience. Ils nous prennent en photo devant le comptoir d'enregistrement, l'un à côté de l'autre. Andrea penche la tête sur mon épaule. Je sais qu'il se fera son opinion. Il y travaille, je le sens.

Nous passons le contrôle de sécurité : je pose l'ordinateur dans le baquet de plastique, de travers. Voyant cela, Andrea l'aligne bien comme il faut. Il se lance sous le portique, le policier l'arrête, lui il cherche à l'enlacer. C'est un ballet. J'explique. Tout s'arrange. Puis Andrea file comme un dard et pile devant une immense baie pour observer un avion en cours de manœuvre. Bientôt on embarque, lui dis-je.

Assis à nos places, en attendant le décollage, je me sens perdu et j'observe la cabine, les autres passagers, comme de l'extérieur. Et si j'avais franchi les limites ? Andrea joue avec sa ceinture, puis il la ferme d'un coup. On y va !

– Andrea, tu promets que tu resteras toujours près de moi, que tu m'écouteras ? Tu me le promets ?

– Promis, papa.

– Tu promets de ne plus me donner ton bras pour que je le morde ?

– Un peu, oui.

– Qu'est-ce que tu m'as promis ?

– Rester tranquille.

– Non…

Mais nous décollons et en quelques instants, tout devient minuscule : les routes sont des fils, les champs des mouchoirs, les villages des semis de toits, notre maison aussi a disparu. La vitesse dilue toute chose et semble rapetisser les épreuves, les vacances des années passées, l'école, les bons profs et ceux qui sont moins bons, les médecins, les recommandations. Les peurs. Tout se dissout. Nous sommes dans les airs.

C'est un vol sans secousse, on ne se lève que pour aller aux toilettes. Andrea regarde à travers le hublot et moi je l'observe. Un moment, il suit des yeux les contours des nuages, puis il m'attrape la main. Ce n'est pas son premier voyage en avion, je ne crois pas qu'il ait peur. Il ne montre pas cette agitation confuse des moments où il est perturbé. Il cherche tout simplement un contact avec moi : d'accord Andy, il y a ce morceau de ciel, et après l'Amérique, là-bas, qui nous attend. Si ça ne nous plaît pas on peut rentrer à la maison quand on voudra. Eh les Américains ! Vous nous avez déplu !

– Si ça ne se passe pas bien, on rentre tout de suite.

Je le sens attentif et calme. Dans seulement deux heures, nous serons américains, plus américains qu'aujourd'hui.

À l'aéroport de Miami, toute une humanité bariolée attend le nez en l'air sous le tableau des départs, ou fait la queue aux points de contrôle. Andrea regarde autour de lui, tout déboussolé, il se déplace avec la plus grande prudence, sur la pointe des pieds, caressant l'air de ses mains.

Nous tombons sur un chauffeur de taxi indolent. Avant de nous laisser monter il nous jauge, puis il bidouille son compteur, tourne et retourne son rétroviseur en grommelant.

– Qu'est-ce qu'il a, celui-là ?

– Rien, je réponds.

– Je crois bien qu'il a quelque chose, moi.

C'est un garçon autiste, lui dis-je, et j'aimerais bien qu'on en reste là.

– Il fallait le dire tout de suite !

Je m'agite. Nous y voilà, je vais devoir m'énerver, est-ce qu'on va traverser un continent entier comme ça, tout le monde nous pointant du doigt, à me demander : Mais qu'est-ce qu'il a votre fils ? Eh bien ça ne me va pas, non, pas du tout : Amérique, patrie des mille ethnies, un brin d'autisme et tu te braques ? Je me fâche carrément.

– Viens Andy, on descend…

– Mais non ! Dans mon taxi, les garçons comme lui paient demi-tarif.

Le voilà, le tapis rouge de l'Amérique : une course à prix réduit et un hôtel décevant. À la réception, d'aspect vétuste, Andrea s'empare prestement des dépliants et se met à en faire des confettis. Le monsieur tente de les lui soustraire, avec courtoisie, ce qui donne une curieuse chorégraphie, sans paroles, jusqu'à ce qu'Andrea le feinte en l'embrassant par surprise. Le monsieur lâche prise.

La chambre aussi est décrépite et pas bien nette, rien à voir avec son image sur Internet. Nous sommes fatigués, je n'ai guère envie de discuter et puis Andrea vient de remporter la féroce bataille des dépliants. Un partout. Mieux vaut aller inaugurer l'océan, et nager pour délier toute tension.

À cinq ans, Andrea s'est jeté dans la piscine et l'a traversée, aller et retour, en apnée, sous nos yeux ébahis. C'est un dauphin ! nous sommes-nous dit. Il va grandir et il nagera sous l'eau d'une rive à l'autre de la Manche. Quel champion…

Un dîner sur le pouce, et au lit. Notre première nuit américaine. Andrea est paisible, il sombre dès qu'il pose la tête sur l'oreiller, la star de l'équipe de foot des loirs.

Je sors l'un de ses écrits comme si, pour l'occasion, je débouchais une bouteille de champagne.

En pensée, je le lis à voix haute.

POUR MIEUX COMMUNIQUER, JE VOUDRAIS UN PEU D'AIDE… UN CONSEIL DE TA PART SERAIT LE BIENVENU…

Tu crois que je suis normal chiant et mal élevé, je suis sensible différent et très seul

ALLEZ, UN AUTRE CONSEIL SUR MA FAÇON DE TE TRAITER. EST-CE QUE JE ME CONDUIS BIEN OU…

Papa est unique pour moi, j'aimerais qu'andrea soit unique pour papa

TU CROIS QUE CE N'EST PAS LE CAS ?

J'ai des bons côtés tu les connais

« TU LES CONNAIS », QUESTION OU AFFIRMATION ?

Question

JE NE PENSE PAS TOUS LES CONNAÎTRE, ANDREA. AIDE-MOI, DIS-MOI QUELS SONT TES MEILLEURS…

Non papa pas mon rôle

Que de route à parcourir…

Miami

Et me voilà, levé à sept heures. Dehors, je ne retrouverai pas mon vendeur de journaux habituel, ni le patron du bar, salut, comment ça va ? bien, les mêmes répliques, un petit café ? un sucre, un bâillement et la journée commence. Au lieu de quoi, le silence, aucun bruit, aucune sonnerie. J'ai rêvé toute la nuit. J'ai rêvé qu'Andrea écrivait. Pas sur l'ordinateur. Sur l'asphalte. Il avait trouvé un stylo spécial et il laissait des messages partout où nous allions. En blanc et en rouge. Il traçait des lettres gigantesques, qu'on pouvait voir d'en haut. Toute personne voyageant dans les cieux américains, jetant un coup d'œil sur terre, pouvait y lire les mots qu'Andrea inscrivait entre deux lignes blanches, et si quelqu'un, de là-haut, lui posait une question, il y répondait.

Quels sont tes films préférés ?

– Histoires de frères histoires d'amour.

Quand tu regardes le visage des gens, qu'est-ce que tu as envie de faire ?

– De rire.

C'était ainsi, le monde lui parlait, et il lui répondait. Dans mon rêve.

Des bruits dans le couloir, un pas traînant. Des gens qui rentrent après une nuit blanche, qui sait. Je repense à hier, aux premières foulées d'Andrea, sur la pointe des pieds, avec la grâce flottante d'un danseur évoluant sur des mélodies inconnues. Ou la tension d'un plongeur, prêt à se jeter à l'eau à tout moment. Une sorte de contrainte qui donne aussi la mesure de sa force. C'est comme s'il ressentait le poids de la gravité tout en prenant son élan pour la dominer. Un équilibre dynamique et complexe.

Aujourd'hui nous louerons la moto, notre cheval américain. Un cheval à essence, ça va de soi.

J'attends qu'Andrea émerge, anxieux de voir son expression, au moment où nous plongeons pour de bon dans ce voyage.

Il soulève la tête et scrute le plafond, il me lance un coup d'œil, un sourire. Je suis chacun de ses mouvements, il s'étire, se secoue, part aux toilettes. Il y reste longtemps et je l'appelle. Pas de réponse, j'ouvre, certain de le retrouver contemplant l'eau dans la cuvette. En fait, il a pris du savon blanc, du dentifrice rose et du bain de bouche bleu, et a tracé des lignes colorées sur la vitre, bien serrées. Quand il me voit, il mélange du doigt toute cette matière, formant de petits grumeaux de couleur.

Nous prenons notre premier petit déjeuner américain dans un établissement à quelques centaines de mètres de l'hôtel. Je choisis des beignets au chocolat, du café et de l'eau pétillante, comme d'habitude. Andrea a l'air content, il observe tout, et soudain il se lève, poussé par le besoin de remettre de l'ordre sur le plateau des beignets. Il a sa baguette magique à la main, d'ailleurs il a dormi avec.

Passe une serveuse rondelette, et Andrea l'enlace bien qu'elle porte un plateau chargé de tasses. Je retiens ma respiration, ça y est, c'est le début de la fin : j'imagine déjà la jeune femme flanquée par terre, du café brûlant répandu partout et nous, renvoyés d'un énergique coup de pied en Italie. Mais la serveuse pirouette, rétablissant son équilibre avec virtuosité. Elle est surprise mais elle saisit la situation en un clin d'œil. Elle fronce gentiment les sourcils, ce qui calme Andrea.

Ils ne le prennent pas mal, me dis-je, pas tous. Je décide de faire une petite expérience. Je me lève en douce, et je m'éloigne, le laissant tout seul à la table. Je trouve un endroit d'où l'observer sans être vu. Andrea reste là, un peu interloqué, bien sûr. Il se rembrunit, mais il se contrôle. La salle se remplit, le volume de la musique est à présent au maximum, et je réalise que ça le dérange. Je reviens à la table, puis nous sortons, la serveuse rondelette, intriguée par Andrea, nous escorte. Déjà, il fait battre les cœurs. M'est avis que la moitié de l'Amérique va en tomber amoureuse.

Nous marchons longtemps, nous imprégnant des détails de la ville : ses vitrines, ses couleurs, les enseignes cyclopéennes, l'allure pressée des passants, le rythme des feux. Un vrai bombardement sensoriel. Pourtant Andrea avance devant moi, sans problème, il se retourne souvent. On se regarde. Qu'est-ce qu'il peut bien saisir ? Je le prends dans mes bras et je lui explique la suite du programme.

– Andy, on va chercher la moto et partir très loin. Il faudra bien arrimer les bagages pour ne rien perdre et avoir tout ce qu'il nous faut sous la main.

L'employé de l'agence de location nous montre plusieurs engins, s'efforçant de nous proposer les modèles qui lui paraissent répondre le mieux à nos exigences. Andrea touche à tout, en particulier aux rétroviseurs. Dans un coin, il y a une Harley rouge. On dirait une renarde aguerrie, et elle nous fait de l'œil. Celle-là, dis-je. L'employé ne pipe mot, l'affaire est faite.

Je démarre et nous faisons un petit tour d'essai. À peine sortis de l'agence, nous sommes arrêtés par un policier en voiture, du genre bourru. Il hurle : *Wrong way ! Wrong way !* Sens interdit ? Andrea pointe sa baguette sur lui, le policier nous regarde de travers. Mais donnez-nous donc le temps de nous adapter ! Cela dit, il n'a pas tort : nous sommes un peu à contresens, dans la vie.

Nous roulons, souplement. C'est la puissance du mouvement : kilomètre après kilomètre, nous avalons l'espace, l'asphalte est comme du chocolat et les panneaux de signalisation sont là juste pour nous. Andrea s'agrippe à moi, en prévision des ouragans. Il se cramponne de toute sa force de jeune homme, avec ardeur et conviction.

Nous fendons Miami Beach à moto.

– À Miami, vous devez absolument aller au Sugarcane, n'oublie pas, le Sugarcane à Miami, c'est un must, c'est bourré de VIP.

Ils sont venus en masse, amis et connaissances, pour raconter leurs expériences et nous donner des conseils, les gens ont fait le tour du monde et s'imaginent le connaître par cœur.

Je sais que nous ferons comme il nous plaira, c'est la route qui nous guidera, et l'instinct du moment. Mais pour l'instant, suivre le conseil de Carlo me procure un agréable sentiment de réconfort, à la maison ils pensent à nous, et au Sugarcane.

– Un VIP, c'est un type qui passe ses soirées au Sugarcane en se laissant observer par nous, simples mortels, dis-je à Andrea.

Je croyais que c'était une légende, mais l'atmosphère est vraiment torride et aux yeux des VIP, nous sommes tous transparents. Andrea et moi nous sommes détendus. Il observe la moindre chose, le détail le plus infime. Le comptoir avec les piles d'oranges et de citrons verts l'hypnotise. La tension du début du voyage se relâche, nous sommes désormais entrés dans le flux des événements. En scène, sous les lumières.

Le soir, à l'hôtel, je mets nos affaires en ordre. Il ne s'agit pas d'oublier quoi que ce soit. Sur une chaise, les blousons qui vont devenir notre seconde peau. Je me demande si les combinaisons imperméables le seront vraiment, en cas d'orage. Tout n'est pas si simple, à moto. Et demain, nous commençons à bouffer du kilomètre.

Andrea doit encore passer aux toilettes, contrôle obligatoire.

De justesse

Troisième jour en Amérique. Allez, me dis-je, ça va marcher, qu'ils aillent au diable tous ces pisse-froid, ces pessimistes qui tremblent à l'idée de défier le destin, le jet lag, le yaourt mormon et le syndrome de Dallas. Ça fait déjà trois jours, demain ça en fera quatre, puis cinq. Ah, le pouvoir de l'arithmétique.

– Quelles étaient les probabilités ?

Une sur cinq cents, environ, avait dit le spécialiste.

J'étais resté bouche bée, à fixer la monture de ses lunettes : épaisse, sombre et carrée. Le docteur s'était agacé, je devais avoir l'air distrait, mais je ne l'étais pas du tout. En me concentrant sur ce détail je pouvais oublier sa blouse blanche, car ce genre de lunettes, un commercial aurait pu les porter, un directeur de banque ou un grossiste en bonbons. Ou encore mon voisin, bien sûr, mon voisin a de fort belles lunettes, en revanche il n'aurait pas pu me dire : votre fils est autiste, car poser un diagnostic est le rôle des médecins. Quelques mots seulement, lourds de sens.

Nous arrimons les bagages sur la moto, nous sommes bien coordonnés, efficaces. Les employés de l'hôtel nous reluquent par les fenêtres, certains gestes d'Andrea les subjuguent : il tourne autour de la Harley, bondit devant, tape dans ses mains. On remarque son corps en mouvement, je le sais. Impossible de passer inaperçus. Nous sommes deux acteurs, dis-je à Andrea, et ce voyage est un film. Il aime bien l'idée que nous soyons deux super héros : les quatre fantastiques moins deux, bien sûr, Batman et Robin.

– Andy, moi je suis Godzilla et toi tu es King Kong !

– Pas King Kong.

– Bon d'accord, alors c'est toi Godzilla. Tu sais comment fait Godzilla ?

– Un peu, oui.

– Super !

Nous laissons derrière nous une Miami encore ennuagée, mais moins qu'hier soir, quand une masse sombre flottait au-dessus des gratte-ciel.

Nous nous enfonçons en terre américaine, nous dirigeant vers l'extrême sud, ensuite nous remonterons.

Nous passons d'île en île, toutes reliées par des ponts, et c'est comme si nous courions au beau milieu de la mer, d'un voilier à l'autre : un grand convoi vers l'océan avec des équipages différents pilotant chaque village. On ne peut s'empêcher de croire qu'à un moment donné, on va voir apparaître l'île qui n'existe pas, le royaume de l'impossible.

Key West est magnifique : un mélange de styles architecturaux, cubain et américain, avec de nombreuses maisons en bois. Nous entrons dans celle d'Hemingway, pleine de photographies. Andrea caresse l'espadon majestueux, pendu par la queue, fascinant. L'écrivain en revanche n'était pas bien beau, avec ses chevilles trop fines et ses genoux un peu cagneux. Le soir tombant nous nous retrouvons comme tout le monde à attendre le très couru crépuscule de Mallory Square. Le soleil se couche, magnifiant la foule des funambules et des trapézistes venus là pour apprendre d'une étoile l'art de plonger dans le vide. Tandis qu'il décline, dans une parfaite synchronie, le fumet du poisson braisé se diffuse dans l'air : à la poésie du couchant vient se greffer l'appétit.

Andrea piaffe, nous nous mettons en route, guidés par les odeurs. À un moment donné, je le perds de vue : il marche devant moi, il y a un peu de cohue et il disparaît. Nooon, pas déjà, on vient tout juste d'arriver ! Je rentre dans le premier bar, quand il est affamé, il peut arriver qu'il se lance à la recherche de quelque chose à se mettre sous la dent. Il n'y est pas. J'essaie le suivant. Le voilà, T-shirt blanc, tignasse bouclée, installé au comptoir, peinard. Il me tourne le dos, il me semble qu'il mange, des frites. Il doit les avoir prises aux jeunes d'à côté. Je l'appelle, il ne me répond pas. Il fait le malin ! Il m'a fait une de ces peurs...

J'arrive près de lui, je l'appelle encore une fois, il m'ignore. Alors je lui colle une taloche, de bon cœur, sur la nuque.

– Andy, tu ne vas quand même pas te perdre tout de suite, hein ?

Je constate que la silhouette à la tignasse et au T-shirt blanc se tétanise, sans se retourner. Un doute m'assaille. Trop tard. Des toilettes surgit Captain America, tout en muscles et en tatouages, me fusillant du regard. Rien qu'en contractant la mâchoire il pourrait me faire mal.

– Ôte tes pattes de ma fiancée !

Le ton évoque un marine des forces spéciales : je cherchais Ben Laden et c'est toi que je trouve !

La fille est restée figée, une frite à la main.

Je voudrais me justifier, expliquer. Je regarde autour de moi : Andrea est assis un peu plus loin, il mange des frites avec un groupe de jeunes Grecs.

Quelle était la probabilité pour que je croise une telle tignasse et ce même T-shirt à Key West ?

Je montre Andrea au marine. Malgré le flot de testostérone qu'il charrie, il admet la ressemblance entre la couleur du T-shirt, la touffe de cheveux d'Andrea et sa douce fiancée. Il s'apaise et remise ses biceps.

Je vais m'asseoir avec les Grecs, que ce spectacle a bien fait rire, et nous mangeons tous ensemble.

Après dîner, tout euphoriques d'avoir échappé de justesse à ce double péril, nous sillonnons la ville à moto, lentement, comme de vrais touristes, puis la Harley nous ramène à l'hôtel.

Nous disposons de deux grands lits moelleux, tout va bien. Dors bien, Andy, demain nous partons pour Tampa. J'espère ne pas rêver du marine.

Key West

Avant de partir j'avais cherché à savoir s'il existait des puces électroniques pour en installer une sur Andrea afin de pouvoir le localiser s'il se perdait. On en arrive à ces extrémités. Mais je n'ai pas trouvé de dispositif adéquat. Alors j'ai pensé à un truc.

– Et si on s'attachait un élastique invisible à la taille ? On serait les seuls à le voir. Comme ça tu pourrais circuler, et en tirant sur l'élastique, je te retrouverais.

Je fais mine de m'attacher un fil, puis de le passer autour de la taille d'Andrea.

Voilà, nous sommes liés.

– Avec quoi sommes-nous liés ?

– Élastique.

– On peut se perdre avec l'élastique ?

– Un peu, oui.

– Gros malin…

Ce matin, Andrea est souriant et ses yeux brillent. Nous nous sommes réveillés avec le soleil qui inondait la chambre. La mer que nous longeons en direction de Tampa est d'une splendeur aveuglante. Derrière moi, je sens qu'Andrea s'agite : il a vu quelque chose. Moto sur l'eau, moto sur l'eau, crie-t-il. Je regarde à mon tour les motos marines qui filent en soulevant des gerbes d'écume, elles sont très belles, j'en conviens. Andrea insiste : moto sur l'eau, moto sur l'eau, un bateau, des goélands, moto sur l'eau, un gros camping-car, la circulation, moto sur l'eau, moto sur l'eau. Ça dure des kilomètres. Quand nous nous arrêtons pour prendre de l'essence, son regard est irrésistible : moto sur l'eau. Eh bien Andy, on dirait que c'est toi qui décides du programme.

Le type du motel est perplexe quand il nous voit revenir : Vous avez oublié quelque chose ? Non, c'est juste que c'est si beau, ici, qu'on n'a pas réussi à partir. Il nous remet la clé de la même chambre, un brin flatté. Il est content qu'on apprécie sa ville.

Nous quittons la Harley pour une moto aquatique et nous explorons la lagune, en glissant sur des eaux transparentes. Plus tard, allongé sur un sable caribéen, le cœur en paix, j'oublie le temps qui file en suivant d'un œil mi-clos les bonds et les plongeons d'Andrea, créature marine.

Soudain je le vois sortir de l'eau, il se met à explorer la plage. Je le laisse faire. Au loin, il a aperçu des bancs et il se précipite. Il les adore, c'est le plus grand fanatique de bancs au monde.

Un monsieur est assis là, plongé dans sa lecture. Andrea se pose à l'autre bout, puis commence à se rapprocher. Le monsieur a l'allure d'un intellectuel, avec sa pipe, il porte un beau chapeau de paille, une chemise légère, il tient devant lui un livre qu'il semble connaître par cœur.

Il fait l'impassible, mais reste vigilant. Le livre tremblote, la pipe s'éteint presque. Andrea continue de se rapprocher, et l'autre glisse à l'extrême bord du banc. Sans mot dire, il feint soudain d'avoir fini de lire, tiens, le mot fin, il est l'heure de rentrer. Andrea est à présent tout proche et lui sourit. Le monsieur lui rend son sourire puis tente de se lever pour se tirer d'embarras, c'est alors qu'Andrea l'enlace. Il pousse un glapissement pas très élégant et s'en va avec un gros point d'interrogation inscrit sur le visage. J'aurais dû courir le prévenir : s'il veut vous enlacer, n'ayez pas peur ! Il convient de rassurer les messieurs distingués.

Allez, ça n'est pas la fin du monde ! Andrea semble plus troublé d'avoir atteint l'autre bout du banc que par la fuite panique de l'homme au livre. Il me cherche du regard, mais reste assis. Je lui fais signe que tout va bien. Il s'élance vers moi en souriant, tout joyeux. Je cours à sa rencontre et un éclat de verre, perfide, m'entaille l'orteil. La blessure est profonde et saigne abondamment. Je contemple mon pied, incrédule. Comme si se dissipaient les effets protecteurs d'une potion magique. Aux urgences, en Italie, cela me vaudrait deux points de suture, c'est certain. En pestant comme un diable, je retourne à la moto, laissant sur le sable une fine traînée écarlate. Je garrotte mon orteil d'un mouchoir en papier, jusqu'à le faire blanchir, puis j'enfile mes chaussures. J'ai plus urgent à faire : conduire, penser au dîner d'Andrea, ensuite lui faire se laver les dents, passer le fil dentaire, vérifier qu'il se déshabille, qu'il prenne une douche, qu'il ait les fesses propres et qu'il ne se soit pas blessé lui aussi. Voilà ce qui importe, quant à mon orteil, il guérira.

Andrea avait l'air content aujourd'hui, mais il est si difficile de comprendre ce dont il a besoin. Je cherche à le deviner, et je dois me tromper souvent. Jusqu'ici tout semble bien se passer, même si je le vois très songeur, en vadrouille sur des sentiers secrets.

Au motel, j'étudie les cartes, je réfléchis à nos déplacements, naviguant sur Internet à la recherche d'informations.

Andrea est là près de moi. Tout à fait désœuvré, dirait-on, il peut rester comme ça deux ou trois heures d'affilée. Qui sait s'il s'ennuie, si l'ennui est une catégorie envisageable pour lui. Si ça se trouve, il sillonne le ciel sur un tapis volant, bondissant de nuage en nuage, dévalant des collines comme d'immenses montagnes russes. Et notre monde doit lui apparaître, dans ces moments-là, bien fade avec ses lignes droites, ses bâtisses grises et ses feux de seulement trois couleurs.

Andy, Andy…

Nous nous installons devant l'ordinateur, je voudrais le faire écrire. Nous sommes au calme. Mais il ne bouge pas. Je me rappelle toutes les séances d'écriture auxquelles j'ai assisté, j'en revois le moindre détail. Je suis peut-être à côté de la plaque. Je lui demande : tu ne veux pas écrire avec papa ?

Il me regarde, muet.

Sexy Italians

Ce matin, après quelques kilomètres, nous sommes tombés sur un accident. Sur le bord de la route, un groupe compact de Harley protégeait le corps d'une fille allongée par terre. Nous avons stoppé à quelques mètres de l'attroupement, puis nous nous sommes approchés. Eh oui, pas facile de résister : observer le malheur d'autrui exerce toujours un attrait puissant. Andrea se tenait derrière moi. La fille était blessée, mais consciente, et nous n'avons pas eu le temps de poser une question que déjà l'ambulance était là. Avant qu'on ne la dépose sur le brancard, Andrea s'est avancé et a pointé sa baguette magique sur son corps étendu.

Les motards ont discuté un moment, puis le groupe s'est reformé, et ils sont repartis. Quant à moi, une heure durant, je n'ai pas réussi à me remettre en selle. De funestes pensées. Et si je mourais en route, allez savoir de quoi, d'un infarctus, d'un accident, ça peut arriver, non ? Que ferait Andrea ? Les remarques qu'on m'avait faites avant mon départ me revenaient à l'esprit : S'il t'arrivait malheur ? C'était une éventualité à envisager. Ça m'obligeait à être invulnérable, en tout cas juste assez pour pouvoir mettre Andrea à l'abri du danger avant de crever.

J'ai tourné autour de la moto, l'enveloppant d'un réseau d'injonctions : Ne tombe pas en panne, ne nous laisse pas en rade, ne va pas t'encastrer quelque part.

Andrea voyait bien que j'étais inquiet, et me faisait tournoyer la baguette magique sous les bras et au-dessus des épaules. On aurait dit un grand elfe nomade, ça m'a arraché un sourire. J'ai respiré un grand coup, et c'est passé. Quel pouvoir, cette baguette !

Nous sommes repartis sous une pluie légère et plaisante. Nous avons enfilé nos combinaisons, comme de bons astronautes. J'ai pris garde qu'Andrea la mette correctement. Comme un gant. Le temps qu'on s'habitue à rouler bien couverts, et voilà que le soleil se remet de la partie. C'est le début de la cuisson à la vapeur. Il faut ôter les combinaisons pour ne pas finir cuits comme des légumes dans une cocotte-minute. Quelques heures plus tard, nous sommes plus cramoisis que des vacanciers scandinaves.

Une odeur de brûlé nous accompagne jusqu'à Hudson, un village de pêcheurs sur la côte. Déboussolés et fourbus, nous errons sur la petite plage devant notre motel. Deux Américaines, sûrement un peu éméchées, nous abordent.

– *Are you Italians ?*

– Oui, *Italians.*

Je vois bien qu'elles admirent Andrea : c'est un beau garçon aux larges épaules et à la musculature tonique. Il mesure déjà un mètre quatre-vingts. Bourré d'énergie, il est infatigable. Il ne fait aucun sport, mais c'est comme s'il les pratiquait tous chaque jour que Dieu fait, en marchant sur la pointe des pieds : son corps travaille constamment, son dos est rectiligne et sa nuque souple, son cul bien ferme ainsi que ses abdominaux.

Les Américaines ouvrent grand leur petit frigo portable, rempli de bières et de liqueurs, et nous offrent à boire. Après quelques gloussements de rire, elles attaquent : *We like sex with sexy Italians.*

Elles nous reluquent: deux abeilles convoitant un pied de lavande. Elles forment un drôle de couple, l'une doit avoir la cinquantaine, élégamment vêtue, elle tangue, mais elle tangue avec distinction, corrigeant sans cesse sa posture et faisant voleter ses mains. Elle pourrait être styliste, ou auteure de romans policiers. L'autre, plus jeune et robuste, au regard pénétrant et malicieux, serait son assistante.

Par ici Andrea: retraite stratégique! À fond de train!

Elles nous suivent, Andrea je t'en prie, on ne fraternise pas avec l'ennemi, et lui qui les salue! Un franc-tireur du sexe a vite fait de prendre une main levée pour une invitation... Soldat, lui dis-je, filons! Nos lignes vont céder et nous serons faits prisonniers...

Andrea me dépasse, puis il se retourne et leur lance un sourire. Tout ragaillardi, le binôme accélère, déployant sa plus vive allure. Ce petit jeu dure sur quelques centaines de mètres, mais finalement je parviens à traîner Andrea en lieu sûr, au motel.

À dix heures, nous sommes au lit, tu parles de coureurs de jupons! Le périple de demain s'annonce rude: huit ou neuf heures de moto en direction de la Nouvelle-Orléans.

Je n'arrive pas à m'endormir, je revois la scène de l'accident et je suis assailli de mauvais pressentiments: s'il m'arrive quelque chose, l'élastique invisible ne suffira pas. Allons! Je prends deux feuilles de papier et j'inscris au feutre les numéros à appeler, et au-dessus, bien souligné: *IN CASE OF EMERGENCY.* Je les range dans le sac là où on les trouvera facilement en fouillant un peu. Voilà notre seule police d'assurance: la bonne volonté des gens et trois numéros de téléphone. Cela suffira-t-il? N'est-ce qu'un talisman?

Andrea non plus ne dort pas. Je voudrais qu'il comprenne dans quel état d'esprit je me trouve. Nous nous relevons, je l'installe devant le bureau et j'essaie de le faire écrire. Je me demande si je dois adopter une posture qui lui serait familière. Je dois penser comme sa mère, me dis-je, respirer comme elle. Mais comment faire ?

QUAND NOUS AVONS VU L'ACCIDENT DE MOTO SUR LA ROUTE DE TAMPA, JE ME SUIS INQUIÉTÉ, ET TOI, À QUOI AS-TU PENSÉ ?

Il fixe l'écran pendant un long moment, une éternité. Puis il s'éloigne de l'ordinateur, il va s'allonger sur son lit et se retourne de l'autre côté. C'est bon, j'ai compris. Je prends l'une des pages qu'il a écrites avant de partir.

S'IL M'ARRIVE QUELQUE CHOSE, TU ES TOUT SEUL EN AMÉRIQUE, TU AS PEUR ?

Non moi avec papa tout va bien.

MAIS QUE FAIS-TU SI TU TE PERDS?

Américain je deviens, andrea trouve le chemin

J'AI COMPRIS, MAIS SI NOUS AVONS UN ACCIDENT ET QUE JE MEURS, QU'EST-CE QUE TU FAIS TOUT SEUL?

J'attends maman

ELLE EST À DES MILLIERS DE KILOMÈTRES...

J'attends tranquille près de papa

DONC TU RESTES CALME ET TU NE T'INQUIÈTES PAS...

Pas de fausses questions. Merci.

TU NE VEUX PAS PARLER DE CHOSES QUI NE SONT PAS ARRIVÉES, C'EST ÇA ?

Exact.

J'éteins la lumière.

Espagne-Pays-Bas

Un soir, nous avions des amis à dîner. L'ambiance était bonne. Andrea avait fini de manger et se baladait dans la maison. Il entrait et sortait de la cuisine. Du couloir, il continuait de nous écouter. Quelque chose dans nos propos l'intriguait. Nous racontions tout simplement des anecdotes de notre travail, rien de particulier. Chacun ironisait sur les aléas du quotidien, sur ses petits soucis, une façon de minimiser les problèmes. À un moment donné, tout le monde a éclaté de rire. Sur le seuil de la pièce, Andrea qui avait retenu le nom de chaque invité a dit: Lucia rit, Anna rit pas. Il avait perçu une tonalité différente. Et tous de protester qu'Anna aussi avait ri, qu'on l'avait bien vue, et que la blague était trop bonne. Anna rit pas, insiste Andrea. Et l'amie d'avouer qu'elle avait ri à contrecœur, parce qu'elle avait du vague à l'âme.

Je me lève, avec ce souvenir en tête. Il y a du bruit dans le couloir, un grincement. Andrea est rapide, toujours en pyjama, il ouvre grand la porte. Je m'étire, j'entends des voix. Quelqu'un lui parle. Je jette un coup d'œil: c'est une femme qui nettoie les chambres. Elle remercie Andrea qui plie les serviettes sales et les range dans un sac, avant de s'occuper de celles qui sont sur le chariot. Il les ouvre et les secoue avant de les replier. Euclide lui-même ne saurait pas aligner aussi bien les bords d'une surface.

– Il est fort, me dit la dame, une Portoricaine, je crois.

– Ce jeune homme est le grand redresseur du monde.

– Prêtez-le-moi, s'il vous plaît !

Impossible, madame. Comment ferais-je sans lui ?

– Allez, rentre, maintenant, lui dis-je.

À la maison, avant d'aller me coucher, je déplace les objets qu'il aime disposer à sa façon : les rideaux du salon, la chaise de mon bureau, le robinet du lavabo et le couvercle de la cuvette des WC. Si au réveil, je les retrouve tels quels, je sais qu'Andrea a dormi toute la nuit. Si en revanche tout est au garde-à-vous, c'est qu'il a déambulé d'une pièce à l'autre, et je ne suis pas sûr qu'il se soit reposé ne serait-ce qu'un moment.

Prêts pour une matinée américaine, parfum de saucisse, d'œufs au bacon et de café. Notre sixième jour aux États-Unis. C'est presque dans la poche ! Si le FBI ne nous vire pas avant demain, pendant cette première semaine, il ne le fera plus. Tant pis pour eux. S'ils avaient pu voir le tube de dentifrice vidé dans un verre, et les splendides ornementations de l'armoire de la salle de bains, ils auraient peut-être changé d'avis. Colorier est une autre des puissantes compulsions d'Andrea. Les couleurs sont mes humeurs et les mots que je n'arrive pas à dire, a-t-il écrit une fois, et quand il est chez nous, il peint avec des audaces chromatiques qui me laissent toujours pantois.

Andrea manipule ses saucisses avec la mine du laborantin observant des échantillons radioactifs, avant de les dévorer de bon appétit. Tout le monde ici mange gloutonnement. Des gaillards larges comme des citernes engouffrent des pelletées d'œufs au bacon. Le café coule à flots. En vérité, c'est un liquide chaud et de couleur brune, qui se laisse boire sans enthousiasme. On démarre la journée avec moins d'arômes que chez nous, dans ce pays où l'énergie prime sur les saveurs.

En enfourchant la moto, je préviens Andrea que la journée sera rude. On va se tanner le cul, lui dis-je, aussitôt il jette un sort à la Harley de sa baguette magique. Parfait, nous sommes protégés.

Nous nous faufilons dans le trafic, décontractés, au beau milieu d'énormes camions qui foncent en déplaçant des masses d'air. Quand nous faisons halte dans une station-service pour prendre de l'essence, une vieille caravane est en train de provoquer un formidable embouteillage devant les pompes en faisant d'impossibles manœuvres pour se garer. Le chauffeur de la voiture est frénétique. Il jaillit du véhicule, tourne autour, court vers les caisses et demande des informations. Il en ressort, les mains dans les quelques cheveux qui lui restent. Il m'aperçoit et devine que je suis européen.

– Señor ! Ils n'ont pas la télévision... Nous sommes en Amérique et ils n'ont pas la télévision !

Il pousse des gémissements déchirants parce qu'il va rater la finale de la coupe du monde de football. Il est théâtral et très sympathique. Ses deux jeunes enfants et sa femme, restés dans la voiture, le sont nettement moins. Le petit groupe tient un conciliabule animé. L'homme écarte les bras, en secouant la tête, résigné. Puis il se souvient de nous, et m'apostrophe.

– Señor, le destin de ma patrie est en jeu, et je me retrouve seul à affronter ce moment crucial. Vous aimez le football ?

– Plutôt.

– Plutôt, par politesse, ou plutôt pour de vrai ?

Je ne comprends pas où il veut en venir. Derrière lui, sa femme a l'air assez énervée. Je suis pris d'un irrépressible accès de solidarité masculine.

– Non vraiment, je verrais volontiers un beau match...

– Il y a Espagne/Pays-Bas, susurre-t-il pour que sa famille ne l'entende pas. Je m'appelle Javier, dites, et si nous allions réquisitionner une télé l'arme à la main pour pouvoir savourer ce spectacle à la barbe des autres ?

– Je n'ai pas d'arme, et vous ?
– J'ai un tambourin dans ma caravane.
– Ça peut servir.
– Ne me dites pas que vous êtes pour les Hollandais ?
Je ne sais pas, lui dis-je. Je suis pour les meilleurs.
– España !
Nous décidons que je partirai le premier, avec la moto. Au premier signe de téléviseur, je l'appellerai sur son portable.
Andrea, allons sauver l'Espagne, lui dis-je, et par chance, une vingtaine de minutes plus tard, nous tombons sur une super station-service avec motel et écrans télévisés.
– Javier, mission accomplie !
Le gérant de l'établissement hausse les épaules en voyant débarquer le forcené ibérique et son assistant improvisé. À l'écran, une émission de télé-achat : nous le supplions de passer sur la chaîne diffusant la finale, il cède. L'Espagnol court jusqu'à sa caravane et en revient avec un drapeau de deux mètres sur deux. Il s'en drape, et nous voilà lui et moi, les seuls Européens, devant un match de football qui laisse de marbre la clientèle américaine.

Entre-temps, une alliance imprévue s'est créée entre Andrea et la famille de l'Espagnol : tous refusent de rester assis dans la salle. La femme et les bambins s'en vont patrouiller sur l'esplanade de la station-service, quant à Andrea, il sort et s'assied en plein cagnard. Je jette un coup d'œil : il se tient tranquille, mais le soleil tape, je passe donc la majeure partie du temps inquiet, à faire des allers et retours. Je m'attendais à ce que la femme de Javier et ses fils cherchent à communiquer avec Andrea, unis par leur phobie du ballon, mais non. Ils l'ignorent. Pis, le plus petit lui fait des grimaces. Andrea sue comme un bœuf. On joue les prolongations, mais je suis forcé d'abandonner Javier et l'Espagne à leur destin.

À l'intérieur, il faisait frais, on était bien installés et j'aurais vraiment voulu voir la fin du match, mais il n'y a pas moyen de convaincre Andrea quand il a décidé de quelque chose, il est têtu comme une bourrique. Quand il voit la mer, il veut s'y baigner, et il est capable de te le répéter jusqu'à l'épuisement.

En Floride, la plupart des plages sont privées et pour accéder à la mer, il faut loger dans un hôtel quelconque. On doit faire semblant d'être des clients, dis-je à Andrea. Nous garons la moto, nous nous déshabillons et prenons une allure décontractée et insouciante.

L'air dégagé s'il te plaît, Andy, ne sautille pas comme un kangourou ! Il m'écoute et adopte sa démarche la plus appliquée, sur la pointe des pieds, naturellement, la tête haute, les mains aériennes, un sourire figé et délicat.

Quand un peu plus tard nous entrons dans un restaurant, panés par le sable et le sel, avec des bandeaux sur nos têtes ébouriffées, tout le monde nous regarde comme si nous étions deux pirates. Après le dîner, nous passons lentement en revue les enseignes des motels, lumineuses et engageantes, avant de faire notre choix. Sans descendre de la Harley, nous nous informons.

– Eh, vous avez une chambre pour deux personnes ? Pour moi et ce garçon derrière moi ?

Ce soir, c'est Andrea qui régale. En cachette, je lui passe ma carte de crédit en lui murmurant de la donner au monsieur quand il nous demandera de payer. L'homme se penche vers nous, qui sommes restés en selle, un peu fanfarons. Andrea ne lâche pas la carte, l'autre me regarde, incrédule.

Il va pourtant falloir raquer, on ne dort pas gratis.

Andrea descend de moto, évite le regard du réceptionniste et s'en va, indigné, la carte de crédit à la main.

Un véritable aristocrate.

Quatre États d'un coup

La Floride est déjà derrière nous. Les plaques minéralogiques affichent *Sweet home Alabama.* Le gouverneur, Bob Riley, tient à faire savoir sur des panneaux aux frontières de l'État qu'ici, c'est lui le patron. Le long de la route bordée de grandes bâtisses, la campagne somnole, paisible, et nous la traversons sans nous presser.

Nous stoppons au bord d'un immense champ fleuri. C'est un cimetière. Chaque tombe, racines d'homme ou de femme immergées dans la terre, est ornée de fleurs aux couleurs vives. Nous descendons de la moto et nous traversons le pré, planté d'hélices qui s'animent au moindre souffle de vent, un signe pour rappeler aux vivants qu'ils font partie d'un cycle, une manière sage et gracieuse d'évoquer ceux qui ne sont plus.

– Tu vois Andy, c'est là qu'on enterre les morts.

– Morts, papa.

Je lui explique qu'ainsi va la vie, et je suis sûr qu'il comprend.

Sans plus rien dire, Andrea ôte ses chaussures, puis, pieds nus, ouvre les bras et tournoie comme un grand papillon, son sourire est une fenêtre grande ouverte sur un astre lointain.

Nous devions avoir la tête ailleurs et quelque chose a dû nous échapper en reprenant la route, car une voiture fond sur nous : une femme nous fait signe de nous arrêter. Des bandits ? Non, car ils collent un gyrophare sur le toit, nous rattrapent et nous forcent à nous rabattre sur le bas-côté. Une policière en civil descend de la voiture, raide comme la justice et l'œil méchant, elle s'agace de l'air ahuri d'Andrea qui, au lieu de l'écouter, s'agite. Il se met à tournicoter autour de la voiture comme s'il n'en avait jamais vu de semblable et essaie de la toucher. La policière attrape Andrea par un bras, elle veut le mettre au garde-à-vous. Pourquoi tu ris, lui dit-elle, qu'est-ce qui te fait rire ? Et lui rigole, il rigole et ne répond pas. Enfin un déclic se fait dans la tête de la femme : ce garçon tout bouclé n'a pas vraiment le profil du délinquant juvénile, s'il est membre d'un gang, c'est celui d'un quartier inconnu dans tout le Mississippi. Elle réfléchit et se calme. Ils nous laissent partir.

Quand apparaît le panneau *Bienvenue en Louisiane*, trois fleurs de lys d'argent sur fond bleu, l'émotion me saisit. Les mythes cernent les villes comme des champs de force, et celui de la Nouvelle-Orléans est d'une intensité puissante. J'attends beaucoup de cette ville de musique et d'eau. Ce pourrait être un endroit idéal pour Andrea.

– Andrea, tout le monde fait de la musique ici, même les trottoirs. On m'a parlé d'un groupe qui joue du blues avec des cartons à pizzas.

Andrea approuve. Nous entrons dans la ville en chantant à gorge déployée. En fouillant dans le tas de post-it sur lesquels sont notés les conseils des amis, je trouve l'adresse de l'hôtel Sonesta, sur Bourbon Street. Nous héritons d'une chambre avec une splendide terrasse ornée de rambardes de fer. Des nuées de jazz et de blues montent de la rue et nous submergent, nous entraînant dans un labyrinthe de sons. Nous filmons et prenons en photo chacune des guitares, des batteries, des harmonicas, des saxos et des amygdales de chanteurs croisés en chemin. Andrea est enthousiaste et me plante des bisous sur la joue.

Il marche plusieurs mètres devant moi et j'observe les réactions qu'il suscite chez les gens. Les filles de son âge se retournent sur son passage en se donnant des coups de coude : Tu l'as vu celui-là ? Qu'est-ce qu'il est beau ! Andrea ne regarde personne bien longtemps, jetant seulement des coups d'œil furtifs, répétés, ce qui attise encore la curiosité.

Mais bien sûr on le voit faire des choses étranges : se frotter les mains, sauter sur place, courir de long en large comme s'il traçait en zigzaguant une carte à l'encre sympathique. J'entends des commentaires à voix basse : Il est fou ? Tu as vu ce qu'il fait ? Ce gars est barré. Certes, il est barré, mais pas hors du monde : il arrive d'un ailleurs où prévalent d'autres codes, d'autres signes, d'autres beautés qu'il transfère parfois jusqu'ici, quand il le veut et quand il le peut.

Je n'ai toujours pas saisi la teneur exacte de son rapport à la musique. Il en écoute de tous les genres, dans sa chambre, l'iPod est toujours allumé. Parfois, le volume trop élevé le gêne, parfois il semble s'en moquer. Peut-être aime-t-il tout simplement se sentir immergé dans un bain de sons : il met la radio en fond sonore quand on prend la voiture, et il allume la télé dès qu'il rentre à la maison. Il choisit souvent la même chaîne pendant de longues périodes, tombant amoureux d'un élément constant, d'une onde sonore précise qu'il peut retrouver chaque fois qu'il le désire. Il semble qu'il ait besoin d'une voix, d'un rire, d'une note appuyée ou subtile qui parvient, comme un phare dans la brume, à le ramener ici.

Parmi nous.

Nouvelle-Orléans

Avant de sortir, nous contrôlons notre élastique. De mon côté, ça tient. Comment va l'élastique ?

Andrea cherche le fil invisible sur son ventre, il fait ça avec sérieux.

– Tu l'as perdu ?

– Non.

– Tu le cherches ?

– Élastique beau.

Après une semaine de voyage, nous n'avons même plus un mouchoir qui ait le souvenir d'avoir été propre. Trouver une laverie : voilà notre priorité. Sinon nous risquons de nous habituer à porter des vêtements longuement macérés dans la sueur et agrémentés des mille effluves de l'Amérique. Dans la grande Washing Well, deux vieux messieurs jouent aux échecs en attendant que leurs machines aient fini leurs cycles, une dame ronchonne dans un coin en scrutant une photographie. D'habitude, Andrea est fasciné par le spectacle de l'eau écumeuse tourbillonnant derrière les hublots, aujourd'hui, il prête une attention soutenue à la photo de la dame. Il acquiesce doucement, il est d'accord avec elle. Il m'aide à vider la machine, puis il me suit, absorbé et silencieux, tandis que nous retournons à notre chambre déposer le linge et nous changer. Nous sortons nous promener dans nos vêtements purifiés par la lessive en nous sentant propres comme des sous neufs. Une vieille caravane, drapeau espagnol au vent, passe à toute allure. Ce doit être notre famille madrilène, un champion du monde et trois mufles antipathiques.

Andrea cavale comme s'il voulait dévorer toute la Nouvelle-Orléans, et moi je dois le suivre dans cette espèce de foire médiévale. Il galope entre des gamins jouant de la trompette avec des vieillards hors d'âge ; manque de culbuter des vieilles dames ; frôle des policiers à cheval distraits. Il pile net devant une très grosse femme qui avance péniblement en trottinant ; à côté d'elle, un homme à l'allure de boxeur l'encourage en criant que Dieu l'aide, qu'elle ne doit pas cesser une seule minute de courir. À leur suite s'est formée une petite procession. C'est fascinant de contempler sa progression laborieuse et acharnée. Elle ne veut ni ne peut s'arrêter, respirer, sécher la sueur qui l'inonde, et l'homme chasse les obstacles de sa route en invoquant le Seigneur de sa voix de stentor, armé d'un encensoir qui lâche des rafales de fumée.

– Oui Dieu est avec elle ! Avec cette femme-là ! Quelle chance tu as Baby ! Tu n'avances pas seule, tu es en excellente compagnie, une compagnie spéciale qui va changer ta vie !

Le boxeur scande sa litanie en hurlant, Andrea et moi levons nos pouces pour signifier notre admiration devant sa performance. Nous les suivons un moment nous aussi, hypnotisés par cette scène de pénitence des temps jadis, si américaine pourtant. Du coin de l'œil nous apercevons la haute silhouette courbée d'un homme entièrement vêtu d'un blanc immaculé, portant sur son épaule une croix de deux mètres : décidément, c'est le jour !

La tête nous tourne un peu, mais nous déambulons encore, au ralenti, puis l'appel de nos lits se fait trop impérieux. Andrea s'écroule instantanément et je sors prendre l'air sur la terrasse. Je repense à cette ville, à son humanité extravagante. Je rentre dans la chambre et je regarde mon fils, si apaisé dans son sommeil : je donnerai n'importe quoi pour connaître les pensées qui le traversent.

Jusqu'à ses deux ans et demi, tout allait bien.

Il répondait à son grand-père au téléphone ; quand nous étions en voiture et que je lui chantais *Dans la ferme à Mathurin*, il répétait les voix de tous les animaux, il riait. Nous jouions avec sa grosse chenille bleue, il s'amusait comme un fou, et moi aussi.

Puis quelque chose a changé : l'enfant rieur qui commençait à parler, qui grandissait, est devenu sombre, introverti.

Il s'est mis à jeter des objets dans le fleuve qui coule non loin de la maison : sacs, vêtements, chaussures, portefeuilles, photographies. Tout partait à l'eau.

Il avait des gestes compulsifs, sans raison, il ne nous regardait plus dans les yeux. Une autre histoire.

Que de fessées, au début, à cause de ce comportement.

Je sais qu'on ignore les causes de l'autisme. Multifactoriel, soi-disant. La vie elle-même étant multifactorielle, pourquoi l'autisme ferait-il exception ?

Est-ce une conséquence de la vaccination ? Nous avons remarqué les premières bizarreries quelques mois après le ROR.

Je le lui avais dit, au docteur Barnard.

– Tu penses que c'est le vaccin ?

– Oui, je me trompe ?

– Il semblerait que ce soit génétique.

– Qu'est-ce que je dois faire ?

Barnard, cheveux châtains, costume marron sous la blouse, barbe clairsemée, avait levé les yeux au plafond puis saisi une boîte de pastilles ; il m'avait dit : Tu t'habitueras.

Bien sûr, mais la vie d'Andrea basculera dans un monde qu'il ne pourra plus qu'effleurer. Quand tu ne peux parler avec personne, difficile d'être autonome. Pas de relations, pas de travail, ni de fiancée. Me reviennent à l'esprit les derniers vers d'un petit poème écrit sur un mur dans un hôpital pour enfants.

C'est d'accord, maladie, fais-moi souffrir cette nuit, et si tu veux demain, et après-demain aussi. Un mois, même une année, tu pourras t'amuser, mais pour toujours : jamais !

Eh merde.

Étrange effet du blues à la Nouvelle-Orléans.

Perdus en Louisiane

Adieu, Bourbon Street ! Nous nous sommes laissé dorloter dans un hôtel de bon standing, nous avons fait le plein de confort.

Nous enfourchons la moto et je me rends compte qu'Andrea garde ses deux mains en l'air : sa baguette magique a disparu. Je lui demande où il l'a laissée. Il secoue les mains et me dit qu'elle est là. Je regarde, mais je ne vois rien, elle a dû rester dans la chambre.

– Tu penses que ta baguette magique sera plus utile à la Nouvelle-Orléans ?

– Oui.

Nous traversons la ville avant que les cafés ne s'animent, un long trajet nous attend. À partir d'aujourd'hui, les choses se corsent, la Louisiane et le Texas vont nous mettre à l'épreuve.

Les traces du chaos de la nuit sont déversées dans les égouts par d'énormes camions qui lavent les rues en projetant des trombes d'eau. La ville se prépare au round suivant.

Nous quittons les routes principales, au tracé géométrique, leur préférant un réseau de bourgs minuscules, plantés de maisonnettes identiques, moins encombré de voitures. Une Amérique qui se distend et se vide : avec toute cette place, quel besoin y avait-il d'aller se balader sur la lune ? On dit que le fait de disposer de beaucoup d'espace donne le sentiment d'avoir aussi beaucoup de temps devant soi, c'est peut-être juste. Du temps que je ne consacre pas à la Harley, réduite à un réservoir muni d'un accélérateur. Et d'une selle, bien entendu. Ça n'est pas de l'irrespect. Je sais bien que je devrais en prendre soin, tout au moins y réfléchir. Tôt ou tard…

Crocodile, en grandes lettres sur l'enseigne d'un restaurant, je demande à mon associé : Tu veux manger du crocodile ? Le menton appuyé sur mon épaule, il doit avoir une expression stupéfaite, de celles qui lui viennent lorsqu'il reprend contact avec le monde et qu'il le trouve bizarre.

Une table est restée libre au milieu de la foule des camionneurs affamés. Andrea déguste sa viande habituelle tandis que j'affronte le crocodile. Rien de particulier, ça ne sent pas la vase ni les algues des fonds marécageux, nul arrière-goût de myrtille ou de brebis happée au gué. Ce pourrait être du thon.

La salle se vide peu à peu. Ne restent que deux gros gars, de ceux qui portent le bouc comme les serial killers ou les éleveurs de poissons-chats, et nous.

Andrea a encore faim.

– Qu'est-ce que tu veux ?

– Manger.

– D'accord, tu veux des frites ?

– … ites.

– Dis-le correctement : des frites.

– Oui.

– Des frites. Tu veux des frites.

Je saisis la bouteille de ketchup.

– Tu les veux avec du ketchup ?

– Kechia.

– Andy, fais un effort ! Tu dois bien prononcer les mots.

Il ne faut pas qu'il oublie sa voix, le son des mots. Je suis obligé de le forcer. Les serveuses nous regardent.

– Tu veux aussi un beignet?
– ... gnet.
– Allez, beignet!
– Beignet bon.
Une des serveuses s'approche, puis l'autre, l'air inquiet. J'explique qu'Andrea est autiste, que je veux qu'il apprenne à utiliser le plus de mots possible, que ce sont comme des bouées de sauvetage lancées vers les autres. Faute de quoi il habitera une île toujours plus petite. Je ne lâche pas, et tant pis si je passe pour un tyran.

Pendant qu'on parle, Andrea prend la bouteille de ketchup, il se lève et rejoint l'une des tables inoccupées, il y dispose plusieurs rangées de serviettes en papier, puis, à la Warhol, mais en plus imaginatif, trace dessus une douzaine d'idéogrammes presque identiques. Il les contemple, satisfait. Après quoi il pose un de ses dessins sur une serviette propre, la recouvre d'une autre serviette propre, puis d'un autre de ses dessins, et ainsi de suite: c'est un mille-feuilles de papier et de ketchup. Le sommet du chef-d'œuvre est particulièrement bien assaisonné. Les serveuses en restent bouche bée. Elles s'écroulent sur leurs chaises en riant: et dire qu'on pensait s'ennuyer aujourd'hui! Nous nettoyons tout. L'une des serveuses déclare que nous venons de censurer une authentique œuvre d'art, que certains chefs-d'œuvre, sans qu'on s'explique pourquoi, finissent ainsi à la poubelle.

Nous ne nous attendions pas à ce long tronçon de route bordé d'arbres, on se croirait en Europe. Juste après les arbres, un lac magnifique. Andrea s'agite, je suis plus rapide que lui: au bain! Trois ou quatre plongeons, et on repart, lui dis-je. Mais l'eau est chaude et transparente, c'est un tel plaisir qu'il est impossible d'en arracher Andrea. Nous restons jusqu'à huit heures du soir.

– Allez Andrea, il fait presque nuit. Il faut qu'on trouve un hôtel.

– Un hôtel papa.

– Grimpe et accroche-toi comme il faut, ça monte.

Je m'aperçois que les phares ne s'allument plus.

– Andrea, nous n'avons plus aucune lumière.

– Aucune lumière.

Il n'a absolument pas peur. Il ne me serre pas davantage : pas la moindre anxiété.

Rouler ainsi présente un sérieux risque : la lune est voilée et très vite nous baignons dans un océan de ténèbres. La nuit américaine est obscure à un point dont on n'a pas idée. Le premier bourg est à une cinquantaine de kilomètres. Deux trajets possibles, nous en choisissons un au hasard. Je m'efforce de suivre les lumières des rares voitures en transit, mais se voyant filés par une mystérieuse moto tous phares éteints, les gens prennent peur, forcément. Les voitures accélèrent, freinent brutalement, font tout pour se libérer de notre fastidieuse présence. Quand il n'y a plus personne, j'essaie d'avancer tout doucement, kilomètre après kilomètre. C'est à y perdre tout sens de l'orientation, la panique me guette. Il faut que je me calme. Je rebrousse chemin, en roulant au pas. J'ai décidé d'emprunter l'autre trajet, dans l'espoir qu'il soit un peu éclairé, ou qu'on y trouve une station-service. Par bonheur, c'est le cas. Je parviens à arrêter le chauffeur d'un pick-up et je lui explique la situation. Il nous accompagne sur trente kilomètres, jusqu'à un motel. À l'arrivée, nous sommes un peu éprouvés, mais nous l'avons fait ! Dans quelle partie de la Louisiane avons-nous échoué, ça, nous l'ignorons.

Nous le saurons demain. Sans plus une once d'énergie, nous nous effondrons sur nos lits. Nous avons fait douze heures de route. Mais Andrea ne veut pas dormir.

– Andrea, tu dors ou non ?

– Faire un petit tour.

– Comment ça, faire un petit tour ? Après toutes ces heures de moto ? On a cramé les pneus, l'essence et les phares, on s'est démoli le cul et toi, ça ne te suffit pas ?

– Un tour sur la moto. Faire un petit tour.

Je n'y crois pas. Parfois, ce qu'il exprime à haute voix ne correspond pas à ce qu'il voudrait dire. Alors, dans un ultime effort, je décide de lui poser la question par écrit. Mais d'abord je respire à fond.

`QU'EST-CE QUE TU AS RESSENTI TOUT À L'HEURE SUR LA MOTO ?`

Andrea fixe l'écran, énigmatique. Il se tord les mains. Je me mets derrière lui, je dois penser à être léger. Il me regarde à la dérobée, pensif, il sourit, joint les mains en croisant les doigts.

Allez Andrea, allez ! Poing, cœur, lettre…

`Oiseau en vol`

Quelle émotion, il me parle. Qu'est-ce que je dis : il m'écrit ! Courrier arrivé pour votre serviteur. J'essaie de rester calme et je n'y parviens pas, qui le pourrait ? Je tape comme un dératé.

`TU AS EU PEUR EN VOYAGEANT DANS LE NOIR SANS LES PHARES ?`

`Non ciao`

Dans le vide

Au matin, nous avons appris que nous étions du côté d'Alexandria. Le problème des phares a été résolu chez un concessionnaire Harley Davidson aussi clinquant qu'un parc d'attractions géant. Les Harley étaient alignées telle une cavalerie au repos. Je croyais qu'il suffirait d'une réparation facile et rapide, mais le personnel, très scrupuleux, nous a informés qu'il fallait compter deux bonnes heures de travail. Nous trompons l'attente dans un snack-bar. Près de nous : deux gros bikers texans, barbus et tatoués.

Andrea commence à leur tourner autour.

– Encore des connards de touristes.

Connards de touristes, connards de touristes, répète Andrea avec son improbable accent, en sautillant comme un pivert. Ils comprennent que nous ne sommes pas des connards ordinaires et acceptent de bon gré de se laisser prendre en photo : deux pirates à la barbe broussailleuse et à l'œil perçant, encadrant une asperge vêtue d'un T-shirt jadis de couleur blanche. Ils sont agréablement étonnés de la manière dont nous voyageons. Vous n'êtes pas des connards, seulement des inconscients, et ils nous suggèrent de remplir des bouteilles d'eau afin de pouvoir s'en asperger au cours du trajet. La température a grimpé, on ne traverse pas le Texas en moto sans s'être trempé comme un canard, s'exclament-ils, et les voilà qui rigolent à s'en décrocher la mâchoire. On souffre moins de la chaleur, trempé comme un canard, et de rire encore et encore, ils ne peuvent plus s'arrêter. Andrea rit avec eux un moment, puis se met à les regarder comme s'ils étaient deux gros brigands.

– Vous allez à Waco ? N'y allez pas. Ils sont tous barges à Waco.

– Où pourrions-nous aller ?

– Vous n'avez pas de point de chute ?

– Pas vraiment.

– Ne faites pas Dallas, ni Oklahoma City, ils sont encore plus tarés, à ce qu'on dit. En plus il faut passer par Wichita, dans le Kansas, et là, on vous en cause même pas.

– D'accord, et donc ?

– Amarillo-Santa Fe : vous allez cramer dans le désert et après vous irez vous refroidir les noix à Denver. Les déserts : de grandes âmes, de vrais fous. (Et ils se marrent.) Vous avez lu *Dune* ?

– J'ai vu le film.

– On s'en fout du film, répondent-ils d'une seule voix. Et tu as pigé ce que c'est, l'épice ? Celle qu'on obtient des grands vers des sables ?

– Non, je ne sais pas.

– De l'uranium, annoncent-ils en chœur.

– De l'uranium ?

– Pour la bombe atomique. L'épice servait pour la bombe atomique, pour le projet Manhattan.

Oui, c'est ça : le désert, une échappée imprévue. Les deux flibustiers se rapprochent comme pour partager avec nous d'obscurs secrets, l'un d'eux attrape Andrea qui prenait le large et le tient bien serré. De la forêt de leurs barbes surgissent à présent des histoires d'expérimentations nucléaires, de radiations qui font muter les cactus mais pas les motards, d'antiques lignes de chemin de fer, de tronçons de routes, de vestiges de mines, d'expériences architecturales. Le désert est le chaudron des aspirations humaines – projets absurdes et cynisme militaire – en même temps qu'une machine à distiller les essences : visions, hallucinations, espoirs. Le grand alambic, le plus grand buvard du monde.

Ils m'étourdissent. Je leur demande si le désert n'est pas un endroit vide. Je me souviens que celui d'Arabie porte justement le nom inquiétant de « quartier vide ».

Ils ne cessent de rire. Allez-y, allez voir si ça n'est pas le vide qui a généré l'univers...

Nous suivrons leurs deux conseils : avec les T-shirts humides, on croirait avoir l'air conditionné sur la moto, c'est comme de courir sous une pluie froide. Et nous filons vers Amarillo. La journée aussi file, toujours *on the road* : les stations-service sont désormais les seuls lieux habités où nous jetons l'ancre. Andrea risque des baffes en touchant les pompistes, mais comme toujours il bénéficie de la clémence féminine. Nous faisons provision d'essence, de glaces pour Andrea et de beaucoup d'eau pour nous rafraîchir. Nous jouons à nous vider les bouteilles dessus tout en roulant : on s'amuse comme des petits fous.

Pas âme qui vive deux heures durant : ni voiture, ni camion, rien. Nous sommes seuls, vraiment seuls, deux points infimes dans un espace cosmique.

Tout à coup nous traversons un bois et l'air devient piquant. Une étendue verte surgit sans prévenir et nous passons dans une autre dimension : après la zone aride, un paysage presque canadien.

De façon tout aussi soudaine, le Texas réapparaît, avec ses interminables voies solitaires et ses étendues dépouillées. Lumières et couleurs auxquelles on ne peut jamais tout à fait croire, car trop de soleil aveugle.

Au loin apparaissent les silhouettes d'oiseaux gigantesques, béquetant le sol à la recherche de grains de pierre ou de vers de calcaire. En nous approchant nous comprenons qu'il s'agit de foreuses de pétrole.

Je les montre à Andrea: pétrole, pour faire fonctionner les moteurs.

– Pétrole, répond Andrea sans beaucoup de conviction.

– Tu sais de quelle couleur est le pétrole ?

– Pétrole beau.

– Pas vraiment... c'est noir, et visqueux.

Il fixe le mouvement hypnotique des foreuses.

Le crépuscule nous surprend à Denton, nous faisons halte dans un motel bon marché. Le personnel est oriental et nous n'arrivons pas à communiquer. Quand je leur demande où se trouve le centre, ou de m'indiquer un restaurant, ils ne savent que répéter : *dollars cash.*

Aujourd'hui, Andrea a peu mangé, trop de pain au restaurant, mais il a l'air d'aller bien. Il n'a eu aucune crise, un de ces moments confus où il se frappe le ventre ou se mord les bras.

Je ne l'ai pas vu aller aux toilettes tous ces jours derniers. Bah ! Il le fait en cachette, ou bien je ne sais pas.

– Andy, lui dis-je, on a oublié le caca ?

Il pince la bouche sans me regarder.

– Alors, ce caca ?

– Caca beau.

– Ne fais pas ton malin...

– Tranquille.

En attendant il est toujours propre, nous sommes seulement recouverts de la poussière de la route qui se colle à la sueur.

Terres arides et désertiques. Peu de bruit et peu d'eau. Je n'avais pas tenu compte de ça, j'aurais dû.

100 % Texas

Tout un continent sépare Denton d'Amarillo, la route s'étire à l'infini. Nous nous aspergeons d'eau sans cesse car il fait plus de quarante degrés. Par chance, le matin nous avons le soleil dans le dos, la lumière ne nous éblouit pas et incendie le paysage.

Après des kilomètres sous une chaleur accablante, nous nous arrêtons sur la rive d'un fleuve couleur de rouille, comme une coulée de terre liquide. Émerveillé, Andrea veut à tout prix y tremper ses pieds.

Eau maudite et bénie, qui l'attire comme un aimant.

Je repense à toutes les fois où Andrea a disparu de la maison, comme une ombre. Il était là et l'instant d'après, plus personne. Remplis d'épouvante, on court dans tous les sens, ratissant le village, on téléphone, on alerte la terre entière, on cherche à se rappeler le moindre lieu qui puisse avoir un attrait pour lui, mais l'angoisse paralyse nos pensées. Alors on appelle les carabiniers, toutes les forces de l'ordre, on aurait même appelé l'armée si on n'avait pas eu l'idée d'aller chercher le long du fleuve. Par trois fois il a disparu : par trois fois nous l'avons retrouvé au bord d'un cours d'eau, immobile, assis la tête entre les mains.

J'ai étudié les nombreuses propriétés de l'eau. J'ai appris qu'elle existe à l'état solide, liquide et gazeux. Andrea, quant à lui, a au moins quatre états : absent, presque là, agité, renfermé. Des forces aux marges de ce territoire instable qu'est son esprit.

Maintenant je crois qu'il perçoit l'eau comme doit la ressentir une algue flottante, comme le courant et la marée. Comme s'il était eau lui-même.

Andy, Andy, mais de quoi es-tu fait ?

Je l'aide à retrousser le bas de son pantalon et je le vois avancer de plusieurs mètres dans le fleuve. Il ramasse, au fond, des poignées de boue rouge et les rapporte sur la rive, traçant des lignes sur la terre.

Encore quelques heures de moto pour arriver à Amarillo. Je viens de m'apercevoir qu'on peut chercher aussi les bed & breakfast grâce au GPS. Nous optons pour le plus proche, à un kilomètre à peine.

Le B & B est une énorme maison américaine, avec de larges fenêtres sur la route et une pelouse à l'herbe si tendre qu'il nous vient un désir irrépressible de la fouler pieds nus. Nous peignons nos cheveux avec nos doigts et, une fois apprêtés, nous sonnons, pleins d'espoir. Les propriétaires apparaissent, ils ont l'allure de comptables à la retraite et nous accueillent dans un vestibule ensoleillé. Ils nous examinent avec attention, le ton est courtois mais le regard vigilant. Il est clair qu'ils se demandent s'il est bien prudent d'introduire dans cette demeure parfaitement ordonnée deux voyageurs crasseux et, d'apparence, pas très sérieux. Je sens qu'ils pèsent le pour et le contre. L'homme s'appuie sur une canne, il touche son chapeau comme si, d'un instant à l'autre, il allait l'ôter pour nous saluer avec distinction. La femme a remarqué les regards un peu trop enthousiastes qu'Andrea jette sur ses bibelots. Elle écarquille les yeux lorsqu'il s'en approche et commence à les effleurer, puis elle lance une rafale d'interdits : on ne touche pas ça, on ne va pas de ce côté, vous ne pouvez utiliser que ces toilettes-là… Quelques minutes plus tard, elle réalise qu'Andrea la salue de manière curieuse, en répétant : Bonjour madame belle. Elle s'adoucit et nous invite à visiter la cuisine où nous prendrons notre petit déjeuner. Andrea saute sur l'occasion et vide le flacon de liquide vaisselle dans l'évier. Elle le regarde atterrée tandis que, souriant de ses trente-deux dents, il achève son œuvre. Andrea a la manie de vider systématiquement les bouteilles, il peut boire trois litres d'eau d'affilée rien que pour les voir vides. Flacons de parfum ou de shampoing, tubes de crème ou de dentifrice subissent le même sort.

La dame est perplexe, son mari se met à râler. Il souffle, enlève son chapeau, cogne sa canne par terre. C'est parfait. Andrea adore voir les gens en colère, quand ils se mettent à crier cela le met en joie : il rigole en se frottant les mains. Un jour, écrivant sur l'ordinateur, il m'a dit que son jeu favori est celui des « en colère contre Andrea ».

Devant la réaction de son mari, la femme se rapproche d'Andrea, comme pour le protéger.

Mais voilà qu'Andrea part en reconnaissance : il grimpe l'escalier, suivi péniblement par le mari qui a jeté son chapeau par terre et se hisse, agrippé à la rampe. Pris à contre-pied, la dame et moi restons là, à nous fixer. Il n'est pas dangereux, dis-je dans un souffle.

Entre-temps le maître des lieux a disparu à l'étage avec Andrea, pendant un moment on n'entend pas un bruit. Puis soudain s'élève la voix de l'homme, chargée d'émotion, un bredouillis ravi. Je crois entendre des *boum ! bam ! boumbam ! tatapapam !* Je fais signe à la dame qu'il est temps d'aller voir.

Le vieil homme serre le bras d'Andrea, tous deux se tiennent devant un mur couvert de photographies : des feux d'artifice. Andrea les adore, il raffole de ces étincelles qui jaillissent dans la nuit. Extasié par la stupeur d'Andrea, l'autre lui raconte qu'il est né à Huddersfield, en Angleterre, et qu'il est venu aux États-Unis répandre l'évangile des copeaux de titane qui vaporisent dans le ciel des cascades d'argent, laissant bouche bée troupeaux et cow-boys. Il montre de ses longs doigts jaunis des images de feux vert acide et écarlates, hausse le ton pour faire l'éloge du cuivre et du baryum, pour cracher sur la pénible lumière jaune du sodium, qu'il faut étouffer avec le rouge du strontium si l'on veut dessiner dans le ciel des pétales orangés comme ceux de certains lys des marais. On ne peut plus l'arrêter ! Il se prétend capable de produire des étincelles couleur d'azur pour nous prouver ses talents d'autrefois. En soupirant, il lâche le bras d'Andrea qui en profite pour redresser un ou deux cadres, d'un geste qui semble une caresse.

À présent le vieil homme nous aime, au point d'amener pour nous jusqu'au seuil de la maison une limousine blanche. Un peu déglinguée, en vérité, mais c'est une limousine quand même !

Heureux d'avoir mérité cet honneur, nous nous laissons conduire en grande pompe au Big Texan Steak Ranch.

C'est un restaurant extraordinaire, monumental, il peut accueillir des centaines de clients. Quand nous entrons, la salle est comble et embaume la viande rouge. Au centre, une table où l'on peut relever le défi du carnivore : on vous y apporte un monstrueux steak de deux kilos, celui qui en vient à bout ne paie pas. Quelques colosses contemplent résignés leur assiette encore pleine.

Nous nous installons un peu plus loin avec notre ration. Deux musiciens s'approchent, violon et guitare, un son chaud, une voix inoubliable. Ce sont deux petits vieux, ils sont excellents et nous les applaudissons. Nous acclamons aussi la foule qui danse un country déchaîné, les cow-girls sont splendides, elles dégagent une formidable énergie et décochent des sourires éclatants.

– On y va Andy ?

– Non non, me répond-il, mais ses yeux rient.

Avant de partir, nous prenons place sur une chaise aux dimensions cyclopéennes : deux nains attendant que Blanche-Neige vienne leur dire bonne nuit.

Quel jour on est

Au moment où je démarre la moto, le propriétaire du B & B sourit et lance une salve de *boum! bam! tapoum!* tous dédiés à Andrea. La bande-son d'un feu d'artifice.

Santa Fe ne semblait pas si lointaine, nous parcourons pourtant une flopée de kilomètres. Il fait chaud, nous avons soif. Andrea s'agite. Quelque chose luit à l'horizon. Comme un miroir géant. Ça n'est pas une oasis, mais un lac. En nous approchant, nous distinguons de minuscules fourmis humaines sur sa rive, avant de constater que le lac grouille de baigneurs et d'intrépides plongeurs. Nous n'y résistons pas et en un tournemain, nous sommes déshabillés. Recouverte de vêtements et de bagages, la Harley a des airs de camping-car. En nous ruant vers l'eau, nous bousculons un peu un petit groupe de jeunes filles.

Eh toi, l'asperge ! s'exclame l'une d'elles, apostrophant Andrea qui a piétiné le plaid sur lequel elle était étendue.

– C'est à toi que je parle !

Andrea lui jette à peine un coup d'œil, mais il s'arrête car le ton est péremptoire. La fille se met debout, et lui repart à fond de train vers l'eau.

– Mal élevé !

J'essaie de calmer le jeu.

– On ne peut même plus passer un samedi tranquille, proteste-t-elle.

– Samedi ? On est samedi ?

– Eh mais d'où vous tombez ? De la planète Mars ?

J'appelle Andrea pour qu'il leur fasse des excuses : sans le vouloir, il s'est comporté comme un mufle. Je le présente : mesdemoiselles, Andrea vous demande pardon. Surtout parce qu'on est aujourd'hui samedi. Pour nous, ce pouvait être aussi bien mercredi, ou lundi.

– Andrea, on est mercredi ou lundi ?

– Lundi.

– Elles disent qu'on est samedi.

– Un peu, oui.

Les jours de la semaine, pour nous, ont perdu toute signification…

Nous frôlons des reliefs semblables à des crânes surmontés de rares touffes de cheveux, une main sur la poignée de l'accélérateur, et l'autre bras en l'air cherchant un atome de fraîcheur. Les deux bikers texans avaient bien raison de se moquer de moi, quand je disais que le désert était vide. Nous traversons des terres arides, ingrates, mais elles ne sont pas vides. Notre sensation de vacuité tient à l'absence de présence humaine, c'est l'espace qui nous renvoie du sens.

J'indique le ciel : de quelle couleur est-il ?

– Bleu.

– Et la montagne ?

– Bleue.

Moi je dirais gris-vert. Mais que voit Andrea, au juste ? Comment s'en tire-t-on avec un filtre sur les yeux qui modifie continuellement la perception de la lumière ? Quel mystère complexe que de vivre dans un tourbillon qui ne cesse de tout mélanger et rend le monde méconnaissable. Je comprends son désir de s'accrocher à des points de repère, parce qu'on ne peut pas tout le temps se sentir un jour africain au pôle Nord et le lendemain esquimau en Namibie.

Andy, Andy, aide-moi.

– Et le sable ?

– Marron.
– Non, il est jaune.
– Marron.
– Et tout ce paysage, de quelle couleur est-il ?
– Beau.

Je sens la présence d'Andrea, silencieuse et puissante, nous n'avons besoin de rien d'autre, emportés par des émotions que les mots ne peuvent que trahir. Nous sommes formidablement légers. Je ralentis. Encore. Andrea appuie sa tête sur mon épaule, comme s'il voulait que je lui raconte une histoire.

– Qu'y a-t-il, Andy ?
– Les filles.
– Les filles ?
– Les filles belles.
– Tu veux qu'on parle des filles ?
– Les filles, papa.

C'est venu comme ça. Je lui parle de la sexualité, comme si elle faisait partie du paysage : oh regarde Andrea, un cactus, un lac, une rafale de vent ! Je lui parle de la masturbation, des femmes, de l'amour. Je lui parle sans savoir quelles questions il se pose. S'il est difficile d'aborder ces sujets avec ses enfants, ça l'est encore bien plus avec un enfant autiste. J'espère seulement être allé au plus près de ce qu'il peut ressentir. Andrea m'enlace, m'embrasse l'épaule et la joue. Est-ce pour me remercier, ou est-ce un effet de cette liberté fluide qui nous entoure ? Il écarte les bras, se dissout dans l'air. J'accélère à nouveau.

Quand nous arrivons à Santa Fe, la chaleur devient insupportable, les gens économisent leurs mouvements. Nous sommes épuisés, mais c'est une sensation presque délicate. Je regarde Andrea siffler une petite bouteille d'eau, puis une deuxième. Je lui ôte la troisième des mains. Mais comment fait-il ? C'est un dromadaire, voilà tout.

Un dromadaire, le désert, l'autisme.

Nouveau-Mexique

Le désert envahit mes pensées, tant ses points communs avec l'autisme sont évidents. La rareté des relations, l'apparente monotonie. Le silence. L'essentialité. La vie qui fait son chemin en jouant des coudes, loin de la luxuriance des forêts, infiltrée dans le sable et dans les fissures de la roche, mimétique, prête aux adaptations les plus extrêmes pourvu qu'elle résiste.

Et pourtant, le désert ne peut être le lieu de l'absolue solitude. Ceux qui l'habitent ont tout de même besoin de ravitaillement, de carburant, de téléphone et d'une conversation ou deux par semaine. Ils doivent pouvoir compter sur des amitiés solides, trouver le pompiste le moins antipathique. Peut-être que l'autisme est un désert d'abord hostile, exigeant, trop sincère, et que je le traverse sans savoir si mes réserves d'eau me suffiront, si je percerai ses secrets et si j'en saisirai l'essence.

Pour pénétrer le désert d'Andrea j'ai très souvent cherché à imiter ses gestes: sauter sur place, frotter bien fort mes mains au même rythme que lui, courir d'avant en arrière, regarder en biais. Cela faisait naître en moi des émotions si violentes que je devais m'arrêter sous peine de fondre en larmes, submergé par un chagrin trop lourd. Je me suis haussé sur la pointe des pieds pour marcher ou pour boire le café au bar. Tant pis si on me prenait pour un excentrique ou un présomptueux: je voulais savoir quelles pensées vous traversent quand vous regardez le monde de plus haut. En réalité, c'est tout simplement épuisant : impossible de résister longtemps, on est très vite pris de crampes. La première fois je n'ai tenu que cinq minutes.

N'allez pas à Los Alamos ! À la caisse, le pompiste avait été formel.

C'est bon, je sais : c'est là qu'ils ont fabriqué la première bombe atomique.

– Ça, même les touristes le savent. Mais c'est un site de stockage du plutonium, maintenant.

– Compris…

Nous avons évité Los Alamos, en ne nous autorisant qu'une courte promenade, de cent cinquante kilomètres, dans le *Land of enchantment*, vers la frontière avec le Colorado. L'atome sur les terres de l'enchantement.

Des plaines et des collines d'une beauté revigorante, semées de nombreuses fermes. Les chevaux galopent en toute liberté. Nous avons le sentiment de leur ressembler.

À Taos nous voilà soudain plongés dans l'*Old West.* Nous entrons dans un film en noir et blanc : uniformes de soldats, maisons basses en bois, Indiens, colts et winchesters. Un ou deux mannequins de trop, peut-être. La rude Amérique frontalière, en pose. Dans la maison de Kit Carson nous nous déguisons en bandits, armés jusqu'aux dents. Je défie Andrea en duel en dégainant prestement mon colt : je fais semblant de tirer. Il reste immobile. Au deuxième essai toutefois, il me grille, vif comme l'éclair, au troisième aussi, et encore au quatrième, mon magnifique Billy the Kid. Il ne s'arrête plus. Il tire sur le monde entier, sur le ciel, sur les montagnes. Sur la poussière.

Je ne parviens pas à lui faire mettre ses vêtements, il se balade un moment en pistolero dans Taos. Finalement, je dois l'obliger à se déshabiller ce qui provoque chez lui une grande agitation. Il me montre, avec l'insistance dont il sait faire preuve, son bras afin que je le morde. Je le bloque avec fermeté : au début du voyage, nous avions fait un pacte. Il ne veut rien entendre et ne se calme pas. Je me dis que c'est peut-être la faim et je le traîne au restaurant.

Andrea part en vrille : il éteint l'air conditionné dès que nous entrons, il dispose à sa façon les couverts sur la table, puis il insiste pour faire de même avec ceux des voisins qui se demandent, éberlués, d'où nous sortons. Il siffle deux bouteilles d'eau gazeuse en quelques secondes, et persiste à me mettre le bras devant la bouche pour se faire mordre. Je lui répète que c'est hors de question. Alors il saute de sa chaise, puis s'y rassoit. Saute à nouveau, se rassoit...

Après quoi il concentre ses attentions sur la serveuse : il lui prend la main chaque fois qu'elle passe et ne la lâche plus jusqu'à ce qu'elle se décide, toute timide et menue qu'elle est, à tirer plus fort que lui.

C'est une fille ravissante, douce et sympathique.

– Monsieur, votre fils me tient la main.

Elle dit ça comme si elle me murmurait un secret de famille.

– Andrea, laisse la demoiselle.

– Ne le grondez pas. Ce ne serait pas du tout un problème si je n'avais pas tant de travail à faire...

– Andy !

Il lui touche le ventre. Il est incontrôlable. Nous sommes obligés de partir.

Dehors, je le fais asseoir à côté de moi sur le premier banc que nous trouvons.

– Tu m'expliques pourquoi tu touches toutes les filles comme ça ?

– Fiancées je touche.

– Mais tu touches aussi les filles que tu ne connais pas…

– Filles belles.

Andy, les gens ont un ventre, c'est d'accord, mais ils ont aussi leur manière de voir le monde, et ça peut ne pas leur plaire qu'un casse-cou dans ton genre les serre de trop près, tu exagères, cette jeune fille ne savait plus quoi faire. Les gens vont se passer le mot : voilà la grande asperge qui écrase les ventres, fuyons, fuyons ! Tu as compris ? Les gens vont se sauver et te laisser tout seul, tu ne pourras plus embrasser personne après.

– Tu veux rester tout seul ?

Il me regarde.

– Andy, tu veux rester tout seul ?

– Tout seul, papa.

On entend un grondement au loin, des orages qui approchent.

Chasse au coyote

Un ronronnement au loin. J'ouvre les yeux: Andrea est devant le téléviseur allumé.

Tu n'as plus sommeil? Il ne me répond pas, hypnotisé par les images. Le film se passe à Denver, dans un saloon du nom de Coyote Ugly, où l'on danse et l'on s'amuse beaucoup. J'essaie de le faire aller aux toilettes, mais en vain. Il ne tient pas en place, fait des pirouettes sur son lit.

Denver…

Les bikers texans nous l'avaient conseillée comme zone de décompression. Au moins pour la température. Un peu d'air piquant apaisera peut-être nos émotions.

C'est d'accord, Andy, nous passerons par les montagnes. Denver est là, juste derrière ce coin. Et si le Coyote Ugly existe réellement, nous irons le voir.

Nous arrivons à Denver au début de l'après-midi après cinq cents kilomètres de route. C'est une grande métropole, majestueuse. Nous garons la Harley devant le premier hôtel repéré grâce au GPS, en plein centre. Des gouttes grosses comme des œufs de pigeon s'écrasent sur l'asphalte encore brûlant de soleil. Vite, vite Andrea! Ces gros nuages noirs ne me disent rien qui vaille. Nous avons tout juste le temps de ramasser nos sacs avant que n'éclate un orage terrible, de ceux que Denver ne voit que tous les deux ou trois mille ans. On manque d'être emportés par les eaux jusqu'à l'Ontario.

Les nuages nous avaient tendu un guet-apens. Nous courons à l'hôtel où nous attendons tranquillement, une heure durant, que ça se calme.

Toute la matinée, nous avons roulé sur des routes rectilignes, sans hésitation. Depuis le départ, la pluie s'embusquait dans tous les coins : nous avons vu des éclairs, entendu le tonnerre, mais toujours à distance, aux marges d'un champ de force. Devant nous, à gauche et à droite, se déversait le grand arrosoir, mais les routes que nous choisissions étaient toujours sèches, comme si nous avions eu la carte des nuages, comme si quelqu'un nous avait indiqué le parcours du beau temps.

D'une hauteur, nous avons pu voir la route se dérouler sur une dizaine de kilomètres, large et à peine sinueuse, entourée d'immenses vallées, et au fond, des pics rougeâtres de chaque côté. J'ai arrêté la moto et mis pied à terre. Andrea est resté assis. En me retournant j'ai cru revoir, d'un seul coup d'œil, toute la route parcourue jusqu'ici, de l'autre côté de l'océan. Être avec Andrea m'emmène loin.

– D'où venons-nous, Andy ?

– De là-bas au bout, papa.

Andrea est un voyage dans la vie. Il nous a inscrits aux jeux Olympiques, catégorie saut en longueur, du problème à la solution. Nous n'avons pas gagné beaucoup de médailles, mais au moins ne nous sommes-nous pas laissé abattre par la tristesse et la résignation, ni écraser par le poids des difficultés. Avancer, même quand ça peut sembler illusoire.

La *rambla* de Denver est très animée, nous sommes emportés par ce flux endiablé, le courant nous entraîne, nous ballottant çà et là, puis nous dépose juste devant le Coyote Ugly.

Andy, c'est le Coyote Ugly !
Je le lui montre du doigt, épaté.
– Oui papa, le coyote beau, me répond-il, comme si c'était l'épicerie d'en bas de chez nous, et il se précipite vers l'entrée. Je sais qu'il se souvient du moindre détail entrevu dans le film, et surtout de l'enseigne lumineuse. Un videur éléphantesque nous barre la route, revêche.
Coyote Ugly ! déclare Andrea avec conviction, mais ça ne doit pas être le sésame qui déclenche l'ouverture de la porte magique. Le videur fait un pas en avant et de tout son poids repousse Andrea vers le trottoir. L'accès de l'établissement est interdit aux mineurs de moins de vingt et un ans, bien sûr. Andrea a déjà changé de centre d'intérêt et tournicote autour du videur. Je lui prends le bras.
– Andy, j'ai bien envie d'aller y voir maintenant. Je rentre et je prends des photos, qu'est-ce que tu en dis ?
– Photos papa.
– Le jeune homme reste ici, je jette juste un coup d'œil, d'accord ? Pour voir si c'est bien le saloon du film. On ne veut pas causer de problème, pas vrai Andy ?
Le videur hausse les épaules en observant Andrea qui poursuit son manège et soudain, l'attrape et lui tâte les biceps. Le type éclate d'un rire sonore et prend la pose d'un culturiste, il me dit qu'il va le garder, le jeune homme, le temps que je fasse un petit tour et on se tape dans la main.
On peut lui faire confiance, un colosse pareil pourrait stopper un train. Je passe la porte : c'est un saloon moderne, où le soir les gens se déchaînent au son de la musique country. La salle est déjà comble. Derrière d'immenses comptoirs, des filles superbes lancent des verres à saisir au vol et versent de la tequila à même la bouche des clients. Je m'enfile un double whisky, je remettrais bien ça mais je crains que le videur, à bout de patience, ne m'éparpille Andrea. Je sors à

contrecœur, lançant des regards mélancoliques à un ou deux jolis minois, pour retrouver mon joyeux compagnon dans les bras d'une blonde. Le videur me fait un clin d'œil: *Love*, susurre-t-il. Je reste comme un idiot. On dirait deux amoureux. Je demande, indiscret, quelque lumière au videur: eh bien ce playboy a abordé la jeune femme, il lui a dit un truc mignon, ils ont dansé un peu et puis il l'a embrassée. Non allez, je n'y crois pas. Dis-moi la vérité! Alors il m'explique que tout a commencé par un échange de pressions sur le ventre, après quoi elle lui a raconté sa vie et Andrea l'a écoutée avec beaucoup d'attention, elle a pleuré un peu, il lui a souri, il a improvisé une petite danse, une autre pression sur le ventre, et enfin elle l'a embrassé. Le baiser a bel et bien eu lieu.

– Andrea, comment s'appelle la demoiselle?

– Katleen belle.

Elle fait la révérence, farceuse et élégante, une vraie princesse. Elle vient du Nebraska.

Andrea jubile. Il vit un moment magique, il est ravi.

La jeune femme me dit que personne ne lui a jamais touché le ventre comme Andrea. D'abord il l'a pressé, puis il a laissé sa main appuyée, comme s'il écoutait. Une sensation étrange et agréable.

Nous nous perdons dans la ville, Katleen entraînée par Andrea, Andrea remorqué par Katleen. Andrea qui, tard dans la nuit, s'enivre d'eau gazeuse.

Harley Point

De nombreux messages sont arrivés pendant la nuit. Nous sommes aux États-Unis depuis deux semaines, et plus personne à présent ne pense que nous allons rentrer à cause d'un pneu crevé, d'un hot-dog avarié ou d'un Coca trop sucré.

Ici la Terre, astronautes : répondez !

Andrea est toujours avec toi ou bien tu l'as perdu ? Conduire la moto te plaît ? Comment est la nourriture ? Et le temps ? Bises, ton champion.

Mon cher, ce voyage est l'une des plus belles choses que tu auras faites dans ta vie, c'est un geste courageux et plein d'amour, je pense à tous les moments merveilleux que vous vivez, et qui te serviront pour surmonter les difficultés quelles qu'elles soient. Je te souhaite tout le bonheur du monde. Je t'embrasse.

Mais c'est quoi ce trajet ? Vous ne seriez pas en train de prolonger le voyage, par hasard ?

Prolonger. C'est drôle. Comme si nous avions un programme arrêté, avec kilométrage prédéfini, étapes obligatoires et contrôles intermédiaires : nous confirmons le passage des deux motards fous, en accord total avec la feuille de route, un coup de tampon sur le front et la signature du contrôleur sur le rétroviseur de la moto. Non, nous avançons sans planning, à l'inspiration, d'un Coyote Ugly à l'autre.

Nous prenons de l'altitude, très vite, nous atteignons les trois mille mètres. L'air est vif, le champ de vision infini.

Soudain, un grand coup de vent, de lourds nuages : une grêle monstrueuse s'abat sur nous.

Nous sommes la cible d'une mitrailleuse à glaçons, et pas un abri à l'horizon. On continue tout de même : rester à l'arrêt n'arrangerait rien. Nous roulons à moins de vingt kilomètres heure et c'est à peine si je distingue la route. Ma conduite devient moins sûre et je me fais quelques frayeurs, mais Andrea ne se démonte pas.

Aux environs d'Aspen, on se croirait dans les Alpes, ne manquent plus qu'un troupeau de vaches en transhumance et un comptoir de vente de fromages tenu par une robuste montagnarde. Nous sommes trempés, le froid se fait mordant, il nous faut vite trouver un refuge. Nous tombons sur une station-service : distribution d'énergie pour véhicules et pour êtres humains. En nous confondant en excuses, nous envahissons la boutique. Nous suspendons nos combinaisons dégoulinantes, essuyons nos cheveux avec un rouleau de papier absorbant, avant de nous asseoir sur une caisse de bouteilles de soda pour engouffrer le hot-dog de rigueur. Nos mains sont glacées et Andrea a du mal à tenir le sien. Mais à peine restauré il réussit, au prix de quelques contorsions, à embrasser un type venu régler son essence. Ce dernier ne s'y attendait pas, il fait un bond : *OK, autistic guy, no problem...* J'imagine que la tentation, légitime, de lui coller une baffe a pu l'effleurer. Une partie des gens réagissent mal, les autres ont souvent un sourire compréhensif. Parfois, comprenant qu'il est avec moi, certains cherchent à établir un contact et me posent des questions, ce sont des moments précieux. Comme si j'étais un médiateur entre deux mondes et que ce rôle, que je m'efforce de tenir de mon mieux, éveillait un sentiment de profonde sympathie. Nous faisons ainsi la connaissance de personnes très diverses, car Andrea se comporte de la même façon avec tout le monde : petits et grands, gros ou maigres, blonds ou bruns, jeunes et moins jeunes, hommes et femmes.

Au cours de l'après-midi, le temps s'améliore. La pluie a tout nettoyé et les roches couleur de rouille étincellent.

En arrivant à Grand Junction, nous trouvons en bord de route un motel anonyme, lumineux et silencieux. Parking devant le guichet, papiers, argent. Andrea se fait remettre la clé avec assurance, maintenant il connaît les usages.

Nous mangeons une pizza au restaurant le plus proche puis nous rentrons, avec quelques boissons dans un sac en papier. Nous avons exagéré, hier, et un peu trop fait la bringue, par conséquent : soirée calme.

J'essaie de le faire écrire, même si c'est une épreuve pour lui. Je tape une question, je me place derrière lui, effleurant son épaule. Il fixe l'écran. Je voudrais tant qu'il réponde, et pas seulement en deux mots, que j'ai la mauvaise idée de lui prendre la main, doucement, pour l'amener sur le clavier, comme faisait sa mère il y a quelques années. Il se laisse faire mais n'écrit rien. Je relis, dépité, ma question :

`CIAO ANDREA, TU AS EU PEUR AUJOURD'HUI SUR LA MOTO?`

Stupeur

Il pleut. De la fenêtre de notre chambre, je regarde le ciel d'où tombent, silencieuses, les gouttes.

Il est encore tôt, il ne nous reste plus qu'à attendre que ça passe. Andrea, sur son lit, se frotte sans arrêt les yeux. Ils sont bien rouges, j'espère que ça n'est pas une conjonctivite. Andy, Andy, forcément, tu refuses de mettre des lunettes, tu l'as cherché !

Je prends du collyre et lui nettoie les yeux avec soin, je lui montre les lunettes en lui disant : gare à toi si tu ne les mets pas ! Nous partons à huit heures sous une pluie légère qui ne dure pas. Le froid est plus vif qu'hier mais il devrait faire meilleur dans le courant de la journée. Nous enfilons toute notre garde-robe : T-shirts, pulls, blousons et combinaisons imperméables. Nos sacs de voyage sont quasiment vides.

Plus loin, la route longe le Colorado et le fleuve nous accompagne un bout de chemin, serpentant au bas des canyons, tandis que nous roulons le long des grandes courbes qui épousent les anses fluviales. Peu à peu, le paysage se modifie, nous passons du Colorado à l'Utah, les montagnes s'espacent et de loin en loin se dressent, abruptes, sur des pans de plaine tirés au cordeau. Pendant un long moment nous avons l'impression de traverser les cases d'une bande dessinée : les quelques mots que nous échangeons sont sûrement inclus dans des bulles. Incroyable comme le cinéma nous a rendu l'Amérique familière, son territoire réel semble une interminable séquence de scènes et de décors mille fois portés à l'écran.

Mais tous les films du monde n'auraient pas suffi pour nous préparer au spectacle de la Monument Valley.

Un ensemble de forteresses naturelles veillant depuis des millénaires sur des étendues poussiéreuses et rouges d'oxyde de fer. Regarde, Andy, on dirait les chaises de géants. Nous sommes comme envoûtés, le souffle coupé. Il faut dire que nous ne sommes pas arrivés jusqu'ici en autocar, au sein d'un troupeau de touristes, cornaqués par un guide pressant. Tout au contraire, ce fut pour nous comme une apparition : un dragon ailé, une féerie, une stupeur.

Quel joli mot que celui de stupeur.

– Vous êtes surpris ? m'a demandé le spécialiste, il y a quinze ans de cela. Je n'ai pas répondu tout de suite, j'étais abasourdi. Autisme n'est pas un mot qu'on entend tous les jours. Si j'étais surpris ? Mais non, pourquoi, quelle idée ! Je cherche dans le dictionnaire le sens du mot surprise, voilà, je me demande si j'écarquillerais les yeux en voyant un essaim d'étoiles filantes plusieurs mois après la nuit de la Saint-Laurent. C'est possible. On peut avoir une surprise une fois par semaine, deux avec un peu de chance. Avec un enfant autiste, hélas, on passe dans une autre dimension.

Nous descendons de moto et étirons nos bras vers le ciel. Andrea fait quelques pas, s'éloignant de la route. Il regarde autour de lui. Je l'imagine qui se demande, me voyant planté là, pourquoi je ne détale pas ventre à terre, comme ces fameux vers des sables, pour me faufiler tout heureux sous les buissons, pourquoi je ne m'empare pas d'un peu de toute cette lumière pour en remplir une boîte à n'ouvrir qu'en hiver, lorsque les jours sont trop courts.

– Eh, fais gaffe aux coyotes !

– Coyote beau.

Et voilà, tout est beau, à ses yeux. N'est-ce qu'un simple tic verbal ? Ou bien cela signifie-t-il qu'il apprécie tant ce qu'il parvient à saisir du monde qu'il en perçoit le moindre éclat, toute la magnificence ? Je préfère croire que c'est ainsi.

Nous reprenons la route car Andrea réclame « un tour avec la moto », le long trajet que nous venons de faire ne l'a pas éprouvé. Nous arrivons à Tuba City vers huit heures du soir, au coucher du soleil, en forme. Nous voici en territoire Navajo.

Entre Andrea et moi règne une parfaite syntonie, nous n'avons besoin de rien d'autre, c'est aussi évident que le sentiment amoureux.

Aux mûres

Pas de tipis ni de chevaux, pas de squaws ni d'enfants apprenant le tir à l'arc. C'est un peu étrange de se réveiller un matin et de se retrouver au milieu de Navajos installés dans des caravanes et des préfabriqués gris et bleus aux cheminées piquées de rouille, toutes sortes de déchets éparpillés à la ronde. Les jeunes n'ont aucun scrupule à mendier quelques dollars.

Certains s'intéressent à la Harley, nous leur parlons de ce voyage, de l'endroit d'où nous sommes partis et de tout le chemin que nous avons parcouru. Ils nous invitent chez eux et nous offrent à boire.

Même assis sur ces marches branlantes, les vieux ont l'air d'avoir rêvé la grande prairie ou figuré dans un western.

Un ancien, par le truchement de son petit-fils, tient à nous raconter qu'il a joué dans pas moins de sept chefs-d'œuvre, dont l'un avec John Wayne, forcément : il feint d'avoir des revolvers et plisse l'œil pour viser sa cible, il se lève et galope sur un cheval invisible.

C'est à n'y pas croire, ce vieux Navajo en jean, droit comme un i sur sa monture imaginaire, la peau parcheminée, secouant sa longue queue de cheveux gris comme si le vent lui fouettait le visage. Ses yeux vifs et pleins de sympathie évoquent le passé.

Des autres baraquements sortent des femmes, curieuses. Les plus âgées s'approchent d'Andrea et le touchent, sans rien dire. Elles posent les mains sur ses bras, sur son dos. Je les interroge du regard, mais elles n'ouvrent pas la bouche.

Andrea tourne sur lui-même, comme pour répondre à cette curiosité, et finit par se retrouver au centre d'un petit cercle, la tête baissée.

L'une des femmes tend son bras et laisse vibrer sa main, aussitôt imitée par les autres : elles entonnent une berceuse aérienne.

Soudain Andrea file vers une caravane : il vient de voir un tuyau de poêle de guingois et doit absolument le remettre d'aplomb.

Les femmes parlent entre elles.

Je m'approche et m'adresse à l'une d'elles pour savoir si elles ont vu ou perçu quelque chose.

Sa réponse est incompréhensible.

Je voudrais de l'aide mais les jeunes se sont éloignés.

J'insiste. *Autistic guy*, leur dis-je, mais ce mot n'a aucun sens pour elles. Elles me scrutent avec intensité. L'une d'elles me touche le cœur du bout du doigt, l'autre me montre une petite amulette à suspendre au cou. Mais elle désigne Andrea, le don lui est destiné. Je le lui mets avant de remonter sur la moto.

Des Indiens en caravanes.

Nous en avons vus tant, des Américains en caravanes. Juste avant d'arriver ici, nous avons parcouru un tronçon de route bordé d'une myriade de boîtes aux lettres, chacune sur son piquet, une forêt plantée devant des mobil-homes.

Quelques-unes semblaient monter la garde devant des bouts de terrain à l'abandon.

Intrigués, nous sommes allés les voir : certaines étaient remplies d'enveloppes. Les ouvrira-t-on dans un an, dans deux ans, qui sait ? C'est une bien belle idée d'envoyer des lettres tout en sachant qu'elles ne seront pas lues avant longtemps. Autant de mots laissés là à mûrir. Des déclarations d'amour égarées, peut-être, des suppliques perdues à jamais. Un postier n'aura pas eu le cœur de les jeter et les aura apportés ici, au cimetière des messages que personne ne lira.

L'une de ces boîtes était d'un bleu défraîchi. J'y ai glissé l'une des pages d'Andrea, sans réfléchir.

ANDREA, TU TE RAPPELLES QUAND JE T'AI PARLÉ DE LA VIE, DE L'AVENIR ET DES EFFORTS QUE TU DOIS FAIRE ? QU'EST-CE QUE TU PENSES DE TOUT ÇA ?

Andrea écoute ce que dit papa Des efforts tous les jours mais inutiles et désolé à cause de mon autisme

Besoin d'aide

QU'EST-CE QUI PEUT T'AIDER ?

Pas trop de demandes fatigant suivre beaucoup d'ordres

Mal à la tête

Papa excuse je ne contrôle pas mon corps

ÇA NE SERT À RIEN DE S'EXCUSER

Je sais

Tu dois comprendre mon malaise Beaucoup d'angoisse

TU VEUX QUE JE RÉFLÉCHISSE À QUELQUE CHOSE ?

Je suis en prison dans les rêves de liberté

Andrea veut guérir

Ciao

Au vu des files de voitures et d'autocars, nous approchons du Grand Canyon. Andrea m'embrasse compulsivement la joue gauche, peut-être veut-il me remercier pour ce paysage de rêve.

Nous dépassons un nombre effarant de touristes et faisons la queue pour jeter un coup d'œil à la terrasse panoramique.

Le vide et la cohue font pâlir Andrea. Impossible d'écarter les bras ou de sautiller, on le bouscule. Du gouffre remontent des ondes gravitationnelles qui affolent ses pensées. Nous avons eu notre dose de Grand Canyon.

D'ailleurs, la mythique Route 66 nous attend.

– Andy, nous sommes sur la Route *Sixty-six* !

– Sisti si.

– Et nous ne savons pas où…

– … aller.

Nous traversons des petites villes figées dans les années cinquante et soixante, Elvis est partout et les gens semblent eux aussi être restés bloqués à l'époque des jours heureux. Des adolescents devenus vieux, chérissant ces bazars kitsch, *vintage*, avec des enseignes datant de la guerre froide, débordant d'objets passés de mode entassés pêle-mêle.

Halte à Seligman, un gros steak pour Andrea, et pour moi, fish & chips.

Avant de dormir, je tente de discuter un peu par écrit.

COMMENT TE SENS-TU AUJOURD'HUI ?

Andrea ne bronche pas, il est parti aux mûres dans ses bois imaginaires.

C'est parfois douloureux de rester à la marge, je voudrais tant trouver le passage à travers cette haie d'épines pour le surprendre à jouer, heureux, dans une clairière. Ne serait-ce pas, pour moi aussi, un bel endroit où me reposer ?

J'ai beaucoup de mal à accepter qu'il existe une limite infranchissable. Qu'Andrea soit inatteignable.

Pour finir je me réponds tout seul, espérant avoir la bonne intuition. C'est un genre de double vie, de grossesse non biologique. Andrea me suit toujours avec le sourire, ce qui doit vouloir dire que ça lui va comme ça. Je l'espère.

Alors j'éteins, et bonne nuit.

Las Vegas

Le message est arrivé en pleine nuit. Une surprise, ce matin : quelques lignes de Lorenzo, un ami cher envolé pour Tulum, au Mexique, il y a une dizaine d'années.

Tu te rapproches de nous, écrit-il. Allez, laisse-toi aller, viens donc vers le sud, fais le saut. Fais-le pour de bon, ne va pas t'arrêter au Mexique frontalier, à Tijuana, là-bas ils rêvent tous de devenir américains. Épargne-toi le passage de ce mur, on dirait celui d'une prison. L'humanité est peut-être devenue dingue, mais ici, au Mexique des Mayas, il lui reste encore un peu de cœur. Ici, on recommence.

Oui, tout le monde voudrait recommencer.

L'océan est pacifique. Il nous attend. Il nous a attirés comme un immense aimant liquide. Los Angeles est désormais à notre portée, même s'il nous faudra faire une étape.

Des visions de Californie défilent dans ma tête, je rêvasse et je ne remarque pas tout de suite cette chose bizarre, sur le bas-côté de la route. Andrea me le désigne de la main : un type qui pédale dans le désert. Une petite bicyclette avec de minuscules roues aux larges pneus, un chapeau enfoncé sur la tête et des rondeurs de moine. Incroyable ! Il faut absolument qu'on lui parle, à celui-là. Il avance, tranquille, entre les arbustes, le long d'une mince piste de terre jaune. Nous ralentissons jusqu'à nous retrouver à sa hauteur.

– Je n'ai jamais vu personne faire du vélo dans le désert, lui crié-je.

J'arrête la moto sur le bas-côté. Andrea descend et le suit. L'homme se retourne pour nous regarder.

– Si vous fréquentiez un peu plus les déserts, vous en verriez, des trucs étranges, dit-il.

Il ne transpire pas une goutte.

– Où allez-vous comme ça ?

– J'ai laissé mon fourgon en ville, et je fais la route en bicyclette. J'ai travaillé toute ma vie entouré par le désert, je ne peux pas m'en passer. Là je vais chez la grosse Linda.

– Chez Linda ?

– Plus loin, dans un mile environ. Si vous y faites une pause, dites-lui que George arrive. De toute façon elle le sait, que tôt ou tard, j'arrive…

– Et si vous aviez un problème, avec ce soleil ?

– Prenez soin de vous, répond George, en s'apprêtant à repartir.

Andrea l'aide en le poussant dans le dos.

On dirait le décollage d'un des premiers et improbables avions.

George lève la main pour remercier.

Nous reprenons la route, l'air vibrant de chaleur fait trembloter les lignes blanches, et le Linda's Café nous apparaît bientôt, tel un mirage. C'est un tout petit bar tenu par une très grosse dame, si rebondie qu'Andrea, qui est pourtant un expert en la matière, n'arrive pas à l'enlacer complètement. Il tente le coup mais ne parvient à s'emparer que d'une portion de Linda, disons un quart du total.

Je lui dis que George lui passe le bonjour, et qu'il arrive sur son vélo.

– Il n'a pas crevé ?

Elle est étonnamment vive, malgré sa corpulence, et se faufile d'un coin à l'autre de la petite salle avec une agilité inouïe. Elle passe son bras sous celui d'Andrea et l'entraîne entre les tables, elle lui pose une foule de questions.

– C'est bien que tu sois arrivé jusqu'ici. C'est ce vilain monsieur qui t'a emmené ? C'est toi qui conduis la voiture ? Laisse tomber la voiture, mieux vaut la moto, dans le désert !

– Mais nous sommes en moto !

– Vous, taisez-vous ! Qu'est-ce que vous y connaissez, aux motos du désert ?

Je déroule une carte, j'ai quelques incertitudes sur le trajet à suivre. Entre-temps, j'engloutis un demi-litre de café frappé. Il a une saveur grisante, comme toutes choses lorsqu'il y a de la sympathie dans l'air. Linda, qui a l'œil américain, observe un instant ma carte.

– Las Vegas, lâche-t-elle, c'est l'endroit idéal pour des voyageurs dans votre genre.

Non, Las Vegas ? Avec Andrea ? Trop de cohue pour lui. Mais Linda a dit ça sur un tel ton que j'y réfléchis une minute. Elle a dit Las Vegas comme on parle d'un lieu magique et sans danger. Elle a dit Las Vegas parce qu'elle nous a bien regardés et que deux types attifés de la sorte, avec cette allure-là, ne risquent guère d'être aveuglés par les lumières de la ville.

J'avais promis à Andrea qu'on se donnerait à fond.

– Tu veux y aller Andrea ?

C'était couru d'avance, la réponse est oui. C'est parti pour une nuit à Las Vegas !

Nous repartons tout excités, en chemin je parle à Andrea de la ville du jeu. On peut y jouer à tous les jeux, aux machines à sous, ça c'est sûr, et puis il doit y avoir des tables pour les cartes, pour la roulette, tu sais bien : avec la bille qui tourne et les nombres, le rouge et le noir. Il répète rouge plusieurs fois en riant de bon cœur.

Il nous faut trois heures d'autoroute pour arriver à destination, et c'est l'enfer car la température ne baisse pas d'un degré. Nous ne croisons aucune voiture, que des lézards et des touffes d'herbe desséchée. La Harley fait des caprices, je crains qu'elle ne craque avant nous.

Il fait encore jour quand nous entrons dans Las Vegas, il y a un bordel monstre et une circulation dingue. Nous nous installons au cœur de la ville, l'hôtel Montecarlo, classe, pratique, un peu froid. En entrant dans notre chambre, une nausée me vient, mon estomac se révolte. Je m'allonge, musique douce, lumières basses, repos. Andrea se tient tranquille et ne dit rien. Je décide de prendre une douche, certain que l'eau chaude chassera la fatigue. Ça va mieux, à peu près, j'aimerais rester encore un moment mais Andrea trépigne. OK, interdiction d'aller mal.

Las Vegas est un monde électrique, étincelant de mille feux, fourmillant de tentations de toutes sortes. Il y a de quoi perdre la tête et nous la perdons en partie. Spectacles, casinos, boîtes de strip-tease. Nous essayons les machines à sous. Andrea finit par gagner une poignée de pièces : il est tout excité et ravi ; en dansant, il explore le moindre recoin de la salle. Il va faire sauter la banque, c'est certain, mais nous rejouons et à force de réessayer, nous perdons tout notre gain. Égalité !

Ici comme ailleurs, ce sont les détails qui attirent l'attention d'Andrea, les saynètes pittoresques. Il est enchanté par les photographies exposées dans le hall des innombrables chapelles où l'on peut se marier en deux temps trois mouvements.

Après une dizaine de châteaux, de pyramides avec palmiers et pharaons, une bonne douzaine de Minnie, un carnaval brésilien, un défilé de Harley et une équipe de foot fluorescente, nous sommes exténués. Pour ma part, je suis saturé d'images.

La nuit est bien avancée et nous filons au lit.

Le baiser à la mariée

La ville semble un gros lion endormi. Un lion sans les néons. Sans débauche de lumières, Las Vegas n'est plus la même.

Nous restons vissés sur l'autoroute pendant deux cent cinquante kilomètres.

Complètement cuits, nous somnolons à l'ombre d'un arbre isolé, près d'une station-service, en contemplant le paysage tremblotant qui nous entoure.

Puis nous roulons trois heures à travers des terres plantées de gigantesques pylônes électriques avant d'être aspirés dans l'entonnoir routier, une circulation dense sur quatre ou cinq voies. Nous sommes ballottés comme des bouchons, sans plus savoir où nous allons. Nous nous fions au GPS, c'est devenu un grand ami, qui nous emmène tout droit jusqu'à Santa Monica.

Nous y voilà. L'espace d'un instant, il me paraît impossible que l'eau devant nous soit bien celle de l'océan Pacifique.

Andrea reste accroché à moi, il ne met pas pied à terre. Moi aussi, j'hésite. Nous sommes arrivés. Arrivés, Andy.

J'aimerais marquer l'instant d'un geste solennel. Andrea descend de moto en soulevant amplement sa jambe de sauterelle, d'emblée, il se juche sur la pointe des pieds.

Nous nous frayons un chemin parmi la foule d'Asiatiques, de Moyen-Orientaux, de colosses blonds et de militaires en permission, jusqu'à la grève.

– Andy, voici l'océan Pacifique. Océan Pacifique, je te présente Andrea. Tu veux lui dire quelque chose ? Ça a été facile ou difficile d'arriver jusqu'ici ?

– Facile.

– Qui a conduit la moto ?

– Moi !

– Allez Andy, disons-le : nous sommes des héros !

– Héros papa.

Il fait une pirouette et se lance dans une petite danse chamanique, en guise de rite de remerciement.

On nous regarde. Nous demandons à quelqu'un de nous prendre en photo. Nous sommes résolument fiers de nous, et si fatigués aussi. Nous y sommes arrivés, rien ne nous fait peur !

Avant de partir je suis passé voir notre médecin de famille, Barnard, pour lui raconter ce que nous avaient dit les spécialistes qui suivent Andrea.

– Ils pensent que trop de changements et d'émotions pourraient lui nuire.

– C'est possible.

– C'est possible, ou c'est certain ?

– Possible. La mécanique humaine est trop complexe pour n'obéir qu'aux lois de l'arithmétique.

– À ton avis, pour respecter Andrea, faut-il le garder à l'abri du monde ou l'emmener s'en mettre plein les yeux ?

Le docteur m'a regardé de biais.

– Si tu avais un enfant comme Andrea, que choisirais-tu ?

– Mais je n'ai pas d'enfant comme Andrea, a-t-il soupiré.

– Je dois me débrouiller tout seul, alors…

– Je dis à certains de mes patients, ceux dont les jours sont comptés, que changer de vie les aiderait peut-être. Changer, parfois, est un remède. Mais presque personne ne m'écoute.

Eh bien, Barnard, moi je t'ai écouté.

Le premier hôtel où nous entrons, les yeux brillants et le cœur content, est hélas complet : il y a un salon ces jours-ci, j'ignore de quoi. Un salon, même quand débarquent des héros !

On nous invite à aller voir ailleurs et nous le faisons, ratissant le voisinage jusqu'à l'épuisement. À la fin, nous sommes deux héros crasseux et exténués. Pour trouver une chambre il faudra nous éloigner de vingt ou trente kilomètres, nous dit-on, ou bien nous rabattre sur les hôtels de luxe. Puisque nous n'avons pas le choix, étant donné l'occasion, autant mettre la barre plus haut ! Nous garons notre moto pleine de boue et nous poussons la porte du Ritz Carlton, avec nos dégaines de vagabonds chiffonnés. Andrea a le visage marqué de noir, comme un mineur sarde. Les portiers en restent ébahis, tandis que nous marchons vers la réception. Les clients, surpris, murmurent.

Tu vois Andy, la clientèle est si riche, ici, qu'ils ont tous l'air apprêté comme pour un mariage. Le fait est que le Carlton est presque entièrement réservé pour une fastueuse cérémonie nuptiale. Les mariés apparaissent comme par enchantement dans le hall. L'ambiance est festive, détendue, une cordialité suave et ouatée.

Moi je vais faire la queue, mais Andrea, à ce moment-là, se jette sur la mariée. Il l'a reconnue grâce à sa belle robe bleue et il lui colle un gros baiser bien sonore, sur la bouche. Eh oui ma chère, avec une belle robe comme ça, on est une cible immanquable pour un bécoteur aussi virtuose ! La dame écarte les bras et demande grâce, le marié se rue tel le grizzly furieux pour la défendre et, surprise, Andrea l'embrasse lui aussi.

En un clin d'œil, l'homme saisit la situation, et il éclate de rire. Les invités sont déconcertés : serait-ce un coup de théâtre ? Un fils caché venu embrasser sa mère avant le oui fatidique ? Pourquoi pas, Andrea est jeune et la mariée est une ravissante quadragénaire. Les femmes frémissent de curiosité, les hommes ont des regards entendus, tout le monde murmure. Heureusement, Andrea lâche des rafales de baisers à hauteur de femme, atteignant plusieurs autres demoiselles. Le jeune homme doit donc être un provocateur payé par la Ligue contre le mariage, ou bien c'est la pleine lune qui le rend affectueux.

Je lui hurle de venir immédiatement, mais en retour quelqu'un m'ordonne de déplacer la Harley. Un moment ! Il nous faudrait une chambre, dis-je, implorant. Non, commencez par garer cette moto ailleurs, et puis dites à votre fils que ceci n'est pas un artichaut, mais un ficus ! Il est en train d'en arracher les feuilles !

D'accord, lâche donc cette plante, Andy, mais nous avons besoin d'une chambre, tout de même, nous arrivons de la côte Est, nous avons roulé sur des milliers de kilomètres et nous sommes juste un peu fatigués...

Restée imperturbable pendant que ses troupes tentaient de nous contenir, la responsable de la réception hausse un sourcil, amusée.

– Ce garçon est votre fils ? me demande-t-elle, mais je comprends qu'elle veut savoir ce qu'a Andrea.

– C'est un garçon autiste.

Par sympathie, et peut-être aussi pour nous mettre en quarantaine, elle nous prend sous son aile et nous emmène jusqu'à une chambre princière. C'est ce qu'il nous fallait...

Une fois ravigotés, propres et pimpants, nous avons des airs de milords, plus rien à voir avec les vagabonds d'il y a quelques heures. Et en bons milords, nous commandons un whisky pour moi et de l'eau pure pour Andrea. Nous contemplons le monde d'une certaine hauteur. Ne sommes-nous pas arrivés au bord de l'océan ? Du bar provient la rumeur sourde de mille conversations, mais les deux milords se contenteront en cette fin de soirée de deux fauteuils profonds et de la certitude d'avoir accompli quelque chose. Quelque chose d'énorme.

Et maintenant ?

Los Angeles

J'ouvre grand les yeux, un étrange malaise m'envahit et je ne sais pas pourquoi. Tout enthousiasme s'est évanoui. J'ai le sentiment de n'être arrivé nulle part. Distraitement, je me dis que nous pourrions remonter vers le nord en longeant la côte, on en dit beaucoup de bien. Voir Portland, et pourquoi pas pousser jusqu'au Canada. En faisant étape à Seattle.

Distraitement. L'idée ne suscite en moi aucune émotion.

Le ciel est encore gris, je n'ai pas envie de conduire la moto. Nous partons à pied chercher un endroit où prendre le petit déjeuner. Pendant que la serveuse note la commande, Andrea se lève, inspecte le comptoir, déplace et renverse quelque chose, ce qui irrite le patron. Je le vois saisir le bras d'Andrea et tenter de l'immobiliser. Mais c'est moins facile que ce qu'il croyait. Andrea ne se débat pas, mais il penche tout son corps en arrière pour s'éloigner, et la manœuvre produit son effet. Surpris, l'homme perd l'équilibre en jurant à mi-voix.

Je me prépare à des reproches, j'ai l'habitude.

De ma place, je hurle que c'est un garçon autiste, les clients se tournent vers moi, la serveuse est sidérée.

C'est un garçon autiste ! L'information ne semble pas radoucir le patron qui fixe avec colère l'expression d'Andrea.

– Rester tranquille, lui dit-il.

L'homme ne le comprend pas, et n'apprécie pas non plus le ton de sa voix.

Là, je sens que je vais m'énerver, j'ai à peine le temps d'y penser que je suis déjà au comptoir, je le prends par le bras et je lui dis :

– Vous devriez avoir honte !

– Qu'est-ce qu'il y a ?

– C'est mon fils, il a un léger problème…

Ce doit être, pour lui comme pour moi, un mauvais jour. Il ne se calme pas et moi non plus.

Nous nous défions du regard.

L'idée de nous refiler une avoine nous effleure tous les deux. Puis il s'écarte, hausse les épaules et fait mine de m'ignorer, comme si je m'étais mêlé de ce qui ne me regarde pas : et voilà, comme d'habitude, le fils fait une connerie et papa vole à son secours, il a peur qu'on lui pique son petit, mais qu'est-ce qu'il croit, qui en voudrait de ce gamin-là ? J'ai lu tout cela dans ses yeux.

Le soleil pointe, timide. La plage est une sorte d'immense agora, un lieu de rencontres : on y discute, on y joue, on y fait du yoga. Andrea est concentré, il a trouvé une batte de base-ball en plastique et se livre à quelque sortilège, en marchant le long du trottoir.

Mais qu'est-ce que je m'imaginais ? Que j'allais semer l'autisme en courant ? Qu'il se lasserait de me suivre ? Mais tous les matins, *toc toc toc,* il frappe, fidèle au poste, il niche à de telles profondeurs…

Et pourtant je n'ai jamais cru Barnard, notre médecin, lorsqu'il me disait que l'autisme a des causes génétiques.

– Avant c'était complètement psychologique, maintenant c'est uniquement génétique, lui rétorquai-je, selon la mode.

– C'est juste. Dans le passé on avait tendance à accuser les parents, en particulier la mère, pas assez affectueuse, la fameuse « mère réfrigérateur »... Moi je pense plus plausible que ce soit inscrit dans les gènes.

– Mais les autistes ne fondent pas de familles, ils n'ont presque jamais d'enfants. Comment se fait-il que les cas d'autisme se multiplient au lieu de diminuer ?

– Parce qu'à force d'étudier ce trouble, on le comprend mieux et on les repère plus efficacement.

– Poursuivons les recherches, on va découvrir qu'au moins une bonne moitié de l'humanité est autiste, ou presque, ou sur le point de le devenir...

– Allons !

– Barnard, cette histoire de gènes, c'est une faute involontaire. C'est nous qui les leur transmettons, leurs gènes, à ces gosses-là. On ne les achète pas en magasin. Pour quelle raison leur donnons-nous du matériel défectueux ? Nous sommes de mauvais transmetteurs de gènes. Mais pourquoi ?

Nous allons chercher la Harley et nous roulons jusqu'à nous perdre dans une zone de Los Angeles de toute évidence mexicaine. Andrea se faufile entre les étalages, on le voit de loin, il est grand. Il regarde autour de lui, me cherchant, puis soudain il part en courant, fendant la foule qui s'écarte gentiment. Au galop, il zigzague au milieu des piles bariolées de chemises, de chapeaux, de guitares, de piments et de fruits. C'est une vraie fourmilière humaine, pourtant je ne ressens pas la frénésie d'autres quartiers. Andrea s'est arrêté devant des joueurs de cartes. Il observe leurs mouvements, captivé.

La proposition de mon ami Lorenzo me revient à l'esprit : saute le pas, viens en Amérique latine...

– Andrea, si on allait faire un tour au Mexique ?

Il ne m'écoute pas, absorbé par mille autres choses. J'insiste : le Mexique, qu'est-ce que tu en dis ? Tu veux rentrer ? Tu penses que ça suffit comme ça ?

Il ne dit rien.

– On a peur d'aller au Mexique ?

– Non papa.

Allez, un peu, quand même…

Et revoilà ce regard, comme s'il me contemplait du haut d'une montagne.

La matinée est fraîche. Je décide d'écouter Lorenzo. Nous allons faire le grand saut, au-delà de la frontière, jusqu'au cœur du Mexique. Il va falloir rendre la Harley, expédier à la maison les blousons, les combinaisons imperméables, les pulls et le sac qu'on arrimait sur le réservoir. Et acheter des billets d'avion, bien sûr. Nous ne ferons pas l'économie d'une laverie, histoire de ramener nos autres vêtements à la civilisation. Nous allons faire tout cela sans nous presser.

Trous noirs

Nous avons rendu la moto, et ça n'a pas été facile. Je l'ai passée en revue au moins cinq fois, inquiet de l'avoir endommagée. Andrea l'a même embrassée, comme si c'était un vrai cheval, le fidèle et robuste compagnon qui nous a portés sur son dos pendant plus de neuf mille kilomètres.

Nous sommes à pied, à présent, Andrea.

– Pieds…

Sur la pointe des pieds.

Nous avons trouvé une laverie. Collé au hublot, Andrea n'a pas lâché des yeux le tourbillon de l'eau, les cabrioles du linge et la danse de la mousse contre la vitre. J'étais fasciné moi aussi, me demandant ce qu'il y voyait, ce qui lui passait par l'esprit. C'est assez hypnotique, je l'admets, mais passé quelques secondes mon attention se dissipe, tandis qu'Andrea semble entrer en résonnance avec ce mouvement, le tambour est un pôle d'attraction et c'est le monde entier qui tourne à l'intérieur. Une femme venue reprendre son linge, le voyant scotché au hublot, me le montre.

– Vous avez vu ? Qu'est-ce qu'il fait ?

– Il observe un univers parallèle. Il y a un trou noir dans cette machine à laver.

– Vous y croyez, vous, à cette histoire de trous noirs qui nous mettent en contact avec d'autres dimensions ?

– Absolument. Ce jeune homme en a sûrement repéré un.

– Et dire que c'est ma machine préférée !

– Eh bien vous devriez y relaver votre linge…
– J'y compte bien !
– Mais il faut un jeton spécial.
Je lui offre une pièce de deux euros. Il faut ce qu'il faut…

Voyons voir, de quel côté est le Mexique ? Par où commencer ? D'abord, les billets d'avion. Demain, nous nous lèverons tôt, nous filerons à l'aéroport et nous réglerons tout sur place, comme ça viendra. Demain, nous serons en Amérique centrale. L'heure des adieux approche, nous en avons vécu, des adieux. À chaque fois que nous nous sommes arrêtés plus d'une journée, le laps de temps nécessaire pour tisser un petit cordon ombilical, ressentir des émotions, faire provision de souvenirs.

– Prêt Andrea ?
– Prêt papa.

La navette spatiale a dévié de sa route du retour, nous allumons les réacteurs auxiliaires et nous partons à la recherche d'un autre système solaire ! Ceux de la base, à la maison, vont nous désapprouver : les folies, ça va bien un moment, mais le coup du Mexique c'est vraiment n'importe quoi. Je les entends d'ici : mais qu'est-ce qu'ils veulent nous prouver, ces deux-là ? Qu'est-ce qu'on leur a fait pour qu'ils décampent aussi loin ? Rien du tout, rassurez-vous, nous ne sommes pas en cavale, nous sommes des oies sauvages dont la boussole s'est déréglée. Tiens, d'ailleurs, ça nous serait bien utile, une boussole, au Mexique.

Dernière nuit aux États-Unis : notre contrat avec les studios arrive à son terme. Loin des côtes, l'Amérique se disperse en vastes étendues, en espace vide, d'une beauté parfois poignante. Que nous restera-t-il de tout cela ?

Seulement la sensation de s'être assis au bord d'un gouffre de mélancolie ?

La faute à Pelé

Le taxi qui nous emmène à l'aéroport ne sait pas grand-chose du Mexique, comme s'il n'y avait rien à voir de l'autre côté de la frontière.

Nous nous ruons vers les tableaux des départs : Mexico City, Cancun, La Paz, Loreto, Guadalajara.

Guadalajara... voilà un nom qui sonne magnifiquement. Et me rappelle un souvenir d'enfance que je croyais enfoui : Mexico, 1970, la coupe du monde de football. Mon père et moi, nous regardons Brésil-Angleterre se jouer au stade de Guadalajara. L'orangeade. Ce silence ému que fait naître le beau football. L'Angleterre vacille : la chaleur ou Pelé, qui joue de manière stupéfiante. Mon père entre ausssitôt en transe : il soutient l'équipe du Brésil qui se bat avec rage. Soudain, quelqu'un sonne à la porte, il hésite, on sonne derechef, je vais pour me lever mais il soupire, non attends, j'y vais : et trois secondes plus tard, il rate le plus bel arrêt que j'aie jamais vu. Le gardien anglais, Gordon Banks, neutralise une tête de Pelé. Arrêt impossible, dira-t-on par la suite.

Mon père revient et je ne sais pas quoi lui dire, je n'ai pas le courage de raconter ce qui vient de se passer. Il le comprend à mon regard : ils ont marqué ? Non, je lui réponds, mais Pelé a tiré dans les buts et le gardien a volé d'un poteau à l'autre. Volé ? me demande-t-il. Papa, je l'ai vu voler comme un oiseau.

Tu vois, m'a-t-il dit, on n'a pas toujours besoin d'ailes pour accomplir l'impossible.

Guadalajara, c'est décidé ! Il y a même un vol de la Delta Air Lines dans peu de temps.

Nous faisons la queue, interminable, devant les guichets de la Delta. Andrea n'est pas ce qu'on appelle un client discipliné, et nous sommes environnés par une humanité tapageuse. Les passagers sont survoltés et leurs bagages, ligotés de ruban adhésif, forment des montagnes infranchissables. Des disputes éclatent, le climat est électrique et le personnel, dépassé. C'est un peu décourageant et je regrette presque d'être venu à l'aéroport comme ça, les mains dans les poches. D'ailleurs quand notre tour arrive, nous apprenons que l'avion est complet.

Ça commence mal, mais je ne désespère pas : nous traversons la moitié de l'aéroport et nous dégotons une compagnie assurant des vols pour Guadalajara, la Mexicana. Personne devant le guichet : nous sommes les seuls candidats au départ. De l'enfer de la Delta au paradis de la Mexicana. Le personnel est adorable, nous trouvons deux places confortables. Un doute m'assaille : les vols de la Mexicana parviennent-ils vraiment à destination ? Tout cela est-il bien réel ? Mais oui, il nous faudra seulement patienter quatre heures.

En plein vol, je nettoie le cul d'Andrea qui s'est décidé à faire ses besoins au-dessus des nuages du Mexique. Il ne revenait plus des toilettes. J'ai frappé longtemps avant qu'il ne m'ouvre. À ces hauteurs-là on a les nerfs un peu fragiles. Une fois rendu à l'hygiène l'hommage qui lui est dû, je m'aperçois qu'il a la lèvre inférieure entaillée, il saigne. Je lui demande si cela lui fait mal, il ne répond pas, tout juste une petite grimace. Il est rare qu'il se plaigne d'une douleur physique. L'an dernier, il s'est brûlé la jambe en l'appuyant contre le pot d'échappement de la moto : une énorme cloque. Pas un murmure. Je ne l'ai découvert que quand la cloque a crevé. Les enfants autistes ont une tolérance incroyable à la souffrance, et le seuil d'Andrea doit être très élevé. Petit, il s'échappait pieds nus sur l'allée de pierraille et ça ne le chatouillait même pas ; moi qui courais derrière lui, je devais m'arrêter après quelques enjambées. La douleur est une sonnette d'alarme, elle nous prévient d'un danger, elle nous apprend nos limites. Andrea semble ne pas les sentir, ces limites, comme si l'alarme ne se déclenchait pas. Je me perds dans ces pensées. Je presse un mouchoir contre sa lèvre et quand je l'ôte, ça ne saigne plus. Tu vois ? C'est passé.

L'avion descend, nous approchons. Cette sensation de flux est impressionnante. Nous débarquons, sacs en bandoulière, moins de deux heures plus tard, et nous cheminons déjà dans un autre univers. À dix heures du soir, sur une place somptueuse au centre de la ville, nous dînons en plein air au son de la musique : viande, guacamole et tequila. Nous respirons l'air du Mexique. Les États-Unis sont désormais derrière nous. Leur richesse, leur matérialisme. Le Mexique est taillé dans une autre étoffe.

Guadalajara

Ce matin, les rues de Guadalajara nous ont salués : un homme jouait de la guitare, accompagnant sa vieille mère qui chantait en tenant une petite gamelle jaune pour la quête. Sa complainte était à la fois touchante et allègre.

Nous nous laissons séduire par une pâtisserie : enfin un vrai café, noir pour moi, sucré pour Andrea.

La journée s'annonce douce, mexicaine. Nous décidons même de visiter la ville en calèche, un peu comme les Américains qui sillonnent Venise en gondole. Je demande au cocher s'il connaît une bonne agence de voyages, et il nous emmène en cahotant jusqu'à une boutique où un employé d'une grande gentillesse, avec une moustache si fine qu'on la croirait tracée au crayon, nous explique que le Mexique est en pente, et qu'il est donc facile d'arriver où l'on veut.

– Même au Panama ?

– Surtout au Panama, señor, me répond-il, comme il m'aurait répondu : surtout en Patagonie, si je lui avais posé la question. C'est son métier. À mieux le regarder, c'est le portrait de Don Diego de la Vega, le Zorro de la série télé des années cinquante. Je me retiens de lui demander s'il manie l'épée. Il nous montre des villes sur une carte. Je ne souhaite pas aller à Mexico, lui dis-je. Il abonde dans mon sens, la capitale est de plus en plus chaotique, quel commercial avisé… Mais il y a Acapulco, Puerto Escondido, incontournables. Ensuite vous pourriez prendre un avion pour Oaxaca, faire une très courte halte à Mexico et de là…

– De là ?

– Vous ne vouliez pas aller au Panama ?

Je plaisantais, mais je lui réponds que ça ne me déplairait pas.

– Et le Guatemala ?

Pourquoi pas ? Nous avons dépassé nos appréhensions, et c'est toute l'Amérique latine qui s'offre à nous désormais, sans frontières. Zorro me montre, sans me faire grâce du moindre détail, comment rejoindre le Panama. J'y réfléchirai. Pour le moment, nous nous accordons sur la location d'une voiture jusqu'à Oaxaca, suivie d'un vol pour Mexico, et de là, pour Antigua, au Guatemala.

Soirée nuageuse. Nous dînons à l'abri d'antiques arcades, encerclés par d'élégants mariachis en costumes foncés, jouant du violon et de la guitare. L'un d'eux, l'expression fervente, chante comme s'il se tenait tout en haut d'un clocher au sommet d'une montagne. Je sirote un *coctelito d'aguardiente* et de jus de fruit, Andrea boit de l'eau.

La nuit nous offre un orage spectaculaire : les éclairs lacèrent le ciel, le tonnerre gronde comme mille tambours. À l'hôtel, j'écris et je navigue sur Internet. Andrea est paisible. Je n'arrive pas à m'endormir, à lâcher prise. De la fenêtre, je contemple le rideau liquide, magique, ses zébrures mouvantes se chargent de lumière en passant devant les réverbères. C'est alors que mon regard tombe sur ceux qui vivent dans la rue et qui se protègent tant bien que mal contre ce déluge. Je pense à Andrea : s'il se retrouvait un jour seul, sans personne pour prendre soin de lui, est-ce ainsi que cela finirait ?

J'aperçois un pauvre gars qui se traîne. Lorsqu'il passe à son tour sous le réverbère, je crois distinguer son visage, marqué de sillons noirs, comme s'il avait pleuré des larmes de charbon. Des loques de sacs plastique en guise d'imperméable. Ses mouvements sont lents, mesurés, mécaniques. Il frappe de la paume de sa main contre les baies vitrées de l'hôtel, répétant son geste à intervalle régulier. Il marche, lourd comme de la pierre, et il frappe. Ces gestes sont si semblables à ceux d'Andrea, peut-être suivent-ils tous deux une même berceuse, qu'ils sont seuls à entendre. Qui est cet homme, quel âge a-t-il, comment vit-il, où dort-il ? Est-ce que parfois, quelqu'un lui parle ? Est-il possible que des gens vivent ainsi ?

Je suis désemparé devant ce genre de choses.

Nous sommes au chaud dans un hôtel, nous disposons de lits, d'eau courante et de tout ce qui va avec. Et dire qu'il m'arrive de me plaindre.

Sur une impulsion, je décide d'aller chercher cet homme et de le ramener dans notre chambre, pour le réconforter. Je lui ferai prendre une bonne douche chaude, je lui trouverai un pull, il se retapera un peu. Je veux faire quelque chose pour lui : si je l'ai vu ce soir, c'est peut-être un signe. Andrea dort. Je m'habille, je prends le K-Way et je descends dans la rue. Je ne l'y trouve pas. Impossible : il avançait si lentement, et il s'est volatilisé ! Je cours sur quelques mètres, mais où peut-il se cacher dans une rue si droite et si vide ? Je retourne à la chambre, abattu. Andrea continue de dormir, tournant et virant dans son lit, agité, peut-être rêve-t-il.

Je regarde une dernière fois par la fenêtre, mais je sais que je ne le verrai plus, nos temps se sont effleurés, nos vies croisées, et déjà éloignées.

Très chère essence

Je me réveille abruti, la nuit m'a laissé un goût amer. Contrairement à moi, Andrea est dans une forme olympique. Prêt à bondir pour la journée. J'imagine qu'il a un appétit féroce. En avant, comme toujours !

Succulent petit déjeuner au bar : le café est de la dynamite et les deux jeunes filles derrière le comptoir nous saoulent de questions : d'où venez-vous, où allez-vous, comme ça, tout seuls, sans compagnie féminine, vous ne vous ennuyez pas ? Tiens, goûte-moi donc ce gâteau. À ma grande surprise, Andrea s'en saisit : c'est un gâteau blanc, d'habitude il n'en mange pas de cette couleur et je ne pensais pas qu'il le ferait jamais. Prudemment, je le goûte à mon tour et je le trouve délicieux. Andrea en réclame même une autre part.

En voiture ! Nous voilà partis. Je conduis onze heures d'affilée à travers montagnes et villages. Des hameaux de quelques familles dans un paysage rural d'autrefois : animaux divaguant sur la route, carrioles traînées par des mules, enfants à demi nus cavalant dans les ruelles, paysans dépenaillés. Comme dans certaines régions des États-Unis, l'espace entre un village et l'autre est parsemé de constructions anarchiques, plus bancales encore par ici, surmontées de toiles d'araignées faites de fils électriques.

Pendant deux heures, nous restons coincés derrière une file de camions déglingués transportant des cochons, deux heures à méditer sur le cul des cochons qui vacillent à chaque virage. Au bord de la route, dans de larges poêles d'aluminium, les gens du coin cuisinent du poulet : c'est si appétissant que nous abandonnons les cochons à leur sort.

Nous dégustons le poulet le plus savoureux du monde, les yeux mi-clos, c'est un plaisir absolu et le meilleur moyen pour se sentir physiquement d'aplomb. Attention sur la route, señor, me dit la femme qui vient de nous servir. Plus loin vous allez traverser un passage très dangereux, elle pose une main sur sa bouche, des narcotrafiquants, murmure-t-elle. Ils attaquent les voyageurs.

Touchons du bois, lui dis-je, nous n'avons pas grand-chose à nous faire voler.

Notre voyage nous emmène là où nous ne devrions pas aller, dans des endroits sauvages, isolés, aux marges de la carte. C'est peut-être un hasard, mais toutes les personnes que nous croisons sont ouvertes et cordiales.

Et voilà, j'ai oublié de penser à l'essence, et nous nous retrouvons presque en panne sèche au beau milieu d'une zone montagneuse. D'après le GPS, la première station-service est à cent kilomètres. Je regarde Andrea : on n'est pas rendus !

Des ouvriers sont en train de retaper le revêtement routier, je m'arrête pour leur parler : mon air alarmé semble les amuser. Non, le métier de pompiste n'est pas en plein essor, sous ces latitudes, me confirment-ils en s'essuyant les mains sur leurs bleus. Ils m'examinent avec attention, se concertent du regard, puis ils décident qu'on peut me faire confiance. Il y a peut-être une solution, distillent-ils, avec un art consommé du suspense. À trente kilomètres, il devrait y avoir un village où devrait habiter un type dont on dit qu'il a de l'essence à vendre. Il devrait ? On dit ? Parfois il en a, mais ça n'est pas gagné. Je comprends que le type doit avoir en réserve quelques bidons, un bien précieux pour les automobilistes imprévoyants.

Nous reprenons la route, espérant que les quelques millilitres de carburant contenus dans le réservoir nous permettront d'arriver à bon port. Encore une fois, la chance est avec nous : il ne nous faudra pousser la voiture que sur deux ou trois cents mètres. Rien de grave.

Ce n'est pas vraiment un village, quatre petites maisons tout au plus. Nous demandons où se trouve l'homme qui vend de l'essence, mais on nous reluque comme si nous cherchions un neurochirurgien. Señor par-ci, señor par-là, il est parti, il est occupé, allez savoir : j'en conclus qu'il va certainement revenir.

– Avant la fin de l'année ?

– Sans aucun doute, señor.

À l'heure qu'il est, dans un endroit comme celui-là, ça n'est pas rien.

Nous l'attendons, assis sur un banc, les jambes croisées : deux aviateurs échoués sur un nuage, remplis du désir de voler et en manque d'essence. Les gens nous regardent et de temps à autre, écartent les bras en nous répétant qu'il arrive, l'homme de l'essence revient toujours. Au bout d'un moment je me dis qu'il l'a bue, son essence, ou qu'il est parti dans le désert pour l'y faire brûler, dans un grand feu propitiatoire. Allez comprendre les Mexicains.

Au lieu de quoi, je vois apparaître un antique et brinquebalant pick-up transportant une demi-douzaine de bidons rouillés qui doivent dater de la Seconde Guerre mondiale. Un petit homme taciturne est au volant. Il m'écoute, réfléchit, calcule, nous propose un prix et sans attendre ma réponse, se remet au boulot. Il décharge les bidons sous le hangar de planches et de tôles qui est probablement sa maison.

Il nous demande le double du prix normal, peut-être même le triple. Je tente de négocier.

– Señor, votre essence est trop chère.

– Si elle n'était pas chère, señor, je n'en vendrais pas. Pourquoi resterais-je ici à vendre de l'essence au prix normal, alors que je pourrais me balader en Patagonie ? Que feriez-vous à ma place ?

– Exactement ce que vous faites.

– Vous me donnez raison ?

– Oui, señor.

– Alors je vous fais une ristourne.

Nous lui achetons trente litres, et le petit homme nous en offre deux en prime, il encaisse l'argent, verse l'essence dans le réservoir avec un soin méticuleux, puis il nous salue.

Nous repartons. J'aimerais rejoindre Acapulco, d'après mes calculs nous en sommes encore loin, mais cela vaut peut-être la peine de faire un effort. Je consulte le capitaine en second qui me répond : En avant papa !

À la nuit tombée, nous entrons dans une Acapulco trépidante. Gratte-ciel illuminés et circulation intense, assez pour oublier les masures croisées tout au long du chemin. Affamés, nous tombons sur un restaurant italien, nous y mangeons fort bien et nous faisons la connaissance du patron, un Calabrais d'une cinquantaine d'années. Giovanni passe la soirée en notre compagnie ; après des semaines sans parler italien, je suis ravi de me laisser entraîner à bavarder comme avec un vieil ami. Nous découvrons que nous sommes nés le même jour.

C'est étrange : ça n'est pas moi qui raconte l'Italie telle qu'elle est aujourd'hui, mais lui qui se rappelle le pays d'il y a trente ans. Sa vieille Alfa Romeo GT, les cheveux longs, les discothèques, la femme mariée dont il était amoureux et qu'il a fuie, pour éviter des ennuis qu'il avait bien cherchés.

Il sourit, ému, en se mettant à jouer avec Andrea. Puis il se laisse aller et me confie que son fils est bipolaire.

– La maladie d'un enfant, c'est d'une violence incroyable, dit Giovanni.

– Et si tu lâches, c'est la fin.

– Si tu savais comme j'ai pleuré…

– Et moi donc, dis-je dans un murmure.

Je lui raconte un voyage à Sienne. Andrea y était resté trois jours avec sa mère, le temps d'une série d'examens qui avaient définitivement confirmé le diagnostic, et j'étais venu les chercher en voiture. En criant et en hurlant pendant trois cents kilomètres.

Ç'avait été ma manière d'entrer à fond dans la réalité. Mais aussi de comprendre que je ne vivrais pas continuellement dans la plainte, le visage contrit et la bouche pincée. J'apprendrais à sourire : j'allais avoir du mal, mais je le ferais en toute conscience, avec décision et optimisme. Je ne resterais pas là à me heurter aux murs, abreuvé de fiel, d'amertume et d'ennui.

Acapulco

Étirements et bâillements, chatouilles sous les pieds d'Andrea. On ne peut pas dire que les messages de cette nuit soient d'une tonalité aussi détendue : l'échappée vers le sud a surpris la famille comme les amis.

Mais vous savez où vous allez, au moins ?

Aux États-Unis aussi, ils vendent de la tequila !

Vous pensez rentrer, ou il va falloir que je vous rejoigne ?

N'oubliez pas de nous rapporter des sombreros.

Ils ont leurs raisons, mais c'est le voyage qui décide tout seul de son parcours.

Bravo, au point où vous en êtes, vous ne pouvez plus ne pas venir à Tulum.

Allez, venez à Tulum !

Nous vous attendons, à Tulum naturellement.

Ça c'est Lorenzo, qui voudrait nous entraîner encore plus au sud.

La plage est en pente raide, à Acapulco, et les vagues qui s'y écrasent sont énormes et puissantes. On est sur le rivage avec de l'eau jusqu'aux genoux, et soudain survient une lame, qui nous saisit et nous tient en suspens. C'est à la fois grisant et hypnotique, Andrea joue à se laisser soulever sans relâche. Ce n'est pas seulement une question de résistance physique ni de répétition compulsive. Il est heureux. Un bonheur immédiat et viscéral, la joie du pingouin glissant sur la banquise, de la baleine bondissant hors de la mer, de l'albatros planant dans le ciel, insouciant de la gravité.

Nous restons dans l'eau la matinée entière, puis nous allons chercher de quoi manger dans l'une des nombreuses paillotes qui bordent la grève.

Andrea, qui en matière de nourriture est un conservateur, engloutit deux hot-dogs. Je me laisse tenter par un appétissant plat de poisson accompagné de salades multicolores. Pas mal du tout, une saveur exotique, très inhabituelle. Je déguste un authentique morceau du Mexique. En fermant les yeux, je vois des guitares et des sombreros, même la pauvreté me paraît moins cruelle.

Ah, la cuisine autochtone !

Un petit groupe d'enfants arrive sur la plage, une jeune femme les escorte. Ils se mettent à jouer dans les vagues, elle ne les perd pas de vue un instant, les grondant lorsqu'ils chahutent brutalement, ou quand ils se montrent un peu trop hardis. Elle les appelle un par un, les entoure d'un rempart de petites prévenances. Elle remarque Andrea, qui s'est approché, elle le suit du regard et comprend que quelque chose cloche. Elle essaie d'attirer son attention, mais Andrea l'ignore. Déjà, sa haute silhouette se dresse au milieu des enfants. Il amorce une espèce de danse et tous les petits l'imitent en sautillant en même temps, on dirait une colonie de marmottes sursautant à l'approche d'un danger. Puis une vague arrive et les fracasse. La monitrice s'affole un peu et les appelle, en pure perte. Elle comprend qu'Andrea est avec moi et elle me fixe comme pour me dire : maintenant vous pourriez m'aider, au moins. Elle est inquiète. Je crie à Andrea de se calmer. La jeune femme, en entendant ce prénom, ouvre de grands yeux car c'est aussi le sien.

Andrea s'est pris de sympathie pour un des plus petits enfants, il le soulève et le balance dans les vagues. Je ne sais pas comment, mais le courant passe entre eux deux. Ils ne se disent rien et pourtant ils se parlent.

– Andrea, fais bien attention au petit garçon !

Mais le jeu continue.

La monitrice me demande ce qu'a Andrea au juste. Elle m'écoute, très touchée. Elle me dit que c'est le bon Dieu qui nous met à l'épreuve.

– Comme si Dieu était un ingénieur en matériaux ? Il teste notre résistance pour savoir si nous avons des défauts cachés et connaître notre point de rupture ?

Elle acquiesce.

Je comprends que chacun d'entre nous, pour naviguer sur le cours de la vie, se fabrique tant bien que mal ses propres rames, la seule chose qui importe vraiment étant de ne pas s'en servir pour flanquer des coups sur la tête de son prochain.

Dans la soirée, sortis pour nous balader en ville, nous sommes abasourdis par l'ambiance déchaînée et le boucan infernal de la musique, matraquée à plein volume dans les bars. Il y a de la viande saoule à chaque coin de rue. À côté, la frénésie de Las Vegas évoque la quiétude d'un cloître. Nous sommes plongés dans le chaos à l'état pur, j'espère que l'élastique invisible qui nous relie va résister à ce foutoir. Avec force gesticulations, on nous presse d'entrer dans des locaux à lumière rouge en en vantant les spectacles de manière tout à fait explicite. Devant certaines affiches, Andrea s'arrête, intéressé. Il touche les images, l'œil un peu vague, et il y a toujours un marlou pour l'accrocher. Il écoute, je ne sais pas ce qu'il comprend, mais la mimique est tout sauf équivoque. Avec fermeté, je lui dis non. Andy, pour ce genre de choses, je crois qu'il est un peu tôt.

À l'abri dans notre chambre, je m'allonge sur le lit pour étudier les cartes : Andy, on pourrait faire un saut à Puerto Escondido ; il se planque, mais nous on va le trouver[1]. On va le trouver ?

– Un peu, oui.

1. *Escondido* : « caché », en espagnol.

Gastronomie

Nous trouverons sûrement Puerto Escondido, mais ça n'est pas la porte à côté. Nous suivons des routes étroites et colorées, en longeant la côte. Les contrôles contre le narcotrafic sont très fréquents, on nous arrête à quatre reprises. La voiture est fouillée, inspectée par les chiens anti-drogue, et les mitraillettes restent pointées tout au long de l'opération. Les policiers armés sont des gamins, avec des lueurs d'effroi dans les yeux, si différents de leurs homologues américains, baraqués et arrogants, habitués à inspirer la crainte d'un seul regard.

Après huit heures de voiture, nous arrivons à Puerto Escondido. C'est le début de l'après-midi, nous courons à la plage. Andrea bondit parmi les vagues, heureux. Moi en revanche, je sens mon estomac qui proteste... Mais qu'est-ce que j'ai bien pu manger ? Le plat de poisson sur la plage d'Acapulco, c'est ça ! Tout à coup, une violente douleur me transperce le ventre, je me plie en deux, ma tête explose, ma vue se trouble. Je distingue à peine Andrea qui joue dans l'eau. Je m'efforce de réfléchir, nous devons trouver un endroit pour dormir, mais avant cela, il faut qu'Andrea mange quelque chose. À la seule idée de nourriture, je me tortille comme un ver. Berk ! Je me traîne jusqu'à une pizzeria, napolitaine, forcément. Le pizzaiolo qui nous accueille a une bonne tête de voyou. Je ne m'assieds pas : je m'effondre. Magie de la gastronomie mexicaine ! J'ai la nausée, mais je tiens bon. Après le dîner, nous prenons une chambre dans le premier petit hôtel venu, ça n'est qu'une cambuse mais au moins y a-t-il un ventilateur. Je ferme la porte à clé et aussitôt, Andrea demande à sortir : il veut une glace, misère ! Là, j'avoue que je jette l'éponge.

Je m'écroule tout habillé sur le lit, parvenant tout juste à rappeler à Andrea qu'il doit se laver les dents et se déshabiller. La situation est inédite : malheur, me dis-je, nous y sommes ! Tu es cuit, et va savoir comment Andrea réagira. Il va peut-être ouvrir la porte, comprenant que tu as besoin d'aide, sortir et appeler au secours... Non, il pensera appeler au secours, au lieu de quoi il ne dira rien, il touchera le ventre de la première personne qu'il rencontrera et celle-ci croira que c'est une blague, pas un SOS.

Je glisse la clé sous mon oreiller et je l'implore : Andy s'il te plaît, ne sors pas !

Je m'efforce de respirer à fond, le ventilateur fait merveille, l'air m'arrive comme une caresse et fait s'envoler la panique. Malgré cela, si je bouge ne serait-ce qu'un orteil, la pièce entière se met à tourner. Rideau...

Il est quatre heures du matin quand j'émerge. Andrea est sur son lit, habillé et éveillé. Je me traîne péniblement jusqu'aux toilettes, après quoi je me vautre de nouveau sur mon lit en marmonnant : Dors Andy... Il ne bouge presque pas, l'air paisible. Je lutte contre les images troublantes qui m'assaillent : je vois Andrea avec sa mère, ils sont sur la pelouse devant la maison. Andrea est immobile, il tient une pièce de Lego. Il la fait tourner toujours de la même façon, en répétant les mêmes mots, la la la la la, sa mère est comme hypnotisée. Tout à coup elle se plie en deux et vomit...

Je sombre à nouveau...

On The Road Again

Corps calleux plus petit, complexe amygdalien et système limbique présentant des réductions neuronales. Une de nos connaissances avait soumis son fils, atteint d'autisme, à des examens sophistiqués. Je me rappelle les noms de tous ces petits bouts de cerveau, il me lisait le dossier en m'interrogeant du regard : comment autant de confusion est-elle possible ? Nous pourrions comparer, si seulement nous savions comment nous sommes faits nous-mêmes. Mais ces examens-là sont incapables de saisir l'image d'un sourire.

J'ouvre les yeux et je vois Andrea endormi sur son lit, il n'a même pas ôté une chaussette. L'idée qu'il ait pu veiller sur moi m'émeut, mais mon estomac proteste. Je tente de me lever : je mets un pied devant l'autre, titubant. La pièce vacille et me paraît immense. Au pied du lit, des confettis de papier. Le pire doit être derrière nous car l'exorcisme du déchiquetage est puissant. Je vais dans la salle de bains en quête d'eau : il n'y en a pas une goutte. Je m'énerve, nous devons trouver un autre logis au plus vite. Mais il faudrait pour cela reprendre la voiture et je ne me sens guère la fibre d'un Senna. Andrea se secoue, saute de son lit et m'observe, un peu inquiet.

– C'est bon, je ne suis pas encore mort.

– Mort, papa.

– Qu'est-ce qu'on fait ? On n'est pas bien du tout, ici.

– En voiture, dit Andrea.

– Malheureux ! Tu vois dans quel état je suis ? Tu es sûr ? On repart ?

– En voiture, faire un tour jusqu'au bout.

Voilà le problème : Andrea a une confiance aveugle en mes capacités. Andrea, sérieusement… Il va falloir que j'attache mes mains au volant, sans quoi mes bras vont glisser jusqu'à terre, je ne sais même pas si j'arriverai à appuyer sur les freins et l'embrayage.

Il sourit de toutes ses dents : impossible d'y résister. Je me charge à grand-peine des sacs, je marche au ralenti et Andrea m'aide à sa façon.

Je conduis pieds nus, pour m'éviter la contrainte des chaussures ; grâce à l'air conditionné, la chaleur accablante devient supportable. De temps à autre, Andrea se tourne vers moi et me caresse la jambe. J'ai l'impression de reprendre des forces. Lentement, nous roulons en direction d'Oaxaca.

La route serpente à travers les montagnes, un ruban de trois cents kilomètres, criblé de nids-de-poule. Six longues heures de voyage. Je ne bois que de l'eau durant toute la journée, Andrea se contente de la viande sèche qu'on vend sur les petits étals dressés au bord de la route, un simple taco est un excellent repas pour lui.

Malgré ma petite forme, nous voyageons tranquilles. Nous n'avons pas ouvert la bouche, mais c'est comme si nous avions parlé sans discontinuer. Deux voyageurs perdus dans leurs pensées, chacun dans sa tête, et mille regards pour nous dire que nous sommes proches, que nous sommes ensemble.

À Oaxaca, nous choisissons un hôtel au centre. La ville regorge de couleurs, son architecture a traversé le temps et l'Histoire. Des édifices de pierre, avec de grandes arcades. Dans les demeures les plus remarquables, les patios sont des jardins d'Éden, à la végétation luxuriante et entretenue, riche d'essences rares. Nous nous imprégnons de l'atmosphère du Mexique colonial en arpentant les places où vont s'asseoir les gens : étalages d'objets artisanaux, messieurs portant chapeau blanc et dames en robe bariolée… Tant de regards sombres, étrangement mélancoliques, tant de pieds en mouvement, de sacs chargés sur les épaules, de paniers pleins de volaille, de boîtes de biscuits et de beignets au chocolat. C'est peut-être tout cela qui nous met en appétit : Andrea se goinfre de viande et de pommes de terre, et moi j'explique mon problème au serveur. Il sourit, réfléchit, et son visage s'illumine : il a trouvé une solution. Il réapparaît dix minutes plus tard avec une soupe au riz et au poulet. Le bouillon de grand-mère, remède des familles : quelque chose de chaud, du repos, un câlin.

Pile ou face

Je me sens nettement mieux, j'ai éliminé le poison du poisson d'Acapulco. J'ai dormi dix heures d'affilée, ce qui ne m'était pas arrivé depuis longtemps. Des rêves de toutes sortes sont venus à mon aide.

Je me lève et je vais taquiner Andrea qui reste allongé, les yeux grands ouverts. Il a l'air absorbé. Mon malaise l'a peut-être perturbé plus que je ne le pensais.

Je fouille la poche de mon sac et j'en tire l'un de ses textes.

TU NE PARLES PAS BEAUCOUP CES JOURS-CI

Confuse est ma tête

QU'EST-CE QUI SE PASSE QUAND TA TÊTE EST CONFUSE ?

Je vois les mots et je ne sais pas les dire

QUELQUE CHOSE T'INQUIÈTE ?

Peur de perdre le contrôle. Angoissé si je ne me contrôle pas tu me détestes

ALLONS ANDY, N'EXAGÉRONS PAS AVEC DES MOTS COMME DÉTESTER ET ANGOISSÉ. ON ESSAIE DE RÉAGIR CALMEMENT ?

Papa hé toi pas confus. Mal je vais moi. Pas facile se sentir mouton noir.

NOUS VAINCRONS CETTE CHOSE, TU VAS VOIR. JE SUIS LÀ.

Merci désolé. Andrea veut parler. Ne sais pas dire les mots. Mal je suis.

TU AS MAL PHYSIQUEMENT ?
Mal la tête.

Je lui fais une caresse en lui demandant s'il a mal à la tête.
– Non, me répond-il, tout net.
– Tu vas bien ?
– Oui, bien.
Mais dès que nous sortons, il se rue sur des feuilles et les déchiquette comme s'il y cherchait un message caché.

Je le prends dans mes bras et je lui dis : C'est bon, je suis guéri, on se remet en route. En voiture, comme tu aimes. Sur les pavés de la place centrale, je déplie notre grande carte. Je lui montre le Guatemala. Nous sommes si absorbés dans notre étude cartographique que nous attirons l'attention d'un petit groupe de jeunes Hollandais. Grands, la barbe hirsute, ils ont eux aussi des cartes dans les mains. Ils doivent nous prendre pour des baroudeurs et nous demandent conseil sur l'art et la manière de traverser l'Amérique centrale pour aller se perdre le long de la Cordillère des Andes. Mais nous aussi, on aimerait bien des conseils avisés ! Lassés des basses altitudes de leur contrée d'origine, ils aspirent à moins d'oxygène, ils voudraient courir plus vite que les Indiens boliviens, à plus de quatre mille mètres. Ils rigolent, ils savent qu'ils n'ont aucune chance. Que nos poumons et nos jambes ne nous permettent pas de concourir dans cette catégorie. Nous parions une vingtaine d'euros. Je mise contre les Hollandais, sans méfiance, si nous nous revoyons, nous verrons bien.
– Et vous, où allez-vous ?
– Au Guatemala.
– Et ensuite ?
– On verra, le Panama nous tente.
Cartes dépliées, doigts glissant sur les capitales, par-dessus les frontières : Honduras, Nicaragua, Costa Rica, Panama.

Les Hollandais décident de passer par le Nicaragua.

Buena suerte, les gars. Au revoir.

La soirée est douce, dans les rues d'Oaxaca, parmi la foule qui danse et joue de la musique un peu partout dans les bars, sur une scène dressée sur une place.

Une fois installés à notre aise, je raconte à Andrea qu'un ami à moi, Lorenzo, ne cesse de nous envoyer des messages pour nous convaincre d'inclure Tulum, où il habite, dans notre périple. Je déplie à nouveau la carte : ça voudrait dire retourner au Mexique après le Guatemala, et remonter en longeant la côte caraïbe. Sans quoi, si nous décidons de ne pas y aller, nous poursuivrons vers le sud en direction du Panama.

– Qu'en penses-tu, Andrea ?

– Oui.

– Oui quoi ?

– Non.

– Donc on ne va pas à Tulum ?

– Non.

– On y va, oui ou non ?

– Oui.

L'alternance oui-non s'éternise, on n'en sort plus.

– Veux-tu qu'on joue ça à pile ou face ?

– Oui.

Très bien, Andrea, lançons donc une pièce. Pile, on continue vers le sud, face, on remonte vers Tulum. Andrea lance la pièce : c'est pile ! Nous retournons à Mexico.

Du Mexique au Guatemala

Le vol pour Mexico se déroule sans encombre. Nous grignotons une bricole à l'aéroport en attendant l'avion pour Ciudad de Guatemala. Tandis que nous marchons vers notre porte d'embarquement, Andrea me réclame son pull. C'est bizarre car il ne fait pas froid du tout, on est très bien en T-shirt…

Nous sommes assis, bien tranquilles, lorsque soudain, tel un volcan entrant en éruption, Andrea balance un spectaculaire geyser de vomi. C'est la panique. Il se sent mal, ses yeux brillent. Une jeune fille s'approche et lui offre de l'eau et un chewing-gum. D'autres s'éloignent, dégoûtés. Des employés arrivent pour nettoyer. Je présente des excuses dans toutes les langues que je connais, j'allonge Andrea sur un fauteuil et là je réalise que l'embarquement a commencé. Pressé dans la cohue, je lutte contre le stress et lui, en dix minutes à peine, se retrouve frais comme un gardon, l'œil vif et le sourire aux lèvres, prêt à rigoler.

– Sacré farceur ! lui dis-je, soulagé que le malaise soit passé.

J'aimerais bien comprendre un peu mieux comment fonctionne ce genre de choses. Ses frissons tout à l'heure étaient un signal, c'est clair. Il a dû manger trop vite. Avec lui, on est toujours sur la brèche, un peu anxieux.

Dans l'avion, nous nous blottissons sur nos sièges, direction le Guatemala.

Nous débarquons vite et bien, et nous sommes parmi les premiers au contrôle des passeports. Le personnel est sympathique et nous aide gentiment même pour les choses les plus simples. Nous trouvons aussitôt une voiture à louer.

Ciudad de Guatemala, en revanche, nous révulse en quelques heures : nous détalons vers l'ancienne capitale, Antigua. C'est comme si nous allions rencontrer une très belle et très vieille dame : *La muy noble e muy leal ciudad de Santiago de los caballeros de Guatemala !* C'est ainsi qu'on la désignait, dis-je à Andrea, en lui lisant un dépliant.

Une heure de route, environnés par des nuages si bas qu'on croirait un épais brouillard : l'orage est un brumisateur. À deux mille mètres d'altitude, l'humidité est telle qu'on se sent pousser des branchies.

La ville d'Antigua a survécu à de terribles tremblements de terre, elle fut abandonnée, mais jamais complètement. Elle est toujours pleine de charme : rues pavées de pierre sombre, bordées de palmiers, arcades, maisons basses, fontaines et lavoirs… Les hôtels sont de vieux palais rénovés. Nous en choisissons un de style colonial, au centre. Le personnel, les porteurs et les femmes de chambre ont l'allure de figurants dans un film d'époque. Ils nous accompagnent dans une chambre immense, avec des fenêtres pour géants.

Nous sortons nous promener sous la pluie persistante, à l'abri des arcades. Andrea se met à pourchasser un couple. Ils ont l'air d'avoir de l'humour. Tous deux miment des battements d'ailes, claquent des doigts, puis gonflent les joues comme les crapauds. Ils sont américains et communiquent en espagnol. Ils évitent de parler anglais parce que, dit l'homme, tous deux sont d'ex-agents de la CIA. Je souris. Nous sommes tombés sur des comiques, me dis-je en affirmant qu'Andrea aussi est un agent de la CIA. Vraiment ?

s'exclame la femme, en l'examinant avec insistance. Ils nous invitent à boire un verre. Absolument : missions au Moyen-Orient, on l'envoie en Iran pour enseigner aux jeunes un code secret basé sur les couleurs. Un code secret utilisant les couleurs pour vaincre la dictature des ayatollahs ? Le couple semble soudain captivé : c'est ainsi que naissent certaines légendes.

– Parfaitement !

Assis en bout de table, Andrea enserre son cou de sa main gauche et prend une expression légèrement suspicieuse qui conviendrait tout à fait à un agent secret de dix-sept ans.

À tout hasard, fait l'homme, on ne pourrait pas avoir un petit exemple de ce code chromatique ?

Andy, le monsieur voudrait connaître ton code secret. Il reste coi. Je ne sais pas s'il est disponible, dis-je. Je trouve une feuille de papier et je la passe à Andrea qui entreprend de la déchiqueter en particules. Puis, avec le feutre que nous prête le patron du bar, il se met à y inscrire une myriade de petits points aux nuances diverses.

– Nous les éparpillons dans Téhéran, j'ajoute. Chaque petit bout de papier possède un nombre bien précis de petits points clairs et de petits points foncés. C'est ça, le code. On dirait des morceaux de papier déchiré, et en réalité ils recèlent des messages de liberté.

Les deux Américains essaient de compter les points en faisant une grimace perplexe. Nous sommes tous en balade de par le monde, tous en quête de belles histoires.

Dehors il pleut toujours, et la nuit est tombée.

Nous flânons sur la route du retour, traversant des îlots de musique. Andrea sautille, tout content. Si content que, devant un bar, il enlace brusquement un garçon et lui presse le ventre. Celui-ci se sent agressé et réagit comme si sa vie en dépendait. Il repousse Andrea de toutes ses forces et le catapulte sur le capot d'une voiture. Andrea n'ouvre pas la bouche. Il se ferme toujours, quand on le rabroue avec brutalité. D'autres jeunes sont venus prêter main-forte au garçon, et les voilà face au regard inconsolable d'Andrea, à son sourire pâle.

Je hurle de toutes mes forces: *Es un chico con autismo!*

Ils se poussent du coude, échangent à voix basse puis se taisent en regardant ce garçon plein d'effroi. Ils me présentent des excuses, un peu penauds.

Nous prenons le large.

Une fois arrivés à l'hôtel, j'aimerais qu'il me raconte quelque chose.

Andrea reste longtemps dans la salle de bains, je l'entends ouvrir et refermer les robinets.

Alors je vais puiser dans ses messages et j'en trouve un, écrit en décembre dernier. Je le lis à voix haute.

CIAO ANDREA, COMMENT S'EST PASSÉE TA JOURNÉE?

Agité

POURQUOI ES-TU AGITÉ?

Fatigué pas contrôler andrea. Crise hors contrôle. Excuse tout le monde andrea est mal de contrôle pas capable. Ciao papa

ATTENDS ANDREA. TU SAIS QU'IL FAUT QU'ON TRAVAILLE SUR LE CONTRÔLE. ESSAIE DE M'EXPLIQUER POURQUOI TU PRESSES LE VENTRE DE TOUT LE MONDE.

Je sens le ventre de personnes et je sais qui c'est. Je me présente aux personnes en touchant et je suis tranquille.

MAIS TU LE SAIS QUE LES GENS N'AIMENT PAS ÇA.

Je suis conscient mais si andrea ne touche pas je vois confusion et KO pour andrea agité

MAIS TU NE PEUX PAS TOUCHER L'ÉPAULE AU LIEU DU VENTRE ?

J'aime le ventre

TU LE COMPRENDS OU NON QUE TU EMBÊTES LES GENS ?

Tu le comprends que je ne contrôle pas ?

TU DOIS TOUJOURS ESSAYER.

Je fais les exercices de contrôle tous les jours

QUEL GENRE D'EXERCICE ?

Je dois mettre en ordre toutes ces choses et j'attends jusque je ne résiste plus après je suis mal. Je résiste plus longtemps, j'améliore

TU VEUX ME DEMANDER QUELQUE CHOSE ?

Andrea demande aide tête confuse mal j'ai

QUELLE AIDE VOUDRAIS-TU ?

Pour guérir autisme. Fatigué d'être comme ça.

Je le sais Andy, je le sais.

Siga me

Nous irons au royaume de l'arc-en-ciel et des apôtres: les douze villages qui bordent le lac Atitlan en portent les noms. On nous a raconté monts et merveilles de cette région.

Le temps est pourri, nous nous trompons de direction plusieurs fois car le GPS nous trahit effrontément.

Nous sommes perdus, voilà la vérité, et nous nous enfonçons dans une zone misérable, des masures en bord de route, des enfants loqueteux et une rixe épouvantable, un malheureux, à terre, se fait rouer de coups juste sous nos yeux. Nous demandons, non sans appréhension, des informations pour retrouver notre chemin. Les gens sont aimables, malgré les machettes qui pendent ostensiblement à leurs ceintures, et ils font leur possible pour nous orienter sur ces terres que nous pensions bénies. Nous suivons leurs indications sans nous laisser décourager par les éboulis et les roches qui encombrent la chaussée. Que s'est-il passé? La moitié du territoire semble avoir été saccagée par un géant furieux, l'autre apparaît et disparaît à chaque virage, à travers la pluie et le brouillard.

Andy, ça ne va pas être une promenade de santé, je me sens obligé de le lui dire.

– Promenade belle, mais il est vigilant lui aussi.

Par chance, nous roulons au pas, ce qui nous évite de finir dans un ravin. Le pont devant nous s'est écroulé. Pas l'ombre d'une mise en garde. Je stoppe à quelques mètres du vide. J'écarquille les yeux, ce n'est pas possible ! Ce pont effondré n'est peut-être pas le seul danger dans les environs. Je commence à avoir un peu peur : mais où sommes-nous donc tombés ?

Le lac ne doit pas être loin, une cinquantaine de kilomètres à vue de nez. Nous descendons de la voiture et contemplons cet obstacle infranchissable. Andrea y jette un caillou. Arrête, lui dis-je. Je crois entendre un moteur. C'est une vieille jeep qui arrive à un train d'enfer. Je lève les bras pour signaler le danger, elle ne ralentit même pas. Misère. Un fou suicidaire ! Pousse-toi, Andrea ! Un coup de frein puissant, à l'américaine, et de la jeep nous voyons pointer la tête d'un petit homme, la mine suspicieuse. Il nous jauge longuement avant de parler.

– *Que pasa ?*

– Señor, nous nous sommes égarés. Cette route-là s'est effondrée. Comment fait-on pour arriver à Atitlan ?

Le gars dans sa voiture se marre, tranquille, quelle bande de froussards ces touristes, doit-il penser. Il me répond, rigolard :

– *Siga me, siga me.*

Lui faire confiance ? Quelle alternative avons-nous ? Un coup d'œil à Andrea, et nous le suivons. Il engage sa jeep sur une piste de terre qui passe sous le pont. Sans plus se soucier de nous, il dirige sa voiture directement vers l'eau, tout droit et à bonne vitesse. Malheur, me dis-je, on n'a pas affaire à un suicidaire solitaire, ce gars-là veut de la compagnie. Mais où va-t-il ?

Je le vois qui s'éloigne dangereusement. On risque de rester en rade, seuls à nouveau. Alors allons-y. La jeep entre dans le fleuve, je retiens mon souffle en m'attendant au pire, je me rapproche de l'eau les yeux écarquillés et le pied sur le frein. Le pilote fou traverse et parvient jusqu'à l'autre rive. Il y a un gué, mais il faut le savoir.

Qu'est-ce qu'on fait Andy? Un, deux, trois, c'est parti! Et nous nous lançons à notre tour, à la guerre comme à la guerre, nous efforçant de suivre le même trajet que notre cicérone. Je traverse, en apnée. Lorsque j'arrive à sa hauteur, je le vois rigoler, tout réjoui. Va donc, eh gros malin! N'empêche, il nous a sauvé la mise, et il nous accompagne jusqu'à destination.

Sur les rives du lac Atitlan, nous distinguons à présent les villages. Somptueuse misère jusqu'au bourg de Santiago. Les bâtisses grises sont lustrées par une pluie persistante, qui a fait monter les eaux du lac, submergeant les berges et les embarcadères. Andrea aperçoit un petit groupe de femmes traversant à gué un trottoir inondé, il ne résiste pas et part à leur suite en pataugeant, bébé orque à la poursuite d'un banc de phoques. Il est aussitôt repéré, c'était inévitable, par un garçon qui nous propose de nous servir de guide. Il m'inspire confiance, d'instinct, et je me dis que son aide nous sera sûrement utile.

Il commence par nous mener jusqu'à une gargote où nous mangeons un sandwich: mastiquer me permet de relâcher un peu la tension. Il nous raconte qu'un éboulement s'est produit il y a quelques mois, détruisant tout et causant la mort de nombreuses personnes, parmi lesquelles plusieurs enfants. Sa belle-sœur et ses six enfants ont péri. C'est si pénible d'admettre un tel coup du sort qu'on a presque besoin de penser qu'il invente des histoires, des histoires pour voyageurs du monde riche.

Un peu abattus, nous décidons de poursuivre notre route jusqu'à Chichicastenango, village réputé pour son marché et pour je ne sais plus quoi d'autre.

Nous nous renseignons: Chichicastenango est à trois heures d'ici, puis à une heure et après quelques dizaines de kilomètres, encore quatre heures. On n'y comprend plus rien, chacun a un avis différent, personne ne veut admettre son ignorance et chacun déclare la première chose qui lui passe par la tête : ils tergiversent, estimant les distances au pifomètre, nous demandant à quelle vitesse peut rouler la voiture et si nous sommes pressés. C'est peut-être une spécificité latino-américaine, les villages se déplacent à chaque fois qu'on les nomme : à quatre heures de l'après-midi ils sont à huit kilomètres, à cinq heures c'est à trente kilomètres, les villages courent contre la montre, sans jamais s'arrêter.

Nous arrivons à Chichicastenango à la tombée du jour et là aussi, un garçon vient aussitôt à notre rencontre. Nous sommes très repérables, et les jeunes sont nombreux à attendre les touristes pour leur proposer leurs services. L'un se présente à nous : il s'appelle Vittorio, il a dix-huit ans et descend en ligne directe des Mayas. Très jovial, il nous indique sans tarder un hôtel où nous pourrons aussi dîner, et propose une balade au marché pour le lendemain. C'est l'homme providentiel dans cette région où pour la première fois, nous nous sentons perdus.

L'hôtel conseillé par Vittorio est un monastère du XVIe siècle, élégant et majestueux, avec un patio luxuriant orné de buissons de bougainvillées en fleur et peuplé de perroquets multicolores. En liberté, ils s'envolent brusquement dans de grands battements d'ailes, puis se posent et nous observent en faisant pivoter leurs têtes. Nous grimpons l'escalier entre deux rangs de moines de pierre. Il y a même une cheminée dans la chambre, on y allume un feu pour la nuit. C'est un lieu étrange et plaisant, nous lançons nos sacs sur nos lits et Andrea remet bien vite les oreillers d'aplomb.

L'état déplorable du réseau routier me pousse à revoir le trajet décidé sur le papier. Un des employés de la réception,

Guillermo, parle un peu l'italien. Il travaille aussi comme guide touristique et me fait comprendre que notre projet de visite des temples mayas est à l'eau car la route a disparu, détruite par l'inondation. Il nous suggère de changer de programme, il inspire confiance et nous finissons par dîner tous ensemble, Andrea, Guillermo, Vittorio et moi.

Andrea en fait voir de toutes les couleurs aux serveurs, pendant que nous parlons des Mayas qui ont laissé dans cette région une empreinte durable. J'écoute des histoires de volcans, de terres qui dansent, de guerres et d'antiques identités.

J'apprends les mots mayas désignant le couteau, l'assiette, l'eau. Vittorio nous explique que c'est la seule langue que parlaient les anciens. Surtout les chamans. Je suis perplexe : des chamans ? Il y en a donc encore ? Ils s'enflamment : rien qu'à Chichicastenango ils sont plus de trois cents. Ils pratiquent les rites chaque jour, à différents endroits.

Nous quittons la table, Vittorio récitant de petites litanies dans la langue des Mayas, et nous sortons dans la nuit noire. Pas un filet de lumière : ni lune ni étoiles. Les seules lueurs sont celles des foyers improvisés çà et là où l'on cuisine pour le marché du lendemain. La pluie fine, incessante, oblige tout le monde à circuler encapuchonné, et nous ne croisons que des silhouettes énigmatiques. Je me fais sûrement des idées, mais je sens le danger dans l'air. Je lance plusieurs fois la main dans l'obscurité, cherchant le corps d'Andrea, pour m'assurer qu'il est bien près de moi. Des gens en haillons nous implorent. L'un d'eux m'émeut, c'est un vieux et il est presque nu, pauvrement vêtu de sacs en plastique déchirés.

Il me regarde et dit : Eh señor, bonsoir.

– Bonsoir, comment vous appelez-vous ?

– Je suis Batista.

– Tout va bien ?

– Grâce à Dieu, tout va bien.

– Excusez-moi señor, sans vouloir me montrer discourtois, ça n'a pas l'air…

– Señor ça pourrait être pire. Ça irait mieux si je mangeais. C'est sûr, il ne faut pas abuser des bonnes choses, mais de temps en temps…

– Permettez que je vous offre un plat de viande et du pain.

Nous passons un moment avec lui. Il dit avoir quarante-trois ans, il est plus jeune que moi. Il semble fait de cuir desséché et n'a presque plus de dents, à se demander s'il a encore du sang dans les veines.

Il mange très lentement, sans doute pour ne pas succomber à trop de saveurs. Ses yeux sont voilés.

Andrea est nerveux, je dois le tenir à l'œil. La journée a été difficile pour lui. Ce n'est pas tant son état de confusion qui m'inquiète, que le fait que je le sente absent. Il est plus désorienté que de coutume, il parle très peu et touche beaucoup, il déchire tout ce qui lui tombe sous la main.

Ce monde que nous traversons est peut-être trop dense, trop chargé pour lui. Les grands espaces vides d'Amérique du Nord génèrent des sensations plus nettes, plus simples, par certains aspects. Nous sommes ici dans un univers plus complexe, et j'ignore ce qu'il en perçoit.

Nous rentrons à l'hôtel. Assis devant la cheminée, nous écoutons de la musique devant le feu qui réchauffe la chambre, je l'embrasse. Bonne nuit Andy.

Chamans

Des couleurs et encore des couleurs : c'est le grand marché vanté par Vittorio. La lumière inonde tout, il a cessé de pleuvoir, plus besoin de branchies : la terre est de nouveau compacte, ferme et rassurante.

Tout autour de nous ce ne sont qu'embrassades, appels, salutations fraternelles, un esprit de communauté qui nous surprend. On respire la tranquillité. Voilà, les gens sont posés et sobres, soucieux de leurs marchandises, respectueux lorsqu'ils font leurs achats ou lorsqu'ils se renseignent.

Vittorio voudrait nous montrer les lieux où se déroulent les rites chamaniques. Nous en voyons des vestiges jusque dans une église, de petits autels, des fagots de bougies, des gestuelles étranges et hermétiques. Une grande spiritualité.

Je ressens une puissante émotion et Andrea lui aussi est troublé.

Ravi de notre intérêt, Vittorio nous emmène au sommet d'une colline, tout un parcours au milieu des étalages et des animaux. Nous avançons en silence dans le sillage d'autres personnes. Vittorio n'est pas sûr que nous pourrons assister à un rituel, il est tard, les rites ont souvent lieu à l'aube et ont déjà pris fin. Il en reste des traces, des bougies allumées, des gens encore en prière.

Je n'ai pas la moindre idée de l'aspect physique d'un chaman. Vittorio en parle avec tant d'emphase que j'ai l'impression de me rendre en visite officielle auprès d'un chef d'État. Je m'imagine un notable, d'une élégance sobre, habitant une demeure sinon cossue, du moins respectable.

C'est une cabane de deux mètres sur quatre, pierre et torchis, qui servirait chez nous à ranger les outils et à entreposer les cageots de patates et les sacs d'engrais, un gourbi. Vittorio nous invite à entrer, nous restons sur le seuil à regarder un vieux monsieur soigner une femme comme le faisaient jadis nos rebouteux. Il nous demande avec gentillesse ce que nous voulons. Sa mise est certes modeste, mais l'intensité de son regard agit comme un aimant et spontanément je lui demande : Je voudrais un rituel pour mon fils. Le chaman me fixe et me fait comprendre qu'il va me poser beaucoup de questions. Je parle en espagnol et lui dans la langue des Mayas. Vittorio traduit.

Comment se prénomme votre fils ? Quand est-il né ? Depuis quand est-il comme cela ? A-t-il des frères ou des sœurs ? Que mange-t-il ? Comprend-il ce qu'on lui dit ? Est-ce qu'il dessine ? Est-ce qu'il écrit ? Dort-il peu ou beaucoup ? Est-il calme ou violent ? Se laisse-t-il embrasser ?

D'instinct, j'oublie diagnostic, dossier, médicaments et électroencéphalogrammes. Je raconte des choses simples, sans détour.

Le chaman m'écoute avec attention.

– Parlez-moi de lui en tant que père…

La phrase me surprend. Je ne vais pas fouiller dans mes souvenirs, ni évaluer la somme de mes difficultés avec Andrea, au quotidien. Je l'aime très fort, je le déclare à haute voix, de tout mon cœur.

Le chaman rumine mes paroles en silence. Je balaie la pièce du regard, des objets étranges et des livres fatigués sont éparpillés un peu partout. Je lis quelques titres : *Calendrier maya, Le Livre des chamans, Le Livre infernal, Le Livre de l'occulte, La Magie noire.* Mais où sommes-nous tombés ?

Lorsqu'il s'adresse de nouveau à moi, c'est pour convenir du moment du rituel : dans deux heures, au cimetière du village. Je sursaute. Au cimetière ? Je regarde Vittorio, puis Andrea. Est-ce bien raisonnable ? Je veux bien admettre que les cimetières, ici, ne doivent pas être comme là-bas, c'est-à-dire chez nous, le concept est probablement très différent, mais quand même, je suis embêté. N'empêche que le chaman est tout à fait sérieux et imperturbable. Vittorio n'a pas l'air troublé. Andrea non plus.

– Andrea, de quoi avons-nous peur ?

– De rien, papa !

– Alors on le fait.

Avec l'aide de Vittorio, j'ai noté tout ce dont nous aurons besoin pour le rite : œufs, cigares, cigarettes, bougies, plusieurs sortes d'huile, alcool, parfum. Nous partons acheter les produits qui seront brûlés. Je choisis chaque chose avec soin, les œufs doivent être frais, je préfère des bougies de couleur, je m'informe de la qualité de l'huile et des marques des cigares et des cigarettes. Je hume divers parfums.

Je remplis deux sachets et je considère, avec perplexité, leur bizarre contenu. Pourquoi pas ? Je repense aux mille tentatives mises en œuvre dans le but d'améliorer l'état d'Andrea. Nous n'avons rien négligé. Nous avons frappé à la porte de la médecine officielle, et nous avons parcouru des sentiers moins battus, plus tortueux, toujours pleins d'espoir. Je ne me souviens même plus de tous les échecs, pourtant nous sommes allés de l'avant, sans nous laisser abattre. Qu'est-ce que ce rituel pourrait nous enlever, au vu de ce que nous avons déjà fait ? Que pourrait-il nous apporter ? Allez savoir.

Il est presque l'heure. Nous marchons longtemps, en file indienne, sur le chemin du cimetière. Je sens mon estomac se nouer. En gravissant la pente de la colline, je comprends que nous n'approchons pas d'un lieu de tristesse. Il ne s'agit pas seulement d'un volume de terre contenant les ossements de ceux qui ne sont plus. Les morts, en haut du coteau, surplombent le territoire. Le cimetière est un petit village, avec des rues et des jardins, des autels polychromes. Il est bondé, de nombreuses personnes entourent les petites habitations des défunts, d'autres participent aux cérémonies qui se déroulent un peu partout, emplissant l'air de chants et de prières. De temps à autre on entend une explosion, des feux d'artifice, les gens sursautent, sans peur. Nous sommes plongés dans une atmosphère surréelle.

Vittorio nous conduit jusqu'au chaman, beaucoup le saluent, lui embrassant les mains. L'homme ne fait preuve d'aucune suffisance, bien au contraire il a un geste, une attention pour chacun. Il est serein et retenu. Il nous sourit et nous fait comprendre, par l'intermédiaire de Vittorio, que nous devons méditer devant son autel. Vider notre esprit... J'ignore si la chose est possible pour Andrea, s'il peut ralentir le rythme de ces montagnes russes que suit le cours de ses pensées. Je chuchote : Andrea, vide ton esprit. Nous restons silencieux. Le chaman prépare un feu et y dépose peu à peu les objets que nous avons apportés. Quelque chose crépite et jaillit parmi les flammes, le chaman se met à prier. Il nous bénit une bonne centaine de fois. Je crains que cela ne soit le signe de la difficulté rencontrée, qui excède peut-être ses pouvoirs. Il verse du parfum sur les cheveux d'Andrea et me demande de poser mes mains sur ses yeux. Je sens ses cils vibrer contre mes doigts. Il m'invite à fumer un cigare cyclopéen qui se consume à peine et me fait tourner la tête. Si quelqu'un, à l'extérieur de notre cercle, pouvait observer au travers du nuage de fumée et de sons qui nous enveloppe, il nous verrait assis à l'ombre d'un gros arbre, recueillis. Une fois encore je dois garder les mains sur les yeux d'Andrea, et le chaman, par trois fois, crache de l'alcool sur sa tête et sur la mienne.

Des heures ont passé. Nous émergeons des profondeurs. Couverts d'un alliage mêlant poussière, sueur, parfums, fumée, alcool, encens, crachat et Dieu sait quoi d'autre. Andrea se dégage et se lève, il fixe le feu, ramasse de petits cailloux et des morceaux de bois et les y lance. Je ne sais comment interpréter son regard. Intense, fiévreux, je ne sais pas. Nous embrassons le chaman.

Nous redescendons la colline du cimetière, je ferme la marche. Cette sensation d'absolue clairvoyance n'est-elle que de la suggestion ? Suffit-il d'allumer des bougies, d'écouter des prières, de se sentir en communion avec d'autres pour éprouver des émotions inhabituelles ? Les éprouverions-nous si nous vivions ici ? Peut-être les avons-nous ressenties parce que nous avons pu ouvrir une brèche dans notre vie de calcul et de rationalité, parce que nous nous sommes accordé une pause, un changement de rythme...

Les adieux durent longtemps.

Nous reprenons notre voyage le long de la Panaméricaine, retrouvant le même type de baraques en bord de route, des éboulis fréquents nous obligent à des déviations incessantes. De retour à Antigua, nous choisissons un nouvel hôtel, nous allons rendre la voiture et acheter des billets pour le minibus qui nous emmènera demain à Puerto Barrios. De là, nous embarquerons pour Livingston. C'est ce que nous avons décidé à Chichicastenango, car Guillermo nous a raconté que Livingston était un authentique creuset ethnique, nombre de ses habitants étant garifunas, une population fascinante et métissée, issue du naufrage de bateaux négriers. C'est un bon point de départ pour remonter la côte caraïbe en direction de Tulum. Nous allons rencontrer les Garifunas! ai-je dit à Andrea. C'est un cycle, tu sais: libres, esclaves, un peu plus libres. Je lui explique qu'on a cette opportunité, dans la vie.

Être un peu moins esclaves est possible.

Débarquement à Livingston

Andrea essaie de remplir les sacs. Il ouvre les fermetures éclair, les referme avant de les rouvrir aussitôt, il manipule leur contenu selon des critères très personnels. À un moment donné, ma colère monte : comment est-il possible qu'il ne soit pas foutu de ranger un T-shirt correctement ! Comment est-ce possible ? Puis je me calme, nous en plaisantons même : je déplace à mon tour deux ou trois choses, je l'imite en fermant puis en rouvrant un sac. Mon petit sketch le fait rire.

Nous sortons les bagages, dehors une estafette nous attend pour nous conduire à la gare routière où nous prendrons le car pour Puerto Barrios. Les autres passagers sont déjà prêts : trois garçons danois et deux jeunes Australiennes. Ils nous ont laissé la place à côté du chauffeur, où je m'installe, et une autre à l'arrière avec les filles, où s'assied Andrea. Il captive sur-le-champ toute leur attention.

Nous n'avons pas parcouru cinq cents mètres quand je me rends compte de l'absence du sac contenant, entre autres, les papiers et le téléphone. Andrea devait s'en charger ; furieux, je le gronde : Où as-tu laissé ce sac ? Il me regarde avec son air le plus innocent et nos compagnons de voyage m'observent comme s'ils pensaient : Et toi, à quoi pensais-tu ? Une alliance en béton. Je me frappe le front : demi-tour !

Une heure plus tard, nous débarquons devant la gare routière, d'où partent les bus, ou plutôt les autocars, les bons vieux autocars d'autrefois, pansus et fumants. Aux guichets il y a foule, les queues avancent lentement et de manière plutôt disciplinée, mais l'autocar magique pour Puerto Barrios part à treize heures : il ne reste que quelques minutes, nous n'y arriverons jamais. Nous devons avoir la mine hagarde car soudain, un homme, pantalon noir et chemise blanche, avec un badge, surgit de nulle part et nous demande où nous allons. Puerto Barrios ? Pas de souci : il court arrêter l'autocar, demandant au chauffeur de patienter, bondit à un guichet en ignorant la queue, puis charge nos bagages et nous fait monter à bord. Je le remercie d'un pourboire bien mérité.

Cinq heures d'autocar. C'est ce que prévoyait le tableau des horaires. À un moment donné, Andrea migre vers les sièges du fond, qui se sont peu à peu libérés, moi je reste à l'avant. Nous voyageons séparément jusqu'à destination. Depuis notre départ, c'est la première fois que nous restons aussi longtemps éloignés l'un de l'autre. L'autocar nous laisse au bord d'une avenue qui mène au môle, le *muelle*, comme on l'appelle ici. Nous récupérons nos bagages et nous marchons un peu, les jambes engourdies après des heures passées à l'étroit dans des sièges exigus. La chaleur est suffocante, seul refuge à l'horizon : une petite baraque tout au fond du môle, où des boissons sont gardées au frais dans un seau. Par chance, nous partons presque immédiatement, à bord d'une vedette qui glisse sur les vagues, comme une flèche.

Livingston n'est accessible que par la mer : on ne peut traverser les parcs et les réserves qui l'entourent. Sur le quai où nous accostons, la cohue est extrême, les passagers cherchent à extraire leurs effets du tas de bagages, le bateau tangue, tout le monde pousse pour débarquer et Andrea refuse carrément de reposer les pieds sur la terre ferme. Il se frotte les mains, touche les cordages, le regard fixé sur des bidons d'eau. La situation devient un peu délicate quand par bonheur, un gaillard d'un quintal, dreadlocks comprises, nous repère et nous vient en aide. Comprenant au vol l'état d'Andrea, il empoigne nos sacs et sourit, rassurant. Nous n'échangeons qu'un regard, pas besoin de parler, c'est un authentique sauveteur. Les amis, moi c'est Ricardo, et si vous le voulez je peux vous trouver un endroit où dormir, vous indiquer les meilleurs restaurants et les plus belles plages. Il a le rire franc et cordial : nous avons besoin de lui et lui de nous. Je sens que nous allons être inséparables, comme l'ombre et le corps. Nous déposons nos affaires dans un hôtel de bois peint et nous partons explorer le centre en compagnie de Ricardo. La plupart des gens ont la peau très foncée et l'on sent partout l'influence de la Jamaïque : Bob Marley règne dans les vitrines et dans les bars.

Le soir venu, Ricardo nous invite à un concert. Un groupe joue devant un public nourri, dans une ambiance bon enfant, la bière coule à flots. La foule entoure Andrea comme une seconde peau et il se lance dans la mêlée, il touche tout le monde et tout le monde le touche, il enlace et embrasse qui il veut, il fait des bonds la soirée entière.

On sent ici une chaleur humaine plus intense que dans aucun pays se prétendant dépositaire de la civilisation et du progrès.

Positive vibrations

Sept heures du matin. Andrea est déjà d'attaque, débordant d'énergie. L'ordinateur est resté allumé toute la nuit. Mille choses me passent par la tête. Écrivons, dis-je à Andrea, sur un ton décidé. J'apporte une chaise, il s'y installe et je me mets derrière lui. Je lui prends doucement la main, cherchant à établir un contact aussi impalpable qu'un souffle. Je tape sur le clavier.

ANDREA, DIS-MOI CE QUE TU PENSES DE L'EXPÉRIENCE AVEC LE CHAMAN...

Andrea bouge la main, porte le poing à son cœur, puis glisse la main, avec lenteur mais sans hésitation.

Hommes semblables d'esprit chaman je suis comme lui

MAIS QU'AS-TU RESSENTI ?

Cracher sur moi senti le cœur serré mal au ventre

Ça cogne fort dans ma poitrine, mais je suis léger comme une libellule. À présent, je ferme les yeux quand Andrea écrit et je les rouvre, émerveillé. Nous sommes reliés par un cordon ombilical.

COMMENT AS-TU VÉCU LE RITUEL ?

Trop dehors j'ai senti leurs âmes sur moi

C'ÉTAIT PÉNIBLE ?

Très fort mais c'est expérience unique

DONC TA RÉPONSE EST...

Bien maintenant

SUR LE MOMENT C'ÉTAIT DIFFICILE...

Bon souvenir

Sachant qu'il se rappelle le moindre détail à la perfection, je me lance.

ET QU'EST-CE QUE TU AS PENSÉ DE LA NOUVELLE-ORLÉANS ?

Rues de musique belles promenades dans la ville grand fleuve

Frites bonnes

ET TOUT CES HOT-DOGS QUE TU AS MANGÉS ?

Bons délicieux hot-dogs

TU AS VOULU LAISSER TA BAGUETTE MAGIQUE À L'HÔTEL LÀ-BAS... POURQUOI?

Souvenir beau de papa et andrea reste là-bas nous allons chercher la baguette demain

TU L'AS LAISSÉE POUR QUELQU'UN?

Là-bas pour papa et andrea quand on va là-bas encore

ET À TON AVIS, ON Y VA DEMAIN ?

Non. Andrea veut retourner encore

ET LES GENS DANS LA VILLE?

Toutes les pensées des gens dans les rues dans la ville andrea voit et sent

DONNE-MOI UN EXEMPLE...

Papa pensées de liberté responsabilité de fils difficile, papa vit l'aventure

LA DAME ET LE MONSIEUR DU BED AND BREAKFAST D'AMARILLO, TU EN DIS QUOI?

Nous retournons chez la dame et le monsieur avec maison belle

ET TON IMPRESSION SUR EUX?

Sympathiques et seuls et fous ils nous voyaient

OK, MAINTENANT RACONTE-MOI LE COYOTE UGLY À DENVER

Coyote pour les grands content amusé toi aussi

ET TON COPAIN LE GROS VIDEUR NOIR ?

Gros muscles bon cœur mon copain

ET LA FILLE BLONDE QUE TU AS RENCONTRÉE ?

Fille belle et douce avec papa et andrea

QU'EST-CE QUI TE RESTE DE CETTE SOIRÉE ?

Embrasser et câlins. Nuit et rire. J'aime promenade dans la ville.

C'est tout

NOUS AVONS ROULÉ 500 KILOMÈTRES POUR VOIR LES LUMIÈRES DE LAS VEGAS. COMMENT C'ÉTAIT ?

Grande balade belle pour voir ville des jeux

QU'EST-CE QUE TU AS PRÉFÉRÉ À LAS VEGAS ?

Filles belles toutes les lumières ville des hommes qui cherchent fortune

ANDY, JE VOUDRAIS SAVOIR COMMENT S'EST PASSÉE LA NUIT À PUERTO ESCONDIDO, QUAND J'ÉTAIS MALADE ET QUE JE ME SUIS PRESQUE ÉVANOUI ?

Je veillais

TU ES RESTÉ ÉVEILLÉ TOUTE LA NUIT ?

Éveillé je suis resté à te regarder. Je sais que dormir guérit et andrea est resté près de toi

Je suis ivre de mots. Depuis combien de temps sommes-nous là ? Une heure ? Presque deux. Andrea se caresse les doigts. Dans une sérénité absolue, nous descendons boire de l'eau gazeuse et du café, puis nous marchons vers la mer.

Nous sommes rejoints par une petite troupe : Ricardo est accompagné d'une grosse dame, une parente, nous dit-il, qui remorque une fillette prétendant être sa nièce. L'étrange trio souhaite nous emmener dans un endroit magique, au lieu-dit des sept cascades où s'unissent l'énergie de l'eau et la splendeur de la nature.

En chemin nous croisons de petits groupes de personnes qui avancent en titubant. Ils ont des mines ébahies et les bras ballants. Bourrés, dis-je à mi-voix, mais Ricardo se cabre et réplique : vaudou ! Quatre jours et quatre nuits en compagnie des esprits. Dommage, Andy, si on était arrivés plus tôt on y serait allés nous aussi. Ça va manquer à notre liste, tu ne crois pas ? Ricardo botte en touche et nous dit : Venez avec moi. Nous nous enfonçons dans une végétation dense, jusqu'à rejoindre les parages d'une grande cabane entourée de cases. Il y a là des hommes, des femmes et des enfants. Ricardo les invite à parler de leur expérience. Il ne veut absolument pas que je continue à m'imaginer être tombé sur de vulgaires pochetrons de retour de virée. On me raconte alors comment certains peuvent boire des bouteilles entières d'alcool, pas de leur propre chef, mais contraints par les esprits qui les chevauchent et les forcent à épuiser jusqu'à leur dernière étincelle d'énergie. Lorsque les esprits en ont décidé, ils reprennent possession de leur corps, éreintés. Comme si rien ne s'était passé.

Je reste perplexe mais l'histoire est troublante, elle me fait penser à la phase de calme absolu qui succède brutalement aux épisodes de débordement émotionnel d'Andrea : confusion, explosion, calme. Vide apparent.

Je remarque parmi les autres un homme d'une prestance certaine. Il nous observe longuement et de manière intense, comme s'il lisait en nous. Il dégage une énergie particulière, du charisme à fleur de peau. Il se met à parler mais soudain son regard s'embue et c'est comme si nous étions devenus invisibles. Ses paroles semblent avoir traversé des siècles. Enfin il s'écroule dans un hamac.

Vaudou, nous répète Ricardo en nous guidant vers les sept cascades. C'est un spa naturel, sauvage et à la disposition de tous. Nous nous laissons tenter par un long massage : d'abord léger, puis plus vigoureux et enfin aussi énergique et sonore que la claque d'une maman courroucée. Nous alternons les traitements en passant de cascade en cascade. Ricardo s'amuse à s'éclabousser avec Andrea, l'affection qu'il lui porte est palpable. Il m'a posé mille questions à son sujet, m'expliquant qu'il ressentait ses pensées, qu'Andrea voit des choses que nous ne voyons pas, qu'il faut l'écouter et le suivre.

Dans l'après-midi, au centre de la ville, nous tombons sur l'unique Italien de Livingston. Il se tient devant son restaurant et nous reconnaît à un kilomètre. Il gesticule pour attirer notre attention et nous invite à entrer chez lui boire un verre, puis tandis qu'Andrea déplace tout ce qui est déplaçable, il se met à nous raconter sa vie depuis la première communion. Je parviens à l'arrêter en lui demandant conseil sur la meilleure manière de rejoindre Tulum.

No problem ! Il réfléchit un moment : Vous prenez la vedette jusqu'à Punta Gorda, et ensuite l'autobus pour Belize, ou plutôt non, je vous recommande au capitaine d'un bateau qui fait escale au Belize, pas de problème avec la douane, et puis je vous donne un contact pour louer un avion privé, comme ça vous pourrez visiter aussi l'île de San Pedro.

– Incontournable !

Incontournable…

– C'est un compatriote qui vous le dit, faites-moi confiance !

Andrea s'empare d'un somptueux menu et tente de l'emporter. Non, celui-là tu ne le déchires pas, Andy, lui dis-je.

Demain nous quitterons Livingston. Ricardo le rasta est désormais notre frère. Il nous emmène chez les siens. Nous y sommes reçus comme des princes, nous serrons des dizaines de mains, recevons autant de sourires, et des vœux pour conjurer tous les coups du sort. Contre le mal de dents et le mal des os. Contre le mal de la douleur, dont j'ignore la localisation.

Puis ils me font boire comme un trou.

Les escaliers de Venise

Plantés comme des piquets sur le môle, nous attendons que la vedette se décide à appareiller. De neuf heures jusqu'à midi. Planté est un terme hasardeux concernant Andrea qui ne cesse de cavaler en tous sens sur le quai. La peur de le voir tomber à l'eau me tétanise, je frôle l'apoplexie. Lui par contre est imperturbable, c'est un équilibriste-né, il marche sans regarder où il met les pieds, quand ça n'est pas carrément en scrutant le ciel et l'horizon. Il fonce puis s'arrête pile au bord du quai, se balançant. Au bout d'un moment, c'en est trop : je l'attrape et je ne le lâche plus. Je demande à tous les passants la raison de ce retard : c'est à cause de l'émigration, du capitaine, de la douane. Quand ça n'est plus la faute de personne, enfin on y va.

Avec Andrea et moi, deux Allemands, deux filles blondes d'un pays non identifié et une dizaine de Béliziens, grands, gros et pas très gracieux sont montés à bord. Ces derniers nous toisent avec dédain en parlant entre leurs dents, de nous sans doute, les touristes. Ils ont peut-être de bonnes raisons pour ça, après tout, nous n'avons peut-être pas l'air sympathique nous non plus.

Nous mettons pied à terre, douane puis taxi : en route vers l'aéroport, suivant les indications de l'Italien de Livingston. Nous réservons un vol pour seize heures avant d'aller déjeuner dans un restaurant du centre-ville. On y sert du poisson, le souvenir de Puerto Escondido m'effleure un instant, mais je l'écarte. Viande et pommes de terre pour Andrea. Coca et bière.

L'avion fait penser à un jouet, une Fiat 500 à quatre places, avec des ailes. Il s'envole comme un oiseau timide et flotte en sollicitant les courants. Je suis assis à côté du pilote et Andrea derrière. Au-dessous de nous, une maquette des fleuves et des forêts ; je ne me retourne pas pour regarder Andrea : je sais qu'il est calme et qu'il se laisse bercer par le roulis, je ne voudrais pas gâcher ce moment d'abandon muet. L'euphorie se répand comme un flux de particules. Nous descendons par saccades, l'avion coupant l'air de ses ailes, jusqu'à l'aéroport de Belize. Nous décollons à nouveau, cette fois en bruyante compagnie : sept autres passagers, tous photographes compulsifs, et c'est un soulagement d'arriver à San Pedro.

C'est une île très touristique, trop touristique, et nous faisons les difficiles en évitant les endroits les plus tape-à-l'œil. Nous écartons un hôtel après l'autre, avant d'en trouver un sur la plage, sobre et élégant. Le soir venu, devant une pizza, Andrea enlace et embrasse deux jeunes filles béliziennes avec un naturel confondant. Elles me demandent si, comme le personnage de *Rain Man*, Andrea est capable de mémoriser tout un tas de données, ou s'il sait faire des calculs astronomiques. Je les comprends. Pour pas mal de monde, l'autisme, c'est ça. Alors nous en jouons, nous donnant des airs comme deux cabotins : je parle longuement de l'Italie, de Venise. Je leur raconte que, grâce aux dons d'Andrea, nous travaillons à un projet crucial : inventorier toutes les marches des ponts de Venise. Si des malfaisants se mettaient en tête d'en voler une, grâce à nous les autorités s'en apercevraient immédiatement. Nous sauvons les marches de Venise, leur dis-je. Les filles rigolent, amusées, peut-être aussi parce qu'on a vraiment l'air de saltimbanques. Nous sommes lessivés, crevés. Les yeux d'Andrea, si lumineux et expressifs, furètent, rapides.

Quand nous sortons, il semble si sûr de lui que je lui demande de décider dans quelle direction nous devons aller. C'est lui le guide. De quel côté est l'hôtel, Andy ? Tout au fond, me répond-il.

– À droite ou à gauche ?

– À droite.

Je le suis, et à chaque intersection, c'est lui qui choisit. Il n'hésite jamais. Parfois ses choix semblent justes, d'autres fois ils sont extravagants et je commence à penser que nous allons nous perdre. Trois fois d'affilée, nous nous retrouvons dans des endroits invraisemblables.

– Et maintenant ? Comment on rentre à l'hôtel ?

Là, vraiment, je suis perdu. Je vois Andrea repartir, déterminé. Je le suis, sans rien dire. Il a ses plans en tête et malgré quelques déviations absurdes, à mon sens, nous arrivons à l'hôtel. Il n'est pas toujours indispensable de faire passer une droite entre deux points, mais tout de même…

Je me souviens d'un concert de Vasco Rossi : nous étions cinquante mille dans un parc. Le temps d'une chanson, Andrea disparaît. Nous le cherchons, un ami et moi, bien en peine parmi ces milliers de corps, nous perdons bien vite tous nos repères. Au moment même où, découragés, nous envoyons des textos aux amis qui nous attendent, j'aperçois sa tête surgissant au-dessus des autres : il avance en suivant une ligne parfaitement droite, fendant la foule, aussi inexorable qu'un train sur ses rails. Nous le rattrapons et c'est lui qui nous ramène à notre point de départ, avec une précision géométrique.

Belize

Revêches, ceux de San Pedro. On nous avait prévenus, nous ne sommes donc pas surpris par le style local. La mer n'est pas formidable, mais nous avons peut-être mauvais esprit. Sans raison précise, la journée s'assombrit et nous la passons à la plage, paresseux. Pause casse-croûte à la buvette.

On nous apostrophe en espagnol :

– Italiens ou Français ?

Je me retourne et sur l'instant, je ne vois pas qui a bien pu me poser cette question. Je regarde le comptoir, sans faire attention à la rangée de chaises longues tournées vers la plage.

Vous êtes italiens, entends-je ; c'est alors que je la repère : une petite dame, très petite même, un verre à la main, elle porte un maillot de bain blanc et arbore un grand sourire, elle est naine. Elle remarque ma surprise, se lève et vient nous rejoindre.

Andrea reste un peu interdit, puis il la prend dans ses bras, la soulevant de terre.

Elle se débat mollement, j'interviens pour remettre un peu d'ordre.

Elle s'appelle Manuela, elle est avocate à Bilbao, à moitié en vacances et un quart en mission spéciale.

– Et pour le reste ?

– Je l'emploie à des activités biologiques de base.

Je cherche à savoir dans quel domaine elle travaille, et elle me répond :

– Pas dans les droits humains !

– Pourquoi, en avons-nous à revendre ?

L'avocate éclate de rire.

– Qu'est-ce qu'il a, votre fils ?

– Il est autiste.

– Je suis mal placée pour le dire étant donné mon format, mais ça n'est vraiment pas de chance.

J'encaisse difficilement, elle est trop sensible pour ne pas s'en apercevoir.

– N'allez pas croire que je tiens des propos discriminatoires !

– Ah non ?

– Écoutez, si vous étiez un chien, n'aimeriez-vous pas ronger un os ?

– J'imagine que si.

– Et au lieu de ça, on vous donnerait de répugnantes pâtées en boîte, ou bien de ces croquettes lyophilisées qui assèchent si bien le gosier que même un chien honnête serait prêt à descendre une pinte de bière. Vous comprenez ? C'est pour notre bien. Ils vous aiment, ils vous élèvent, ils vous sélectionnent et ils vous transforment, de façon à ce que vous acceptiez des choses qui sont toxiques pour vous. Vous voyez à quel genre de normalité nous sommes confrontés nous autres, différents ? Je parle aussi au nom des chiens, naturellement.

Et de se lancer dans une dissertation enlevée sur la normalité, qui n'est qu'une convention, être normal n'ayant d'ailleurs aucun sens sur le plan qualitatif, mais signifiant seulement qu'on dispose d'un mode d'emploi basique.

Je souris. C'est ce que je me dis toujours quand je me retrouve seul chez moi, soudain libre de décider si je vais rester vautré sur mon divan ou plutôt sortir avec des amis : la vie sans Andrea est trop facile.

Comme tous ceux qui vivent dans la facilité, les normaux, poursuit-elle imperturbable, ne supportent pas la diversité, ils ne comprennent pas vraiment ce que veut dire se tuer à vivre, courir vers le but toujours avec des semelles de plomb, bien sûr, les pauvres petits normaux, ils n'arrivent tout simplement pas à apprécier certains obstacles de la vie, il est vrai qu'ils ont des préoccupations de la plus haute importance, des traites à payer et, naturellement, une bonne douzaine de conflits à gérer, une ou deux bombes à balancer sur le Japon, quelques dizaines de massacres interreligieux à perpétrer… A-t-on jamais vu un garçon autiste déclarer une guerre, arnaquer quelqu'un ou opprimer son prochain ? Vous imaginez une réunion d'actionnaires ou une session parlementaire dont les participants seraient tous autistes ? Rendez-vous compte de tous les problèmes qu'on pourrait éviter…

On ne sait même pas comment les appeler, les enfants comme le vôtre : inadaptés, différemment adaptés, handicapés… Quelle débauche d'euphémismes ! Moi je pense qu'il serait plus clair d'utiliser le mot dépendant. Dans la mesure où ils dépendent forcément plus ou moins de quelqu'un. Je sais bien que les dépendants sont légion sur la planète. Mais ces dépendants-là ne cessent jamais de l'être, ils ne partent pas à la retraite, aucun syndicat ne les défend et aucune corporation ne les protège. Je ne dis pas que les dépendants devraient imposer leur loi. Je crois qu'il leur suffirait d'être un peu soulagés de leur fardeau, quelques jours fériés peut-être, une petite prime ?

– Donc vous vous occupez bien de droits humains ?

– Non, je m'occupe d'autres conneries.

Et elle vide son verre, une boisson d'homme, c'est sûr. Elle descend de sa chaise aussi laborieusement qu'elle s'y est juchée, fait un clin d'œil à Andrea et nous dit de passer un jour à Bilbao.

– Ciao les Italiens…

Nous retournons sur la plage. Pour être honnête, l'énergie au Belize ne circule pas avec autant d'intensité qu'ailleurs. C'est une zone qui se laisse traverser, sans beaucoup de consistance. Certains pays exaltent les passions, certains nains ouvrent d'autres horizons.

Demain nous repartons. Demain nous allons à Tulum.

Moijemenvais

Nous arriverons à Tulum en autocar, mais avant cela nous devons embarquer pour Chetumal et passer la douane mexicaine en espérant que cela ne soit pas trop chaotique. Tout est clair, j'ouvre les yeux dès que je pense avoir récapitulé le programme.

Il est encore tôt. J'ouvre grand les fenêtres aux premières lueurs du jour et aux effluves marins. Debout là-dedans ! dis-je à Andrea qui se tourne de l'autre côté. Nous devons pourtant nous dépêcher : le bateau n'attend pas les tire-au-flanc. Une fois levé, Andrea se montre étonnamment rapide. Il ne se lance dans aucun cérémonial de fermeture et de réouverture, il est bien présent. Nous déjeunons en vitesse. Nous rejoignons le ponton très en avance et nous nous installons tout à côté du capitaine de l'embarcation. Une heure de voyage sans souci, à prendre le soleil et à contempler les vagues. Andrea est content, rieur et affectueux, il s'amuse et moi avec lui. Si seulement ce pouvait être ainsi tout le temps…

Sur le môle de Chetumal, nous expédions les formalités en vitesse, aucun problème, si ce n'est que les douaniers ne lâchent pas Andrea du regard. L'autocar pour Tulum part à l'heure pile, en brinquebalant, la porte reste entrouverte et un souffle d'air nous accompagne durant tout le trajet. Nos compagnons de voyage ont tous l'air concentré, comme si leur déplacement était une décision grave, un engagement d'importance.

Nous allons à Tulum, chez Lorenzo qui nous a invités avec une insistance fraternelle. C'est bon de savoir qu'il y a cet îlot d'amitié quelque part dans l'immensité des terres que nous traversons, de petites plages pour se reposer. Revoir une personne chère est un bon remède pour l'humeur, et c'est bien suffisant.

J'essaie de l'appeler plusieurs fois au numéro qu'il m'a envoyé. Ça ne répond pas, et je réalise que je dispose de bien peu d'éléments pour le retrouver : le nom d'une localité et d'un hôtel qui devrait se situer à côté de sa maison. Précis, comme d'habitude. C'est notre style, désormais.

Je parie avec Andrea que nous allons y arriver.

– On va trouver Lorenzo ?

– Non.

– Comment ça, non ? Et qu'est-ce qu'on fait si on ne le trouve pas ?

– Bain dans la mer.

Parfait.

Nous descendons de l'autocar, il n'est pas exclu que nous soyons vraiment perdus. Au pire, nous chercherons une voiture pour Cancun, il y a un aéroport là-bas. Les passants qui nous voient plantés à l'arrêt de l'autocar nous observent, je leur demande des renseignements sur la base du peu que je sais, mais personne n'a entendu parler de l'endroit en question. Adressez-vous à un chauffeur de taxi, conseille un monsieur avec un grand chapeau blanc. Excellente idée ! Et où y a-t-il des taxis señor ?

Il n'en sait rien, nous voilà bien… Andrea, il nous faut un taxi d'urgence. Nous ratissons le quartier et nous dénichons un chauffeur tranquillement endormi dans son véhicule, derrière un grand panneau publicitaire.

Lui non plus ne sait pas où se trouve l'endroit dont je lui parle. Andrea, entre-temps, s'est mis à décrire des cercles autour de lui, comme pour le prendre en otage. L'homme se donne du mal et mène sa petite enquête, en sonnant à quelques portes, il finit par apprendre que peut-être, probablement, sait-on jamais, il y aurait une petite route, à vingt kilomètres d'ici, qui pourrait aboutir à l'hôtel que nous cherchons. *Vamos, señor ?*

Vamos.

Coup de chance. C'est le bon hôtel. Lorenzo, sa femme et deux amis italiens voient apparaître à l'horizon deux vagabonds avec leur sac à dos et un gros paquet de linge sale dans les bras. Il n'y a plus qu'à espérer que nous ne laissons pas derrière nous un sillage trop odorant. Ils écarquillent les yeux: leur surprise est totale. Embrassades, salutations, félicitations, vous êtes fatigués? L'endroit est splendide. Attentionnés, Lorenzo et son épouse nous aident à nous installer puis nous accompagnent à la plage, la meilleure façon de se remettre des épreuves du voyage. Je somnole sur le sable en rêvassant.

Andrea est dans l'eau, il tient une fiole de verre foncé, de celles qu'on utilise pour les médicaments, et une grosse cuillère en cuivre.

– Tu veux un peu de sirop, papa?

– Du sirop?

– C'est bon.

– Je n'ai pas besoin de sirop.

– Une cuillerée de sirop moijemenvais. Tu veux un peu de moijemenvais?

– Non ! Non...

Je me réveille et comme je voudrais parler de tout et de rien avec Andrea ! Un bavardage comme ça, en roue libre, à propos de hot-dogs ou de ketchup, de passages piétons et de phares éteints, parler aussi de son adolescence dans l'autisme, de ses désirs, et entendre de sa bouche ce qu'il ressent, sans que les médecins me l'expliquent, sans tout simplement devoir l'imaginer. De désirs, je voudrais parler de désirs.

Tulum

Une bouffée de sédentarité, bien pantouflarde : voilà une bonne raison pour faire un détour, si ce terme a un sens, notre périple étant déjà riche de courbes et de tournants. Lorenzo le dit lui-même : je vous ai proposé de venir pensant que cela vous ferait du bien de vous poser quelques jours dans une maison. Une maison de repos, ajoute-t-il en souriant. Nous sommes amis depuis longtemps, bien que Lorenzo ait quitté l'Italie il y a des années, et que nous ne communiquions qu'à travers l'éther.

Une maison de repos pour les fous ? Je dis cela pour plaisanter mais Lorenzo est très sérieux. Je l'ai trouvé changé, tout le monde change, bien sûr, et il a dû penser la même chose de moi. Il prétend, avec conviction, qu'on doit anticiper les besoins de ses amis et que s'il peut servir à quelque chose, dans ce voyage, c'est en faisant en sorte que nous nous sentions en famille.

Eh bien soit ! En famille, donc. Au matin, on n'entend pas un bruit dans la maison et pourtant, quand nous descendons pour le petit déjeuner, nous trouvons la table de la cuisine déjà dressée, un bouquet de fleurs jaunes au milieu des tasses et des petites assiettes, des jattes de verre remplies de morceaux de sucre de quatre ou cinq couleurs différentes, du café fumant et du pain grillé. La femme de Lorenzo fait chauffer du lait tandis qu'il retourne le frigo à la recherche de beurre et de confiture ; il nous fait signe de nous taire et nous montre les chaises, nous prenons place. Andrea n'hésite pas longtemps avant de se jeter sur les tranches d'un gâteau couleur de chocolat noir.

La vie de famille : saisir une tasse et siroter un bon café après s'être lavé les dents dans une salle de bains rien que pour soi, devant un miroir, en prenant le temps de se faire des sourires et des grimaces. Andrea a l'air ravi, il engloutit son café, dévore le gâteau en semant partout des miettes, après quoi il se lève et va fermer un placard, se rassoit, puis se relève et le rouvre, fouille, déplace et vient se rasseoir de nouveau. La femme de Lorenzo ne bronche pas et lui non plus : l'hospitalité.

Le repas du déjeuner est encore plus somptueux. Lorenzo dresse la table avec soin, choisit de beaux verres, montre les bouteilles de vin tout en dissimulant les étiquettes, car il veut me faire une surprise, hume un bouchon en roulant des yeux extatiques.

Andrea ne se tient plus de joie : il fait des bonds, émerveillé par les assiettes, les couverts, les verres et les chaises alignées à la perfection. Sans compter les attentions de la maîtresse de maison qui lui demande son avis, lui donne une serviette à replier, le charge des finitions : apporter à table la salière, l'huile, les tranches de pain qui seront rigoureusement empilées, les couteaux tous orientés dans le même sens… Et le frigo, qui s'ouvre et se ferme avec un bruit doux. Un paradis de certitudes. Peut-être Andrea préférerait-il une chaise longue sur la plage, à un endroit donné, et une vague toujours identique, pour plonger et replonger par-dessus, à l'infini. Mouvements répétitifs : stratégies de défense contre les vibrations du monde ? Quoi d'autre : des messages ? Des farces ?

L'après-midi, allongé au bord de l'eau, une sérénité sans nuage m'envahit, malgré une vague crampe d'estomac. La tension ne se dénoue jamais tout à fait. C'est d'ailleurs précisément quand la pression se relâche et que l'adrénaline diminue que le corps présente la note.

La soirée au restaurant vire soudain au délire. Avec un simple cône de glace entre les mains, Andrea parvient à se transformer lui-même, avec toutes les choses qui l'entourent, en œuvre d'art abstrait. Au chocolat, naturellement. C'est plus fort que lui. Une confusion totale surgissant au sein d'une bulle de tranquillité. Je suis un peu en colère.

Après avoir utilisé plusieurs paquets de serviettes en papier pour parvenir à un genre de cessez-le-feu poisseux, Lorenzo et sa femme essaient de me réconforter, ils aimeraient comprendre, en savoir plus au sujet d'Andrea. Ils me demandent comment cela a bien pu se produire, et en quoi cela nous a changés. J'aimerais tant pouvoir raconter dans les moindres détails ce qui est arrivé à Andrea et ce qui, aujourd'hui, se passe dans sa tête.

Et je suis là à regarder mes mains, à chercher les mots. Je n'ai aucune certitude, seulement des hypothèses.

Pour un parent, c'est déjà compliqué d'accepter la différence d'un enfant, mais c'est pire encore d'être confronté aux « mystères de l'autisme ». Comment comprendre ? Comment s'approprier une catégorie comme celle-ci ?

L'humanité a élaboré, depuis des millénaires, des filtres complexes destinés à la défendre contre les aléas de l'existence. Nous croulons sous les calendriers, les horloges, les convictions religieuses, les crèmes antirides, les écouteurs pour s'isoler de la douleur des autres, les billets pour le paradis et le purgatoire. Nous ne tolérons les changements qu'avec modération, et les révolutions pas plus d'une ou deux fois par siècle. Et surtout pas chez nous. Il y a de l'autiste en chacun de nous.

On sait beaucoup de choses au sujet de l'autisme, et on n'y comprend rien. Une partie des personnes autistes possèdent des capacités particulières, et on ignore pourquoi. Les raisons et les conséquences des anomalies cérébrales ne sont pas claires. On ne s'explique pas non plus ce qui fait que les autistes sont plus maniaques que les maniaques ordinaires et, peut-être, plus réfractaires au changement qu'une diva vieillissante. On en sait davantage sur les lointaines galaxies, les trous noirs et la structure la plus secrète de la matière.

L'autisme est-il un problème présentant un trop grand nombre de variables? Un défi impossible? Ou bien n'intéresse-t-il pas suffisamment de monde?

En attendant, je navigue à vue, avec ténacité, mais à vue.

Lichens

Trois jours de détente sont passés en un éclair. Je finis par penser qu'en vivant ainsi, aussi proche de lui des jours durant, en partageant la moindre de ses émotions, ma perception de la différence d'Andrea est devenue plus intime. En cherchant à l'emmener dans mon univers, j'ai peut-être réussi à faire un petit pas vers le sien : je suis devenu un peu plus autiste moi-même.

Hier, avec mes amis, nous avons longuement discuté de ce voyage. Ils sont persuadés que sa motivation première est un besoin de liberté que j'ai éprouvé.

– Tu n'as pas senti un parfum étrange, les semaines ou les mois précédents ?

– Quelque chose d'interne, presque de viscéral ?

– Oui, je crois bien.

– Voilà ! s'exclame Lorenzo. Ça, c'est le besoin de liberté.

– Tu penses que je suis venu ici seulement pour un besoin personnel ?

– Mais tes besoins et ceux d'Andrea sont liés. Vous êtes un lichen : une algue et un champignon collés l'un à l'autre…

L'algue, c'est Andrea, c'est certain.

– Unis, l'algue et le champignon sont tenaces, ajoute-t-il. On ne peut pas les séparer.

Puis, sans prévenir, il change de sujet et se lance dans un éloge nourri du Costa Rica et du Panama. Forêts, parcs, essences précieuses, bateaux. Une expérience à ne pas rater.

Et nous ne la raterons pas.

La femme de Lorenzo prend Andrea par le bras, avant de nous dire au revoir. Il lui pose les mains sur le ventre.

– Il te plaît, mon ventre ?

– Oui.

– Fais bien attention à ton papa, je compte sur toi.

– Sur toi…

– Je te le confie. Tu le protégeras ?

– Oui. Papa beau.

Ils s'embrassent.

Un ami de Lorenzo nous accompagne à l'aéroport de Cancun. Saluts et embrassades, nous promettons de revenir, et nous voilà repartis.

Il s'en faut de peu pour que nous manquions notre vol, la porte indiquée n'est pas la bonne, on nous appelle au haut-parleur. Dans l'avion, nous consultons des cartes toutes neuves, achetées avec Lorenzo.

Andrea est assis derrière moi, je le salue, il me salue et je m'assoupis. Je sens qu'on m'appuie sur le ventre et j'ouvre les yeux : Andrea me regarde.

Nous arriverons bientôt à destination, il faudra louer une voiture, trouver un hôtel et décider de notre parcours pour rejoindre le Panama : toutes choses devenues pour nous très banales, simples comme bonjour. Nous sommes désormais des voyageurs experts.

Si experts qu'à San José, nous ne parvenons pas à trouver de voiture pour continuer : il est possible d'en louer, mais on ne peut pas les utiliser pour aller jusqu'au Panama. Car en Amérique centrale, il n'est pas légal de passer d'un pays à un autre dans un véhicule de location. Nous contournons le problème en nous adressant à une compagnie possédant une filiale au Panama : nous rendrons l'auto à la frontière du Costa Rica et nous en louerons une autre pour arriver jusqu'à la capitale. L'employée très aimable qui traite notre dossier a remarqué Andrea et lorsque nous partons, elle me murmure qu'il est mon ange. Que je dois me réjouir d'avoir un tel enfant car c'est un cadeau du ciel.

Beaucoup nous félicitent pour la manière dont nous affrontons les situations. Ils sont persuadés qu'Andrea est une personne heureuse, capable de vivre dans deux dimensions, la nôtre, sur Terre, et l'autre que je ne réussis pas encore à comprendre tout à fait.

Oui, j'ai peut-être de la chance. Mais pour ce qui est d'Andrea, mieux vaut ne pas s'avancer. Moi je suis plongé dans sa vie chaque jour, pas seulement le quart d'heure entrevu par les autres. Je pense qu'il souffre, et je ne serais heureux que si je pouvais le libérer de cette prison qui l'enferme. Et tant pis si les anges se fâchent !

Costa Rica

La matinée à San José passe bien vite. Nous explorons les environs, nous éloignant peu à peu en suivant des routes secondaires, de longs segments encaissés, filiformes : la végétation cache presque le ciel et c'est comme s'enfoncer dans d'obscurs tunnels. Andrea scrute par la fenêtre l'entrelacs touffu des arbres, il s'imprègne de la force vitale de la forêt, nous sommes à la fois fascinés et désorientés. Comme c'est étrange, me dis-je, les plantes sont la vie à l'état pur, cherchant l'eau avec leurs racines, se nourrissant de lumière. Aucun filtre, la vie comme elle vient, immédiate. Étrange, vraiment, la vie à l'état pur.

Nous voyons soudain surgir devant nous de petits ponts suspendus au-dessus de gorges où bouillonnent des torrents et nous nous inventons un petit exorcisme avant de les traverser. Des marcheurs font de l'auto-stop et nous les accueillons à bord de bon cœur. Ils nous aident à éviter les voies trop défoncées et à réviser notre trajet, devenu trop aléatoire. Ils nous racontent volontiers des choses de leur quotidien, sans emphase, supposant peut-être que nous n'y accorderons guère d'intérêt, un peu comme s'ils se les racontaient à eux-mêmes, histoire de faire le point. Nous brimbalons sur de petites routes au rythme de leurs récits, une modeste affaire en perspective, la naissance d'un neveu, l'achat d'une prothèse auditive de seconde main. Mais il faut que je la fasse bénir, señor, allez savoir quelles horreurs elle a bien pu entendre dans l'oreille d'avant. Personne ne sait rien de précis au sujet du Panama, c'est une autre terre, pleine de voleurs, où il ne faut pas faire confiance aux chauffeurs de taxi.

Nous arrivons à Jaco, sur la côte pacifique. La nuit tombe, il nous faut absolument un endroit où dormir. Nous prenons une chambre dans un hôtel sans fioritures, vraiment bon marché et très propre. Nous trouvons un restaurant argentin. Je cherche une table pendant qu'Andrea explore l'établissement. Il tape dans ses mains et cavale tout au fond de la salle. Il y a là une fille, assise devant un guéridon avec un panier de feuilles de palmier. Elle les tresse à une vitesse impressionnante, observant Andrea sans ralentir la danse de ses doigts. Elle lui montre un petit papillon, puis, n'obtenant aucune réaction, extrait du fond du panier d'autres petits animaux tressés. Soudain, Andrea lui touche le ventre. Elle pousse un petit cri, mais il insiste. Je suis à quelques pas d'eux et je lui expose le problème. Elle veut savoir ce qu'est l'autisme. Aussi curieux que cela puisse paraître, il est plus simple pour moi de l'expliquer en espagnol que dans ma langue : il est enfermé dans son univers, il a conscience de notre monde et il désire établir des relations, mais ses passerelles le conduisent ailleurs. Je l'invite à notre table et elle essaie de discuter avec Andrea qui ne fait que sourire béatement. J'apprends qu'elle est née en 1993, comme Andrea, et le même mois que lui. Elle déclare qu'elle va tresser un voilier qui va nous éblouir, elle nous le promet. Miraculeusement elle parvient à travailler avec Andrea accroché à son bras. Nous fixons en silence ses doigts fins qui bougent comme autant d'aiguilles et de pinces : ils glissent parmi les feuilles qui changent de forme, et la coque apparaît, puis un mât et ses voiles, amples à la base et minuscules au sommet. Le voilier ne pèse rien, il flotte quasiment dans l'air. Elle le pose au centre de la table, puis reste encore un moment en notre compagnie. Andrea se saisit du voilier, le laisse flotter, le reprend, le laisse flotter de nouveau : un jeu irrésistible, après quoi il lui décoche une volée de baisers. La jeune fille est enchantée : qu'est-ce que ce chevalier va lui proposer maintenant ? Mais voilà qu'il se lève brusquement et s'éloigne, déambulant dans la salle. Lorsqu'il revient à la table, il se consacre à son gâteau comme si elle n'existait pas. Ne sachant plus que faire, elle s'en va.

Andrea reste seul.

Une fois de plus.

Hôtel Iguana

– Des nuées de crocodiles, señor.

– Des nuées ?

– Des nuées. La ville est telle qu'il y a cent ans.

On nous dit tant de bien de Puerto Jimenez que nous décidons d'y aller.

Il pleut. Le soleil se montre timidement vers onze heures. Nous découvrons que c'est aujourd'hui le 15 août, et nous fêtons ça en allant nous baigner sur une plage splendide et déserte. Je cours sur le sable pour me dérouiller un peu.

Au moment où nous levons le camp, quelques gouttes tombent, annonçant un vigoureux orage. Conduire devient très hasardeux. Au énième poste de contrôle, on nous fait vider la voiture et on nous fouille. Les chiens nous reniflent comme des os à moelle et les policiers sont durs et agressifs. Vif comme l'éclair, Andrea s'empare de la casquette de l'un d'eux et se la met sur la tête. Bravo, Andrea, très drôle.

Ces messieurs n'apprécient pas du tout cette familiarité et nous encerclent, mitraillettes pointées. Il y a un instant de silence. Heureusement quelqu'un parvient à saisir le ridicule de la situation : un dangereux garçon autiste met en déroute un poste de contrôle en dérobant la casquette d'un agent… J'agite les mains pour montrer qu'il ne s'est rien passé de grave, je gagne le soutien d'un policier plus expérimenté. La nervosité se tempère et nous passons du peloton d'exécution à la photo souvenir. Andy, un jour je t'enverrai la facture de mon cardiologue.

Il pleut sans discontinuer. La tristesse commence à nous accabler. Je ferais bien demi-tour, mais c'est au-dessus de mes forces. Nous errons, cherchant en vain un point de repère et nous enfonçant au plus profond de la forêt. Des animaux surgissent, il nous semble reconnaître une sorte de sanglier, un vol de petits oiseaux, des colibris ou de gros insectes vrombissants, et d'autres créatures à ressorts. Andrea sursaute à chaque apparition qui jaillit de la paroi verte pour foncer dans la muraille d'arbres de l'autre côté.

On va dormir dans un arbre, dis-je, et je regarde Andrea. Allez, on s'attachera avec une corde !

J'essaie de plaisanter.

Tout à coup, sur notre droite, nous remarquons un sentier qui n'est pas censé être là, ses bordures sont bien entretenues, comme dans un jardin de ville, et derrière se distinguent les contours d'une bâtisse, une arête, des pans de toit, la moitié d'une enseigne.

C'est un édifice luxueux.

La première chose qui vient à l'esprit c'est que ce doit être un décor, les vestiges du tournage d'un film hollywoodien dans la forêt tropicale d'Amérique centrale. Mais à en croire l'enseigne, il s'agit de l'Iguana, un hôtel de luxe entouré d'arbres majestueux d'où s'envolent des perroquets, une entrée tout en fleurs et en plantes grasses, luxuriantes.

Grâce au hasard, dont il ne faut pas dire de mal, nous avons atterri dans un endroit où viennent les richards lorsqu'ils désirent dormir bercés sous les frondaisons. On nous installe dans une chambre de rêve en nous signalant que si nous souhaitons nous délasser, il y a un jacuzzi en plein air. Et moi qui me voyais déjà bricoler avec Andrea une cabane de fortune… Certes, nous nous serions amusés, mais tremper dans de l'eau tiède en compagnie de trois demoiselles américaines qui, entre deux drinks, nous lancent des œillades attendries n'a rien d'attristant non plus. Cela dit, il pleut. On ne peut pas tout avoir. Mince, Andrea, ces Américaines ne sont pas mal du tout. Pour être honnête, ce sont même des bombes. Il ne m'écoute pas, s'immerge et reste sous l'eau. L'une des trois bombes l'a observé avec attention, elle me demande s'il a déjà suivi une aquathérapie.

– J'ai tout de suite vu que ce garçon était spécial. Mais pas à cause de sa posture : il n'a pas les mains qui pendent, ni les épaules tombantes et le dos courbé, ni les yeux d'intensité différente. Le corps est libre, pas l'esprit.

– À quelle thérapie faites-vous allusion ?

Elle sourit, comme si elle s'apprêtait à me confier un secret. Deux fois par an, Miriam, c'est son nom, suit un traitement particulier. Elle prétend qu'on l'utilise pour sélectionner les candidats aux missions spatiales. Dans l'obscurité, on vous immerge dans une baignoire remplie d'un liquide dense, et on vous laisse flotter là dans vos pensées. Miriam dit qu'elle arrive à y rester deux ou trois heures. Ses pensées s'évadent, alors elle parle avec son père jeune homme. Elle dit avoir vu comment elle-même mourra.

Je l'écoute, fasciné mais pas convaincu.

Cela pourrait faire du bien à votre fils, insiste-t-elle. Faites-le-lui essayer.

Andrea écrase les bulles à la surface de l'eau et bat des pieds. Il éclabousse les Américaines qui, presque trop gentiment, nous invitent à partager leur dîner.

– Acceptons-nous l'invitation de ces jeunes filles ?

– Filles belles.

Intriguées, les Américaines surveillent leurs propos, prenant garde à ne rien dire de déplaisant en présence d'Andrea.

– Vous savez, les scientifiques prétendent que nous sommes tous différents, tout en cherchant à nous homologuer de plus en plus. À ce train-là, les personnes comme votre fils seront bientôt les seuls îlots de différence.

J'imagine que c'est un compliment.

– Je voulais dire qu'une symphonie contient d'innombrables nuances.

Puis les Américaines demandent à voir nos photographies de voyage, et s'amusent à commenter avec Andrea nos clichés des États-Unis, surtout ceux de la Nouvelle-Orléans. Nos petits films les font bien rire.

Nous sommes au beau milieu d'une nuit de déluge et la soirée prend une tonalité étonnamment légère. Le dîner achevé, le trio est parti récupérer dans un coin du restaurant deux violons et une viole : musiciennes extravagantes, elles traversent l'Amérique latine en jouant. Il pleut et les violons nous bercent. C'est irrésistible, Andrea et moi décidons qu'elles méritent un hommage. Je choisis trois fleurs dans le bouquet sur notre table et j'explique à Andrea la manière dont il convient de les offrir. Il s'exécute à la perfection, en ajoutant pour sa part quelques baisers. Les Italiens sont romantiques, déclare l'une des violonistes. Je félicite Andrea pour son maintien impeccable : un vrai chevalier.

Il reste impassible. Quelle soirée ! Si la vie est une taupe qui avance en zigzaguant, de temps en temps elle remonte à l'air libre. Jamais je n'ai passé de telles vacances, Andrea, aussi longues et aussi imprévisibles. T'ai-je déjà dit que tu étais le plus chouette compagnon de voyage que j'aie jamais eu ?

La petite maison

Battements d'ailes et cris d'animaux : la forêt s'anime à l'aube. Je regarde ma montre : presque six heures. Andrea est déjà réveillé, à l'écoute. C'est mieux ainsi, car nous devons nous lever : il faut environ cinq heures pour rejoindre le Panama. On nous attend à midi à la frontière pour l'échange de voitures.

Le voyage se déroule sans problème, nous nous sommes accoutumés à merveille aux nids-de-poule et aux innombrables imperfections de la chaussée. Après deux heures de route, nous remarquons sur le bas-côté une bicoque si misérable que je refuse de penser qu'on puisse y habiter. Surtout juste après l'hôtel Iguana. Les murs sont faits de morceaux de bois de toutes formes, le toit est un amas de plaques de tôle de guingois. J'aperçois un couple de cochons attachés à un piquet, ce qui ne plaide pas pour la thèse de la ruine à l'abandon. Allons, me dis-je, quelqu'un ne vit tout de même pas là-dedans ! Et ces cochons si maigres et tristes…

Un type dans la cinquantaine sort de la bicoque. Il est pauvrement vêtu, assez sale, il nous fait un signe de la main. Léger, rien d'impérieux. Comme pour dire : j'existe, du mieux que je peux. Je cafouille avec les vitesses, mon estomac se noue bizarrement. Je dépasse la bicoque, et dans le rétroviseur, il me semble voir encore ce petit mouvement de la main. Qu'est-ce qu'on fait ? Il a voulu me transmettre quelque chose. Je regarde Andrea : tu me connais ! Nous faisons machine arrière.

Entendant revenir la voiture, deux autres personnes sortent à leur tour et nous nous retrouvons devant trois hommes en rang comme des soldats à la revue. Ils nous saluent timidement, le regard doux. Le plus grand fait les présentations : ils sont deux frères, le troisième est un faible d'esprit qui vit avec eux. Il nous tend et nous retend la main, encore et encore. Je comprends qu'ils ne possèdent presque rien, seulement les quelques poules qui courent en liberté et ces deux cochons entravés, leur compte en banque. Derrière la bicoque, la forêt, dense, menaçante. Ça ne doit pas être facile de lui arracher un lopin de terre à cultiver.

Ils nous invitent à entrer, se posant la main sur le cœur ; dès qu'il le peut l'homme un peu attardé saisit la mienne et ne la lâche plus. C'est alors que nous le voyons. Disons plutôt que nous encaissons le choc avant même de distinguer nettement sa silhouette. Sur un matelas élimé, un genre de paillasse, est allongé un garçon qui n'a pas plus de vingt ans.

Les autres s'échinent à nous expliquer qu'il est invalide et nous montrent ses jambes, paralysées. Il ne peut pas marcher, il se hisse en s'agrippant aux poteaux de la pièce, ses mains semblent des serres. Il étreint, sans jamais la lâcher, une petite bouteille en plastique, comme il le ferait d'une bestiole de compagnie.

Je l'observe, étudiant ses mouvements, son regard. Et je reconnais chez ce garçon les signes de l'autisme. Il bouge ses mains exactement comme Andrea, il a les mêmes hochements de tête, et une bouffée de colère me submerge. L'autisme, en plus de tout le reste : un malheur ne vient jamais seul. J'ai du mal à respirer, à croire ce que je vois. J'interroge les adultes du regard, espérant qu'ils me disent que non, que ce garçon ne passe pas toute son existence entre ce grabat et ces poteaux auxquels il se cramponne. Non, non, allez : vous avez une vieille jeep quelque part, je ne l'ai pas vue car peut-être la planquez-vous, je ne sais pour quelle raison, vous avez une jeep et vous y chargez ce garçon, tous les jours vous lui faites faire un tour dans la forêt, sous les arbres, à la poursuite des perroquets, et il tend les bras pour les attraper. Quand vous n'allez pas vous balader et qu'il fait beau, vous l'installez dans un fauteuil au soleil, il dit bonjour aux voitures qui passent, les camionneurs s'arrêtent et racontent comment va le monde, car ils sont gentils et pas trop pressés ; lui il écoute, et parfois il sourit, et j'espère, j'espère vraiment de tout mon cœur qu'il ne pleut jamais par ici, parce que je refuse de penser à ce qui peut se passer quand il pleut, à ce qu'il ressent, étendu sur sa litière devenue radeau, flottant sur l'eau, tandis que les adultes se tuent à trouver de quoi vivre, et qu'il ne pourra qu'appeler ses matelots à l'aide, à l'aide, venez à mon secours, et qu'alors les deux cochons arriveront à la rescousse. Je suis parcouru de frissons. Je me sens complètement désarmé.

Ils nous disent que Jorge a vingt-deux ans, mais je n'arrive pas à savoir de qui il est le fils, car leur discours est un peu confus et du reste, tous trois sont affectueux avec lui. Je le prends dans mes bras et l'émotion me bouleverse. Et lui ? Lui, il rit. Oui, il rit. Sacré Jorge, me dis-je, tu es tout amoché et tes yeux brillent de joie, comme si on te racontait je ne sais quelle blague ou quel conte merveilleux, comme si nous étions les créatures les plus grotesques que tu aies jamais vues. Il rit de tout cœur, nous sommes dans un taudis et nous avons l'impression d'avoir été invités à une fête d'anniversaire.

Pendant ce temps-là, Andrea a rangé quelques objets, redressé un vieux calendrier déplumé et renversé une boîte pleine de vis et de boulons. Il a continué à embrasser tout le monde. Il observe avec attention, j'ignore quelles images il photographie.

Est-ce la simplicité désarmante de ces hommes, les embrassades renouvelées, le regard de Jorge, le dandinement placide des cochons, je ne sais, mais le temps file. Je me sens comme au sein d'une petite communauté fraternelle. Impossible de les quitter, nous restons avec eux la matinée entière.

La séparation est douloureuse. Nous leur laissons un peu d'argent, et quelques T-shirts pour Jorge. Ils ne nous ont rien demandé et nous remercient aussi chaleureusement que si nous leur avions offert la lune.

Tout le reste du trajet, nous avons le cœur lourd, engourdi. Andrea s'est retiré en lui-même, profondément. Tout à coup apparaît comme par magie une station-service semblable à toutes les autres.

Nous percevons la frontière du Panama avant même de la voir. D'abord une quantité effarante de voitures et de camions antédiluviens, les bas-côtés de la route sont couverts de vieux pots d'échappement et bordés d'autant de baraques de mécaniciens et de réparateurs de pneus. La densité humaine est incroyable. Partout, des étalages où l'on vend n'importe quoi, des enfants jouant au foot entre les véhicules qui klaxonnent pour se frayer un passage, des poules s'échappant soudain ventre à terre qui semblent débouler de sous les jupes des femmes, des petites vieilles assises attendant on ne sait quoi. Une humanité qui s'entasse et se presse, à perte de vue. J'imagine la pesanteur extrême des contrôles et de la bureaucratie. La chaleur est de plomb et le vacarme plus insupportable encore : assourdissant concert mêlant des centaines de palabres, jacasseries, hurlements, moteurs vrombissants, klaxons glapissants et volaille qu'on plume. Pour se faire entendre il faut gueuler comme un putois. Cette fois nous sommes bel et bien coincés. Je crains qu'attendre ici, avec Andrea, ne soit pas du tout raisonnable.

Par chance voilà que surgissent, de nulle part, ceux pour qui la frontière représente une opportunité : ils ont l'œil pour repérer les touristes en difficulté à des kilomètres. Nous venons de rendre la voiture lorsqu'un colosse en débardeur blanc nous aborde, il est en sueur et parle un espagnol presque incompréhensible. Je l'embauche sur-le-champ et lui confie argent et passeports. Il disparaît dans la foule et un doute me saisit : et s'il se faisait la malle ? Ici, au cœur de l'Amérique latine… J'attrape Andrea et nous chahutons pour nous rassurer. Passe un long, un interminable moment, et alors que je nous vois déjà sans voiture, sans argent ni papiers, obligés de gagner quelques pièces en vendant du guano de poule, j'aperçois au loin l'homme au débardeur qui agite nos passeports en nous faisant signe d'avancer. Nous franchissons la douane sans faire la queue, un coup de tampon par-ci, un coup de tampon par-là, nous le suivons sans bien savoir où il nous emmène. Tout va bien, nous sommes au Panama.

L'employé de l'agence de location nous attend depuis des heures. Comme si ça ne suffisait pas, Andrea se rue sur lui pour l'embrasser, il fait un bond en arrière comme sous l'effet d'une décharge électrique.

– *No tenga miedo.* N'ayez pas peur.

On nous fourgue une super jeep, énorme, avec toutes les options, sans nous laisser le choix : ce sera celle-ci parce que celle-ci est disponible, elle nous coûtera d'ailleurs moins cher que l'utilitaire que nous avions au Costa Rica.

Nous prenons la direction de la ville de Santiago. Ici les routes secondaires sont plutôt du genre tertiaires, voire quaternaires, et la forêt s'écrit en lettres majuscules. Les arbres pourraient nous engloutir et les nombreux ponts menacent ruine : quand nous en trouvons un apparemment en bon état, l'angoisse nous vient, et si c'était un faux ? Nous traversons l'ouvrage incertain en hurlant comme des fous. Encore deux cents kilomètres avant Santiago, courage ! Une envie aussi pressante que simultanée nous force à nous arrêter. En jetant un coup d'œil à la jeep je m'aperçois qu'un pneu est à plat. Entre les trous et les bosses, je n'y ai pas pris garde. Je me mets au travail, mais impossible d'extraire la roue de secours du coffre où elle est fixée. Andrea lance des cailloux dans le fleuve. Je balance quelques coups de pied à la roue, mais c'est la fille de Bruce Willis et elle ne se rend pas. Je suis au bord de la crise de nerfs quand apparaissent plusieurs biclous rouillés montés par de joyeux drilles. L'un d'eux apprend la mécanique et c'est aussi un passionné de Toyota. Les systèmes de fixation des roues de secours de ces voitures-là n'ont aucun secret pour lui. C'est comme trouver un spécialiste des anémones de mer en plein désert. Le problème est résolu en deux coups de cuillère à pot. Quel bol ! me dis-je. Deux heures durant, Andrea a jeté des cailloux dans l'eau. Des tas de cailloux.

La nuit tombe, les garçons nous disent que pour Santiago, c'est tout droit : la seule route existante est celle sur laquelle nous sommes.

Nous arrivons à neuf heures du soir et j'ai l'impression d'avoir encore crevé, la jeep réagit bizarrement, nous sommes levés depuis six heures et la journée a été rude. Je m'arrête devant le premier hôtel venu.

Dans la chambre, douche et brossage de dents pour tout le monde, au lit avec la musique de l'iPod d'Andrea en fond sonore, un coup d'œil aux photos. L'image de Jorge me revient, un coup au cœur. Le reverrons-nous ?

Je suis vidé, Andy, j'espère que tu l'es également.

Panama

– Jorge content.

– Excuse-moi, Andrea, tu as senti que Jorge était content?

– Jorge content.

– Mais enfin il vit dans une cabane sordide, il pleut même à l'intérieur! Il n'a pas d'amis, il ne peut pas quitter sa paillasse crasseuse. Il est là immobile depuis vingt-deux ans. Comment veux-tu qu'il soit content? Ça ne t'a pas fait de la peine de le voir dans cet état?

Andrea a les yeux grands ouverts, fuyants, il se lève, rapide. Je me sens balourd à côté de lui, incapable de voir les choses en profondeur.

Jorge content.

Je rapporte les tasses du petit déjeuner au comptoir. Je voudrais reprendre mon souffle. J'espère arriver à Panama sans subir d'autres chocs.

Nous suivons tranquillement la Panaméricaine, en écoutant les radios locales pour essayer d'en saisir l'esprit. Quand un endroit nous plaît, nous faisons halte pour boire. J'ai hâte d'arriver au canal de Panama, dont le seul nom me fait rêver depuis l'enfance. Cette entaille qui sépare la grande et la petite Amérique et mêle les océans, l'or et l'argent, la fortune et l'infortune pour tant de gens. L'un des nombrils du monde.

Je raconte ces choses à Andrea, sans me presser, nous filons entre deux parois rocheuses qui semblent n'avoir pas de fin. Je parle toujours lorsque nous débouchons sur un pont, je cherche des yeux un repère. Je pensais en être encore loin mais c'est bien ça, d'un seul coup, nous y voilà: nous sommes sur le pont de Las Americas. D'émotion, je fais une embardée, tandis qu'Andrea pointe le doigt vers les bateaux en attente de traverser.

Nous entrons dans la ville de Panama, monumentale et délabrée. Nous garons la voiture et nous nous engageons dans des rues plus accueillantes, à la recherche d'un restaurant. Nous flânons devant les vitrines, la foule est tour à tour dense puis clairsemée, comme un vol d'étourneaux.

Andrea s'arrête devant une boutique de T-shirts, je m'éloigne de quelques mètres pour demander à un vendeur les meilleures adresses de la ville, le jeune homme s'emballe, me débite toute une liste de restaurants et me conseille des plats; le temps de me retourner et Andrea a disparu. Je reviens sur mes pas, espérant qu'il soit entré dans le magasin de T-shirts, mais il n'y est pas. Je ne le vois nulle part alentour.

Du calme, du calme: nous avons l'élastique, c'est à cela que je pense, à l'élastique, je sais ce qui attire Andrea. Je marche en essayant de me mettre à sa place: il m'a perdu de vue, il a pu rebrousser chemin, ou traverser la rue et continuer sur le trottoir d'en face. Je vais de boutique en boutique, entrant dans chacune d'elles. C'est bien ça: une vendeuse me confirme qu'il y a quelques minutes, un garçon étrange est entré, et aussitôt ressorti. Tire sur l'élastique, tire sur l'élastique !

Trente mètres plus loin, dans une rue sur la gauche, j'aperçois d'autres magasins aux enseignes voyantes, l'un est plein de cages à oiseaux et d'aquariums. Ils sont en train de fermer et me disent avoir entrevu un jeune homme. Il est tout proche, me dis-je. Je le sens.

Je le vois apparaître tout au bout de la rue, main dans la main avec une femme, comme s'il la connaissait depuis toujours.

Je lui crie : Attention à papa !

– Ce minot a faim, s'exclame la femme.

– Andrea ! Tu te rappelles l'élastique ? Attention à papa !

– Attention…

– Ce minot a faim !

C'est bon, d'accord, allons manger. La dame me jauge et se détend. Elle dit s'appeler Joana, elle est brésilienne. Je me détends à mon tour.

– Vous aimez les grillades ?

– Pourquoi ?

– Venez avec moi, il y a un dîner brésilien pas loin d'ici, vous êtes mes invités.

– Andrea, c'est bien Andrea, ton nom ? Veux-tu manger de la bonne viande ?

– Il ne comprend pas le portugais. On va manger de la viande ?

– La viande, je veux…

D'accord, allons-y.

Je marche derrière eux, car Joana l'a pris par le bras et le tient bien serré, elle lui caresse les cheveux en lui murmurant des choses. De temps en temps il me regarde, il fronce les sourcils mais il reste avec elle. Nous nous arrêtons devant une petite maison jaune. Elle sonne, nous fait entrer et nous présente à plusieurs personnes, un petit groupe de Brésiliens : deux filles et quatre hommes qui s'affairent en cuisine. Joana a beaucoup de charme, elle bouge et s'exprime avec assurance.

Personne ne nous demande ce que nous faisons ici, nous sommes en sa compagnie et ça leur suffit. J'essaie d'expliquer les choses à Dea, l'une des filles, je lui parle de notre voyage, et d'Andrea. Voilà pourquoi vous êtes là ! s'exclame-t-elle, puis elle me dit que Joana a le don de désenfler l'âme des gens.

– Désenfler l'âme ?

– Joana soulage les angoisses et les contrariétés. C'est son métier...

– Elle est psychologue ?

– Psychologue ? (Dea rit de bon cœur.) Elle désenfle les âmes avec ses mains, avec le silence, avec l'eau...

Au cours du dîner se mêlent nos récits de voyage et leurs souvenirs du Brésil, Joana nous enchante en nous faisant vivre les routes de l'Inde, la couleur du ciel au Tibet, une grotte profonde dans les entrailles de Java. Jeune, j'ai beaucoup marché, et jeune, dit-elle avec une mélancolie poignante, ma fille est partie. C'est une autre façon de marcher, ajoute-t-elle, et aussitôt elle s'anime en parlant de Roxana, la fille de sa fille, qu'elle a élevée comme une mère. Nazário, un des Brésiliens, nous demande si nous souhaitons qu'il prédise notre avenir ; j'imagine qu'il va nous tirer les cartes, mais au lieu de cela se crée tout un remue-ménage. Nazário déplace des chaises, ouvre un tiroir et en sort des lames de métal grisâtre. Puis il fouille sous l'évier jusqu'à ce qu'il trouve un de ces bidules qu'on utilise pour fondre les métaux ou faire de petites soudures.

C'est du plomb, nous dit-il en nous montrant les bandes métalliques, il m'en fait choisir une, et une autre à Andrea. Il tient le plomb avec une grosse pince de bois tandis qu'un autre le réchauffe à feu vif. Une des filles apporte une cuvette d'eau et Nazário fait couler le plomb fondu dans une tasse inclinée, de manière à ce que le métal en fusion glisse jusque dans la cuvette. Au contact avec l'eau, le plomb se solidifie : ma lame s'est transformée en un long filament tordu et plusieurs petites pièces aux bords étoilés.

Maintenant je verse le plomb pour Andrea, annonce Nazário.

Je remarque qu'il change de hauteur par rapport à la première fois, il coule une plus grande quantité de métal. Dans l'eau se forment un genre de fleur et une autre silhouette qui fait penser à une main ouverte.

Joana se saisit de mes figures, les observe et dit : tout va bien. Elle semble avoir hâte d'étudier celles d'Andrea. Elle le contemple et le caresse.

– Où pensez-vous aller ? nous demande-t-elle soudain.

– Sincèrement, je ne sais pas.

Dea intervient : elle travaille dans une agence de voyages et nous invite à passer la voir le lendemain. Elle me remet une carte de visite en me promettant de dénicher une destination intéressante pour nous.

Nous verrons bien.

Nous nous saluons tous chaleureusement. Joana et Nazário nous raccompagnent en voiture jusqu'à l'hôtel.

Pour la première fois, Andrea s'est endormi en route et je dois presque le porter pour le mettre au lit.

Roxana

La sonnerie du téléphone me réveille.

Il y a une dame qui nous demande à la réception, dis-je à Andrea qui me regarde tout en se frottant les yeux. Il bâille.

– Je descends, prépare-toi en attendant, lave-toi les dents, je reviens.

C'est Joana.

Elle ne me dit même pas bonjour : Où est le minot ?

– Andrea est dans la chambre.

– J'y ai réfléchi toute la nuit : je dois lui confier une lettre.

– Une lettre ? Mais une lettre pour qui ?

– Je vais tout t'expliquer, mais d'abord laisse-moi lui parler.

– Lui parler ? Mais tu as vu comme c'est difficile.

– Il comprendra.

– Joana, nous n'avons pas besoin d'autres complications.

– Je t'ai dit que j'y ai réfléchi, fais-moi confiance.

Je la considère, elle ne m'a pas l'air dangereuse, folle peut-être, mais combien de fois nous a-t-on traités de fous nous aussi ?

Et puis je pourrai toujours refuser.

– Je vais le chercher, attends-nous ici.

Dès qu'il la voit, Andrea l'enlace, elle lui caresse longuement les cheveux, lui soufflant de petits mots à l'oreille. Je lui demande si quelque chose ne va pas, elle me déclare que le gamin sait comment parler aux vivants.

J'écarquille les yeux, je ne comprends pas où elle veut en venir, elle est vraiment dingue, me dis-je.

– Il ne parle pas avec les morts… Ça n'est pas bon de parler avec les morts, il faut communiquer avec les vivants, ajoute-t-elle.

Un peu inquiet, je lui réponds qu'en effet, s'il ne fait pas de discours, il communique.

– Pas avec des mots, il sait transmettre des émotions.

– Je… Oui, je pense que oui.

– Moi aussi, j'en suis convaincue.

Après quoi elle lui demande, toujours en portugais, s'il veut bien apporter une lettre à Roxana, son unique petite-fille. Andrea ne réagit pas.

Interloqué, je demande où se trouve Roxana. Mais Joana m'ignore et continue à s'adresser à Andrea. Elle lui raconte qu'elle n'a pas parlé à Roxana depuis des mois, et qu'elle s'inquiète parce qu'elle en rêve, la voyant prisonnière derrière une infinité de portes closes.

– Mais enfin où vit-elle, et avec qui?

– Roxana habite chez mon frère à Arraial d'Ajuda, dans l'État de Bahia.

– Et lui, qu'est-ce qu'il en dit?

– Il prétend que tout va bien. Il ne dit pas la vérité. Tu le croirais, toi, si quelqu'un t'affirmait que ton fils va bien, mais que tu ne pouvais jamais lui parler?

– Non, bien sûr que non, mais…

– Si Andrea lui remet la lettre, il donne la clé ouvrant toutes les portes.

– Au Brésil? Et toi tu veux nous envoyer là-bas? Non, non, après le Panama, nous irons au Venezuela.

Ça m'est venu comme ça, sans réfléchir.

– Allez à Arraial, insiste-t-elle.

– Joana, tu as retrouvé Andrea et je t'en suis reconnaissant, mais n'en profite pas.

Elle me lance un regard intense et lumineux. Il y a quelque chose de spécial en elle.

Une lettre, dis-je à mi-voix. Apporter une lettre au bout du monde…

Juste une petite lettre, répète Joana. Je la confie au gamin. Et elle sort une enveloppe blanche, le nom et l'adresse inscrits en lettres majuscules. Elle la tend à Andrea qui la garde à plat sur la paume de sa main. Nous nous regardons.

Je prends l'enveloppe.

Joana pose la main sur son cœur, serre les doigts d'Andrea et s'en va.

Une fois seuls, je le regarde : allons-nous faire une bêtise ?

– Que fait-on de la lettre, Andrea ?

– Lettre belle.

Ça m'aurait étonné…

Nous cherchons l'agence de la Brésilienne de l'autre soir, Dea, non seulement afin de nous renseigner pour la suite de notre voyage, mais aussi pour y voir plus clair au sujet de Joana et de cette curieuse lettre.

Dans les locaux de l'agence, Andrea fait des sauts de cabri.

Dea et son amie nous reçoivent chaleureusement, elles ont déjà des propositions à nous faire, mais je les déconcerte en évoquant Joana.

Dea sait bien peu de chose de l'histoire de cette femme.

Je pose l'enveloppe blanche sur la table et leur raconte ce qui s'est passé il y a moins d'une heure.

Dea ouvre de grands yeux, elle est réellement surprise.

Avant la soirée d'hier, c'est tout juste si Joana avait fait allusion à son problème avec Roxana. À demi-mot, en soupirant un peu, rien de plus.

– C'est Andrea qui a bouleversé quelque chose en elle, dit-elle, en nous regardant comme si nous étions un remède salvifique.

Entre-temps, Andrea a cessé de s'agiter. De cabri, il s'est fait libellule, tout en délicatesse.

– Une lettre, c'est important, commente Dea.

– Peut-être, mais nous ne pouvons tout de même pas aller jusqu'au Brésil...

– Pourquoi pas, quelles obligations avez-vous ? Vous êtes des voyageurs aventureux, dis-tu ? Vous pourriez vous permettre une traversée fantastique, faire un saut en Amazonie, en partant de Manaus. J'ai une offre exceptionnelle pour un vol direct demain matin. Elle dit ça avec un sourire qui convaincrait un éléphant de sauter en parachute.

Quasiment irrésistible.

– Mais ça n'est pas dangereux, l'Amazonie ?

– Vous avez traversé le Guatemala... Pas vraiment une promenade de santé.

– Andrea, tu veux qu'on aille à Manaus ?

– Manaus, un peu, oui.

– Et ensuite ?

– Trouver un moyen d'arriver à Arraial sera un jeu d'enfants, pour des gars comme vous.

Un voyage de papier, voilà : cette pensée me revient à l'esprit. En attendant, consacrons-nous au Panama. Nous retournons sur le pont, nous le parcourons jusqu'au bout, un moment suspendus au-dessus de l'océan. Une file de bateaux attend de pouvoir traverser le canal. Des fenêtres d'une gargote où nous mangeons du poisson, des bananes plantains et du riz, nous voyons les marchandises du monde entier transiter d'un océan à l'autre. Ils procèdent aux manœuvres avec une lenteur fluide. Je pense au rythme effréné de la production, au ballet précipité du chargement des containers, et ensuite ce cortège aquatique, évoquant quelque chose d'antique. Comme une colonne de chenilles processionnaires. Un filtre, le énième filtre.

À Panama Viejo, happés par une partie de foot titanesque, nous tapons comme des fous dans un ballon défoncé. Le soir venu, nous montons jusqu'aux jardins du haut Ancon, qui dominent la ville. Je m'allonge sur la pelouse. Andrea sautille et s'abandonne à ses manies. Les gens le regardent, quelques-uns rient, comme devant un numéro de cirque.

Je ferme les yeux et je vois Andrea dans une cuisine, avec lui, une femme et un gamin. Andrea faisant la vaisselle, prenant le petit garçon dans ses bras, triant du linge, tenant la femme par la main. Le petit qui lui court après, et lui qui s'échappe, qui s'échappe en riant.

J'entends des voix, j'imagine des marins qui crient sur le pont de leur bateau, et je rêve. Tantôt ça m'apparaît comme une énormité, tantôt comme un événement naturel : et si Andrea pouvait avoir un enfant ? Il est beau, il est fort, il sourit tout le temps, il ne se braque jamais méchamment… Qui ne voudrait pas d'un tel mari ? Ou d'un tel père ? Moi je l'aimerais, si j'étais son fils. Si un jour il me fait part de ce désir, je voudrais avoir la sensibilité, la sagesse et la force de donner des ailes à son rêve. Ce serait là un voyage bien plus bouleversant que celui que nous sommes en train de vivre. Mais certains voyages commencent bien avant le jour du départ. Parfois longtemps avant…

Je sors l'enveloppe de ma poche, je l'observe à contre-jour, je la hume : je pense aux écrits d'Andrea. Écrire, même seulement quelques lignes, peut demander une énergie phénoménale. Une énergie gâchée, si ces lignes ne résonnent jamais dans l'esprit de quelqu'un. Peut-être n'est-ce pas un hasard si nous avons été choisis comme messagers. Peut-être est-ce ainsi que les choses doivent se faire. Oui, Andrea doit apporter cette lettre à sa destinataire. Mais pourquoi ce maudit Brésil est-il si loin…

Méthode

Hier, j'ai fait l'adjudant, avec Andrea. Demain matin, quand tu te lèveras :

– ne commence pas avec tes rituels
– n'ouvre pas les fermetures éclair
– ne vide pas les sacs
– ne contemple pas l'eau dans la cuvette des toilettes
– lave-toi le visage
– lave-toi les dents
– habille-toi tout seul, tes vêtements sont dans l'armoire

J'ai énuméré avec précision les étapes du programme dans les jours à venir :

– demain on prend l'avion
– on va à Manaus
– on trouve un hôtel
– on reste là quelques jours
– on va voir l'Amazone et la forêt
– on n'y reste pas trop longtemps car on doit aller à Arraial

C'est peut-être pour cela qu'Andrea se réveille d'excellente humeur. La planification circonstanciée de notre emploi du temps l'a rendu tout guilleret. Même si en réalité, je ne sais pas vraiment ce qui va se passer les jours prochains.

Petit déjeuner et dernière balade à bord de la super jeep. À l'aéroport, en attendant le vol pour Manaus, nous achetons un sac pour remplacer celui que l'usure a achevé. Il en aura fait, du chemin, et il en aura vu, des choses. Nous le laissons comme on quitte un ami. Je range avec soin la lettre pour Roxana dans le sac neuf.

Dans l'avion, Andrea mange tout ce qu'on nous apporte : du poulet au riz, sa portion et la moitié de la mienne, en y ajoutant les carottes et la salade. C'est bien la première fois, d'ordinaire, il ne raffole guère de ce genre de cuisine, mais il est décidément bien disposé, aujourd'hui. Peut-être qu'il couve quelque chose…

Nous débarquons, nous trouvons tout de suite une agence, où monsieur Armstrong nous détaille sa proposition en usant de la même méthode que moi la veille :

– hôtel en centre-ville

– deux jours au cœur de la forêt amazonienne

– vous remonterez le fleuve Amazone

– vous dormirez dans un village indigène

– vous serez en contact si étroit avec la nature luxuriante que vous oublierez les rues et le béton en un clin d'œil

Parfait, lui dis-je.

L'avais-je sortie du sac et posée sur la commode ? Je ne sais pas. Et ça n'est plus le problème : les petits morceaux de la lettre pour Roxana jonchent à présent le sol de notre chambre. Andrea s'est réveillé avant moi, bien sûr.

– Cette fois c'est trop ! Je hurle. Qu'est-ce qui t'a pris de déchirer cette lettre !

– Lettre belle.

– Lettre belle, tu parles. Et maintenant ? De quoi va-t-on avoir l'air ?

Je ramasse les fragments de papier. Je regarde Andrea : nous les recollerons un à un. Ça ne se fait pas de mettre en pièces une lettre qu'on vous a confiée ! Je reconnais quelques syllabes, une demi-consonne par-ci, une autre par-là, elles ne correspondent pas, malheur, Andy, tu ne pouvais pas les faire encore plus petits ! Et puis basta, je ne dis plus rien, il va falloir se dépêcher car il est déjà l'heure de partir pour la forêt amazonienne. Je mets la main sur un sachet de plastique transparent, je le remplis d'atomes de lettre, puis je vérifie qu'aucun n'est resté sur le sol, on dirait que non, et je cache le sachet dans le sac.

Nous courons comme des dératés et rejoignons le groupe des explorateurs déjà en rang devant l'agence : un Brésilien vivant depuis vingt ans à Los Angeles où il gère un pub irlandais, un garçon très sympathique, et deux Canadiennes. Le guide nous jauge longuement et, avant de partir, nous conseille de nous munir d'un répulsif contre les moustiques. Nous n'avons suivi aucune prévention sanitaire pour l'Amazonie, mais on nous rassure : les moustiques sont seulement un redoutable désagrément, rien de plus. Tout comme l'orage terrible qui s'abat soudain sur nos têtes. Nous passons d'une boutique à l'autre pour nous abriter et trouver de l'anti-moustique ; obnubilé par ce produit, j'oublie d'acheter un tube de colle ou un rouleau d'adhésif pour restaurer la lettre de Joana.

Cherchez l'embarcadère pour le Rio Negro, nous a-t-on dit, c'est là que vous attendra la vedette qui vous conduira dans la forêt. Pas si simple : nous errons devant une armada de barques chargées à bloc : fruits, cages à poules, chèvres, sacs de ciment, vieux compresseurs et travailleurs efflanqués en partance pour on ne sait quel labeur. Par chance, le capitaine nous reconnaît et nous hèle.

Nous glissons entre deux fleuves qui se frôlent sans jamais mêler leurs eaux, les unes transparentes et les autres obscures. J'imagine des créatures se mouvant de la clarté à l'ombre, je perçois la vibration légère de leurs nageoires, puis leur mouvement plus puissant selon qu'elles évoluent dans un de ces deux mondes, opaque ou translucide. Comme les deux univers d'Andrea. Je fixe l'eau et je suis pris de frissons.

Tout à coup, la vedette braque vers la rive, nous apercevons de grosses cases. Les Indiens nous accueillent avec gentillesse, puis sans déférence aucune, retournent à leurs activités respectives. À l'heure du repas, la nourriture fait son apparition, comme par magie : farine, eau de source et succulente viande séchée. Pendant que nous mangeons, les hommes préparent les canoës pour la pêche. Piranhas, nous disent-ils.

– Andy, on va pêcher des piranhas ?

– Beaux.

– Qui ça ?
– Enfants.
Déboule un tourbillon de gambettes qui traverse le campement à toute allure avant de disparaître.
Nous passons tout l'après-midi à tirer du fleuve ces poissons pleins de dents effilées, d'aspect pourtant moins terrifiant qu'au cinéma. Au moment du dîner, nous voyons arriver trois Allemands, deux garçons et une fille, ils vivent dans la forêt depuis plusieurs semaines. Pareillement grands et ébouriffés : des triplés. Ils sont myrmécologues. Myrmé quoi ? Indulgents, ils m'expliquent qu'ils étudient les fourmis, j'ai du mal à y croire, mais ils tirent de leur sac de petites boîtes contenant divers échantillons d'insectes. Ils racontent qu'ici, c'est l'empire des fourmis, une densité record. En effet, je commence à ressentir comme un léger prurit.
Nous discutons toujours quand le soir tombe, comme un rideau de fer, brusquement. Pas de crépuscule, d'entre chien et loup : blanc ou noir, sans nuance. Je regarde autour de moi, cherchant Andrea. A-t-il été surpris par ce changement de lumière si subit ? Ne le voyant pas, je pénètre dans le village, il y a beaucoup d'animation. Les Indiens, en silence, se préparent pour la chasse au crocodile. Je récupère Andrea errant dans l'obscurité comme si de rien n'était, une de ses parenthèses de liberté.
À bord des pirogues, nous sommes tout à fait désorientés, nos yeux s'habituent mais nous distinguons à peine le pilote qui pagaie. Les Indiens, qui connaissent le fleuve à la perfection, se jettent à l'eau dès qu'ils repèrent deux points rouges, les yeux du crocodile. Ils en estiment la taille à la distance entre les deux points. Ils choisissent les bêtes de moins de un mètre, et il leur faut être assez habiles pour bloquer d'une main les mâchoires et de l'autre la queue. Sans quoi c'est la morsure assurée. Ils en chargent un à bord, provoquant une

belle pagaille chez nous autres, marins du dimanche, tout juste capables de maîtriser chats et canaris. Nous le faisons passer de main en main, en suivant attentivement les indications des Indiens, mais c'est comme d'échanger le calumet de la paix avec une grenade à la main. Fais-moi plaisir, Andy, doucement avec les bisous, lui dis-je à mi-voix.

Les Indiens s'amusent de nous voir si balourds, si empruntés, nous qui tentons tant bien que mal de nous ensauvager pour quelques heures. Car rien n'est bêtement rustre ou primaire dans cet univers-là, où il convient d'affiner ses sens, de se faire invisible.

Au retour, le village, qui compte une cinquantaine de personnes, se réunit. Andrea touche tout le monde.

Une fillette ravissante, Maria, lui tourne autour, curieuse et craintive. Les adultes nous font comprendre, sans manières et sans embarras, qu'elle est un peu sourde et dérangée. Maria court d'avant en arrière, elle parle peu et rit beaucoup. Elle se met à nous suivre, nous cherchons à nous faire comprendre d'elle, qui nous contemple de ses grands yeux étonnés. Les mouvements d'Andrea la fascinent et elle reste sur ses talons.

D'autres gamins du village poussent jusqu'à la case où nous logeons, ils veulent jouer avec Andrea. Le moindre de ses gestes suscite leur vive approbation. Surexcités, ils l'entraînent dans leurs galopades, une petite horde sillonne inlassablement le village. À sa tête, Andrea et Maria, les autres tous derrière. Un joyeux manège.

Quand j'allais voir Andrea à l'école primaire, pendant la récréation, je le retrouvais dans un coin de la cour. Toujours le même coin, toujours tout seul, agitant ses bras levés tout en sautillant sur la pointe des pieds. Seul dans son coin, avec son pop-corn, ses mandarines ou son paquet de gressins. Les instituteurs s'empressaient de me dire si la journée avait bien ou mal commencé. Je les écoutais, mais au-delà des aléas du jour, son état me blessait de toute façon. J'avais conscience que les autres faisaient équipe, et lui non. Je savais que certains de ses camarades l'approchaient en lui répétant : Combien ça fait un plus un ? Allez, un plus un, c'est facile ! D'autres fois ils le bousculaient et se moquaient de ses extravagances. Je ne pensais même pas à les gronder, la différence est condamnable. C'est ainsi, aussi honteux que cela puisse paraître.

Et dire qu'ici c'est un meneur…

Je les vois se peindre les uns les autres des traits bleus sur les bras et sur le visage : Andrea est au septième ciel.

Nous finissons la soirée assis près de la case, les triplés berlinois, les deux Canadiennes et leur ami, le touriste brésilien, les deux guides de Manaus et moi. Les langues, les accents, les impressions se mêlent.

– Que fait-on demain ? (portugais avec un fort accent allemand)

– Demain, les dauphins. (portugais-portugais)

– Des piranhas, des crocodiles, et maintenant les dauphins : ne sont-ils pas dangereux ? (anglais)

– La semaine dernière, hélas, les dauphins ont déchiqueté trois voyageurs. (anglais avec musique portugaise)

– Et où les a-t-on enterrés ? (portugais avec mon accent italien)

– On ne les a pas enterrés. Que croyez-vous que mangent les anacondas ? (ricanement anglo-porto-italien)

– Sans télé, sans bar, coincés ici : comment passe-t-on les soirées dans la forêt ? (anglais entrecoupé de portugais, légèrement inquiet)

Les guides, adressant une œillade complice à la composante mâle du groupe, écartent les bras et déclarent d'une voix de velours : Et que peut-on faire, le soir venu, dans la forêt ? Et de le répéter dans toutes les langues…

La myrmécologue allemande dégaine promptement ses fourmis et nous décrit une espèce qui semble avoir renoncé à la reproduction sexuée, remisant au grenier la contribution des mâles aux naissances.

Les hommes grommellent, les femmes rigolent.

Il fait nuit et Andrea ne veut toujours pas rentrer, il vadrouille parmi les arbres devant notre case, et la cuisinière, qui a déjà fait sa connaissance, s'approche pour me dire : Appelez votre fils.

– Laissons-le faire, il adore rester sous le feuillage.

– Il ne vaut mieux pas. La nuit, des serpents circulent sous les arbres.

– Andyyyyyyyyy viens ici tout de suiiiiiiiite !

Nous dormons dans une vaste palafitte, en dessous de nous rampent toute une société d'anacondas et tout autour voltigent des singes et un tas d'autres sympathiques habitants de la nuit. Nous grimpons dans nos hamacs, à la lueur d'une unique bougie. Bonne nuit, Andy, regarde un peu où nous sommes…

Je le vois qui sombre d'un coup dans le sommeil. Je récupère alors le sachet contenant les morceaux de la lettre. Il me faut absolument de la colle. Mon hamac pour un pot de colle !

Manaus

Les Indiens ont préparé les canoës, ils nous emmènent à un endroit du fleuve où nous pourrons nager parmi les dauphins. Nous déjeunons à la hâte, Andrea est surexcité à l'idée de rencontrer ces splendides mammifères. Dauphins beaux, dit-il. Filles belles : c'est un moment de joie.

Le trajet est assez court, mais à l'arrivée il ne s'agit pas de plonger comme des brutes. Un instructeur nous y prépare, nous expliquant que les dauphins sont très susceptibles, et que nous ne devons pas leur gratter le dos. Puis, calmement, il nous accompagne chez eux. Nous réussissons même à les caresser pour de vrai, ils sont chauds comme des nouveau-nés, on ne les quitterait plus. S'il le pouvait, Andrea grimperait sur le dos de l'un d'eux et se laisserait emmener jusqu'en Patagonie. J'ai du mal à le retenir. Frère des dauphins, capitaine d'une baleine : est-ce ainsi qu'il se sent, serait-ce cela, sa vie intérieure ?

Nous glissons, légers comme des araignées d'eau, le cul effleurant la surface du fleuve. Nous croisons d'autres embarcations et les saluons à tour de bras, fixant des visages qui s'éloignent dans la direction opposée en se demandant qui nous sommes, où nous allons et si nous nous reverrons jamais.

Au village, on a déjà dressé la grande table. Une fois encore, on nous sert cette farine au goût indescriptible. On en prend une pincée, c'est sec et poussiéreux, on la mange, et on en reprend une autre sans arriver à comprendre comment un mets aussi simple peut être aussi succulent. C'est la farine de Manaus, spéciale, nous dit-on. Et c'est vrai. C'est un repas d'adieu, nous allons retourner en ville tandis que d'autres restent dans la forêt. Nous les saluons chaleureusement.

Je cherche Maria, je m'aperçois qu'elle nous observe de loin, nous essayons de l'approcher, mais elle s'enfuit en courant et en riant.

Deux heures de pirogue, une heure de vedette et nous voilà de nouveau à Manaus. L'agence tient à offrir une douche de luxe à ses clients, en cadeau. Nous en profitons avec enthousiasme. Tous propres et fleurant bon, nous visitons la ville, ses quais débordant de bananes, en piles vertes, à perte de vue. Le marché aux poissons est vaste comme un terrain de football, on nous dit que c'est l'un des plus importants d'Amérique du Sud. Nous croisons un nombre incroyable de personnes extravagantes, des rangées d'acheteurs en chemise blanche et cravate venus rafler des containers entiers de poissons à exporter côtoient la foule des clochards qui se contente d'un real pour une bière de plus.

Je m'en offre une moi aussi, et Andrea écluse son eau.

– Oh Andy, qu'est-ce que tu as pensé des piranhas et des crocodiles ?

Il sourit et s'éloigne, tournant autour des étals couverts de poissons.

– Et tout ce feuillage ? Eh Andy, c'est à toi que je parle !

La majesté des arbres n'a-t-elle frappé que moi ? Cet immense utérus vert ? Et s'il vivait ces expériences comme s'il jouait dans le jardin de la maison ? Comme si rien de spécial ne se passait ? Et si tout ça n'avait servi à rien ?

J'avais mis de côté les billets d'Andrea au fur et à mesure que je les lisais. Je les déchire en tout petits morceaux, comme il le fait lui, que je jette dans une corbeille. Il en reste un. Le dernier.

Ça me prend tout à coup. Peut-être à cause de ce vague à l'âme, ce soir, ou pour d'autres raisons inconscientes, toujours est-il que j'entre dans une agence et que je demande s'il y a un vol pour nous rapprocher d'Arraial d'Ajuda. L'employé me regarde intrigué : Qu'est-ce que vous allez faire là-bas ?

Nous devons remettre une lettre à quelqu'un, lui dis-je.

– Une lettre ? Mais c'est à trois mille kilomètres, donnez-la-moi, je vous l'expédie, cette lettre. Je peux vous proposer un envoi très avantageux pour Fortalezza, Belém, ou bien Lençois Maranhenses.

Son regard est éloquent : quel homme suis-je pour perdre mon temps à porter une lettre au diable ?

– Cher monsieur, lui dis-je, la lettre est en petits morceaux. On n'envoie pas une lettre en petits morceaux, vous comprenez ? S'il s'agissait d'une lettre entière, je vous l'aurais peut-être confiée. Vous vendez des timbres pour lettres en petits morceaux ?

– Non, répond l'homme.

– Vous voyez bien !

Je pense qu'Andrea me connaît mieux que ce que j'imagine ; ses réactions sont toujours inattendues, je ne peux pas discuter avec lui de feuilles et d'arbres, mais c'est toujours lui qui me pousse dans une certaine direction.

L'employé rend les armes : Vous avez un vol jusqu'à Salvador de Bahia, puis vous louerez une voiture, nous pouvons la réserver d'ici. Et ne manquez pas tous ces sites magnifiques sur la route : Barra Grande, Itacaré... Profitez-en, amusez-vous.

C'est d'accord.

Facteur, c'est un métier sérieux, dis-je à Andrea avec un clin d'œil.

Le vol pour Salvador est à deux heures du matin.

– Vous avez de l'adhésif?

– Non.

– De la colle?

– Non.

La manette de l'amour

Un ciel d'encre à traverser : Andrea est collé au hublot, je suis assis au centre et un petit vieux vient s'installer sur le siège côté couloir.

– Vous avez peur de l'avion, senhor ? me demande-t-il.

– J'ai l'air paniqué ?

– Vous vous faites du souci. Mais ça n'est donc pas à cause de l'avion…

Si j'avais entendu sa voix au téléphone, j'aurais imaginé un homme mûr, dans la soixantaine.

Certes, il est ridé comme une tortue, sec comme un sarment de vigne, mais son regard puissant est celui d'un homme en paix.

Il prétend avoir quatre-vingt-douze ans, il s'honore d'avoir été trois fois marié et quatorze fois père, il se rend à Salvador de Bahia pour faire la connaissance du plus jeune de ses enfants.

– Senhor, lui dis-je, je n'arrive pas à croire que vous ayez vécu presque un siècle.

– Pourquoi donc, senhor ? Cent ans, c'est un bel âge, me répond-il.

– Vous semblez déborder d'énergie, senhor. Avec tout le respect que je vous dois, les hommes de quatre-vingt-douze ans sont rarement aussi verts.

Il a les iris d'un bleu presque transparent.

– Je n'ai jamais porté un pull, senhor. J'ai pêché ma vie durant sans craindre ni le froid ni la passion. Les gens pensent que l'amour est propre aux êtres humains, comme le poids l'est au plomb. Que l'amour va de soi.

– Au lieu de quoi ?

– Moi j'ai compris qu'il fonctionne comme la température. On peut descendre en dessous de zéro, ou monter jusqu'à cent degrés. Parfois, il est bon d'être distant et silencieux, car lorsqu'on les touche, certaines personnes se défont comme le mercure. Avec d'autres, il faut être comme l'ombre et le corps. En amour, on peut en provoquer, des catastrophes...

– Et alors ?

– L'amour possède une manette, senhor, et moi je l'ai découverte. Je sais quand il convient de la lever ou de l'abaisser, selon la personne et le moment.

L'amour, senhor, c'est la température idéale pour faire s'épanouir une fleur. Ce doit être pour cela que la mort ne veut pas de moi...

– La mort veut tout le monde, senhor.

– C'est vrai. Mais la mort voudrait aussi que je lui révèle le secret de ma manette, et je refuse de lui céder. Et pendant qu'elle se démène pour me convaincre, moi je voyage. N'ai-je pas raison ?

– Tout à fait, senhor.

Quel personnage !

À Salvador de Bahia, nous montons vers le Pelourinho, un quartier magnifique situé à flanc de colline. Il y a vingt ans, c'était une zone interdite, même la police n'y mettait pas les pieds ; à cause de la délinquance ou du vacarme des tambours.

Tandis que nous grimpons parmi les maisonnettes aux couleurs vives, environnés par de capiteux parfums, nous entendons leur grondement naître au loin, il s'engouffre dans les rues et nous chavire lorsqu'un groupe passe à côté de nous.

En bavardant avec un chauffeur de taxi, nous décidons de l'itinéraire à suivre pour rejoindre Arraial. Première étape, Barra Grande.

– Vous y serez dans une petite heure, au maximum.

Il nous en faudra bien quatre, ils en ont de bonnes ces Brésiliens !

La route est belle mais accidentée, les cinquante derniers kilomètres sont éreintants : nous roulons sur une piste bourrée de trous.

Nous arrivons à Barra Grande quand le soir tombe, littéralement épuisés. Par chance, nous trouvons une auberge agréable. Quand vous sortirez, ôtez donc vos chaussures, nous dit-on : ici on peut marcher pieds nus, les rues sont recouvertes de sable. Plus que jamais, Andrea fonce, sur demi-pointes.

Cuídalo !

On ignore ce qu'est l'asphalte, à Barra. Personne ne veut de routes modernes pour éviter le déferlement des touristes. C'est qu'ils y tiennent, à la magie de ce petit coin : la minuscule place, les maisons simples et baroques, un silence si absolu qu'on a l'impression d'entendre le murmure de l'océan jusque chez soi, et le doux bruissement de conversations d'amis et de proches, bigarré et paisible.

Nous nous arrêtons devant une échoppe pour nous renseigner sur les plages. Une femme s'arrête pour nous répondre et aussitôt, Andrea l'embrasse. Je lui dis d'y aller doucement, la dame n'apprécie peut-être pas, et elle, surprise, se met à parler italien. Elle se prénomme Regina et a épousé un compatriote. Elle tient à nous dire que nous sommes tombés sur un coin de paradis, et que vivre ici est un enchantement. Elle regarde Andrea en souriant et me dit que Barra est l'endroit idéal pour lui, que les gens vont beaucoup l'aimer. Puis elle nous emmène découvrir des plages bien cachées, nous buvons du lait de coco sans voir le temps passer. Un bel après-midi de détente. Pas pour tout le monde, en vérité.

Sur la plage, un marchand itinérant, voyant cette asperge de touriste, flaire la bonne affaire : il compte bien lui vendre l'une de ses babioles. Essaie quelque chose, lui dit-il en lui tendant une poignée de bracelets pour le tenter. Andrea le prend à la lettre. Il saisit les bracelets, mais soudain, peut-être à cause de l'expression du marchand, ou d'un signal qu'il est le seul à percevoir, le voilà qui détale. Un instant sidéré, l'homme tente de se lancer à sa poursuite. Trop fougueusement hélas: il trébuche et laisse tomber toute sa précieuse marchandise. Je suis trop loin pour pouvoir intervenir. Le marchand, par terre, pousse des cris affreux. Il hurle comme si on l'égorgeait. En entendant ce charivari, Andrea déclenche ses turboréacteurs. Quatre ou cinq badauds, alarmés par les cris, en concluent avec raison qu'Andrea est un voleur et se ruent après lui en vociférant. J'arrive auprès du marchand et je bafouille, hors d'haleine, quelques mots d'explication. Il se calme et s'efforce de rappeler les poursuivants en leur criant que tout va bien, ces derniers se retournent, incrédules. Andrea n'est plus qu'un petit point à l'horizon; voyant l'hésitation de la meute sur ses talons, il s'arrête.

Ouf! Les poursuivants rigolent comme des bossus. Le marchand me lance: *Faça atençao ao menino.*

Eh oui, je me l'entends dire dans toutes les langues: *Take care of him! Pay attention! Cuídalo!*

Je le cuide, je le cuide, ne vous inquiétez pas…

Merci

Pour repartir, il nous faut parcourir de nouveau cinquante kilomètres de trous. À Itacaré, nous découvrons une immense plage déserte. Des cocotiers, une cascade qui tombe au flanc de la montagne pour finir presque dans l'océan, un sable blanc éblouissant. Repos absolu, aujourd'hui.

Allongé à l'ombre des cocotiers, l'envie me vient, puissante, de relire les messages reçus pendant le voyage. J'appelle Andrea car je sais que regarder des photos et des messages sur l'ordinateur l'intéresse toujours vivement.

– Andrea, il y a même des messages de ton frère !

– Frère !

Totti dit qu'il nous faut un défenseur pas de sponsor sur le maillot violet mais une inscription : le foot est un jeu la Fiorentina achète D'Agostino Boruc et Insa et vend Keirrison au Barça et Gobbi le Napoli achète Cavani le Milan AC achète Amelia Yepes et Papastathopoulos Dida et Favalli séparés et peut-être Ronaldinho au Flamengo. L'AS Rome achète Simplício, Adriano et Rosi. La Juve achète Bonucci Martínez Pepe et Storari Lanzafame et Motta et vend Cannavaro. L'Inter achète Biabiany Castellazi Coutinho et Faraoni et vend Arnautović Quaresma et Donati à l'US Lecce. Ciao papa.

Ciao papa, aujourd'hui tu me manques beaucoup. Je t'aime. Dis bonjour à Andrea.

Notre équipe a terminé première au championnat, et j'ai gagné une médaille et un ballon, je suis triste que l'aventure s'arrête, un bisou, ton champion.

C'est le fils né après Andrea. Pas une mince affaire. Un jour, quelqu'un d'assez grossier m'a dit qu'en matière d'enfants, j'avais eu le pire et le meilleur. Certains voient les choses comme ça.

Juste avant de partir, j'ai joué au foot avec le petit à l'intérieur de la maison. Mon but est toujours la porte d'entrée et le sien, celle qui donne sur la terrasse. Nous avons imaginé un véritable championnat, avec des points, un classement des meilleurs buteurs, et nous avons inscrit tous les résultats sur un tableau. Entre deux actions, nous avons discuté de mon départ avec Andrea. Je lui ai demandé de se charger d'un certain nombre de tâches quotidiennes, je sais que je peux lui faire confiance, et il s'y est solennellement engagé. Je l'ai trouvé serein. Nous nous sommes donné rendez-vous pour nous raconter comment s'est passé cet étrange été.

Andrea est ému et ensemble, nous répétons les noms des amis qui nous ont écrit.

– Tu vois toutes ces personnes qui nous suivent et qui tiennent à nous ?

– Personnes belles.

– Tu veux qu'on leur envoie un grand merci à tous ?

– À tous merci.

– Et si on lançait notre merci dans l'océan, et c'est lui qui l'emporterait à l'autre bout du monde ?

Andrea sourit.

Et c'est ainsi que sur une immense plage déserte, deux petits hommes ouvrent grand les bras en regardant les vagues et crient de toutes leurs forces :

– Merci !

Cacao

Événements improbables? Hier soir, au dîner, nous avons rencontré quelqu'un qui avait vécu à Arraial. Un gros monsieur alerte qui s'est mis à jouer avec Andrea devant le chariot des desserts.

– D'où venez-vous? Vous allez à São Paulo ou à Rio?

Et nous avons fini par parler d'Arraial d'Ajuda.

Il nous a décrit avec force détails l'endroit et sa population, il connaissait Joana, une très belle femme, et savait qu'elle avait dû quitter Arraial. À cause d'une canaille, un type violent du nom d'Alvaro Dias Barbosa qui la harcelait. Il connaissait aussi sa petite-fille, Roxana, il ne l'avait pas vue depuis un moment mais il n'allait à Arraial qu'une ou deux fois par mois, pour affaires.

Et si Joana s'était moquée de nous? Une certaine perplexité s'est emparée de moi.

En route pour Ilhéus, nous faisons une pause, quelques pas sur la plage et, je ne sais vraiment pas pourquoi, Andrea et moi nous embarquons dans une prise de bec de première classe.

L'humeur se trouble, les kilomètres pèsent et la colère monte. Ça démarre à cause de son obsession pour mes mains: il les prend, les repousse vers moi, puis les lâche. Mille fois de suite. Impossible de faire quoi que ce soit dans ces moments-là.

Malgré moi, je perds mon calme: il ne faut pas croire que tout glisse. Personne ne peut encaisser chaque contrariété de manière rationnelle. De temps en temps on explose.

Tout à coup, ça tourne au vinaigre. Les phrases qu'Andrea répète comme un disque rayé, son autonomie qui ne s'améliore guère, le dialogue qui s'éteint comme un rien, son exigence d'être mordu ou tiré par les cheveux et, toujours, ce besoin de toucher le ventre des gens et de les embrasser sans prévenir : tout cela me paraît soudain insupportable, sans issue, c'est au-dessus de mes forces. Un désir insensé me submerge : démonter Andrea et puis le remonter. Je commence par lui demander ce qu'il veut faire. Avec insistance. Sans céder. Comme si je ne le connaissais pas.

– Qu'est-ce que tu veux faire, Andrea, dis-moi ce que tu veux faire…

– Rester ici.

– Pour quoi faire ?

– Rester ici.

– D'accord, mais qu'est-ce qu'on fait, ici.

– Rester ici.

Disque rayé.

– Si tu veux rester ici sans rien faire, moi je m'en vais et je te laisse tout seul.

J'attends de lui des mots nouveaux, au moins un. Je m'éloigne en lui disant : Maintenant, tu restes ici tout seul.

Andrea ne réagit pas.

Je l'épie, assis à une centaine de mètres sous un abri bien caché par les cocotiers. Il se tient, immobile, à l'endroit exact où je l'ai quitté, le regard rivé à l'océan, pendant une heure qui me paraît plus longue que notre voyage tout entier. Mes pensées fusent et ripent dans de vicieux virages. Il faut que je sois honnête avec moi-même : je m'attendais à quelque chose et maintenant, j'ai l'impression que tout cela n'a servi à rien. Quel est le plus efficace, une patience infinie ou de franches engueulades ? Personne ne sait me dire quelles sont les bonnes méthodes avec Andrea. Je pense faire pour le mieux et je m'énerve quand il pisse à côté de la cuvette.

Je le regarde, planté comme un piquet au beau milieu de la plage déserte, sous un soleil assassin, face à des vagues devenues hostiles.

Non, me dis-je, pas de système métrique : il faut penser autrement, avec lui. C'est d'une théorie de l'erreur dont j'aurais besoin. En accepter beaucoup, s'en pénétrer vraiment.

Je fulmine, mais je l'aime. J'ignore de quoi est fait cet amour. Quel parent pourrait répondre facilement à cette question ? C'est parfois un sentiment profond. Parfois inconditionnel. Parfois ça n'est que de l'amour pour soi-même. Parfois, c'est tout simplement la sensation d'être traversé par la vie : elle est partie d'un point, on prend le relais et on la passe à quelqu'un d'autre.

Je me lève et je lui fais signe. Andrea se précipite, vif comme l'éclair. Il a ses yeux insaisissables : impossible de comprendre de quelle altitude ou de quels tréfonds il lance ces regards fulgurants. Je détale, le défiant à la course, et je cavale jusqu'à en perdre le souffle. Il me dépasse, on ne l'arrêterait plus.

Nous faisons la paix, comme toujours.

Quinze ans d'épreuves. Aujourd'hui encore, j'en ressens tout le fiel. Ça n'est pas facile, pas du tout.

Nous quittons la plage, en cherchant la voiture nous croisons une fille qui porte un T-shirt sur lequel est écrit : *Ne jamais lâcher : il y a toujours un espoir.* Le mot « toujours » en grandes lettres. Quel mot étrange, toujours, si facile, tellement réconfortant, ou terrible. Ça sonne comme un mensonge. Un pieux mensonge. Pourtant il est en moi, cet espoir, je sens que le futur est encore entre nos mains. Nous sommes encore capables d'agir au lieu de subir.

Je taquine Andrea, nous bâfrons une glace. On dérape, et puis on fait ce qu'on peut pour retrouver ce fragile équilibre. Il n'y a pas d'autre marche à suivre.

Lorsque nous arrivons à Ilhéus, en fin d'après-midi, nous décidons de redonner un peu de lustre à la voiture. Nous la confions à une bande de gamins de la rue. Ils la polissent avec un zèle religieux, ils crachent sur leur chiffon pour nettoyer les phares en espérant que je ne les voie pas faire, tout en riant et en chahutant. À la fin, on croirait qu'elle sort de l'usine.

Jadis, c'était l'empire du cacao.

Nous expédions les derniers kilomètres avec majesté, en dignes ambassadeurs de tous les chocophages d'Europe.

Je traverse la place en agitant les bras et en prononçant les mots magiques : chocolat au lait, aux noisettes et au gianduja. Andrea exulte d'une joie frénétique : chocolateries, cargos pleins à craquer de tablettes comme des lingots, je dessine dans l'air la forme des moules à œufs de Pâques, avec une surprise dedans, et soudain, je me rappelle la chenille bleue, sortie d'un œuf géant en chocolat moelleux, puis je convoque le souvenir des petits œufs qu'il laisse fondre dans sa bouche les uns après les autres, les fausses pièces d'or qu'il regrette de devoir dépiauter, les sachets de smarties qu'il engloutit comme un python. Car le chocolat, ami fidèle, l'accompagne depuis toujours.

Le très ancien café Vesuvio est tapissé de photographies célébrant l'épopée du cacao, et aussi la mémoire de Jorge Amado qui vécut ici. Devant un guéridon de marbre, à l'extérieur, patiente une statue de l'écrivain.

– C'est Jorge, Andy.

– Jorge beau.

Sur le moment, je suis tenté de lui préciser qu'il ne s'agit pas de ce Jorge croisé dans un taudis du Costa Rica. Quelle naïveté ! Il se rappellera très longtemps les détails de cette journée-là.

Nous prenons place : trois clients ordinaires. Mais Jorge n'est pas d'une grande convivialité.

Andrea s'appuie contre son épaule, tous deux semblent en grande confidence, au bout d'un moment ils se retrouvent même joue contre joue.

– Tu veux dire quelque chose à Jorge Amado ?

– Rester tranquille.

Arraial d'Ajuda

Trois informations font une certitude : des personnes différentes s'accordent à nous dire que nous ne sommes plus qu'à quelques dizaines de kilomètres d'Arraial.

Le paysage est tel que nous l'a décrit le gros monsieur à Ilhéus : vous croiserez la carcasse d'un camion abandonné il y a longtemps, des bicoques ornées de petits drapeaux colorés, des troupeaux de vaches coupant la route sans que leurs gardiens s'en émeuvent, des élevages d'autruches et de grands panneaux criards annonçant les objectifs du gouvernement pour la zone : de la lumière pour tous. L'homme d'Ilhéus connaissait bien l'endroit et nous savons maintenant qu'il possède aussi une excellente mémoire visuelle. Dommage qu'il ne se rappelle pas avoir vu Roxana ces derniers mois. Dommage pour nous, s'il a raison…

Nous traversons la petite ville de Porto Seguro, où nous devons franchir le fleuve pour continuer vers Arraial. Le bac est un radeau pouvant transporter une vingtaine de véhicules par voyage. On se croirait sur la place du marché : on y joue de la musique, on y danse, il y a des vendeurs de noix de coco et de cigarettes. Plusieurs passagers embarqués en même temps que nous resteront à bord du bac, les heures passées à croiser entre les deux rives ensoleilleront leur journée.

Le débarquement est un peu bordélique : les voitures descendent une roue à la fois, un fourgon se met à fumer comme une cocotte-minute, deux commères en pleine discussion bouchent hermétiquement le passage, puis après quelques grincements et deux ou trois hoquets, nous affrontons des troupeaux de nids-de-poule. Nous progressons lentement vers Arraial.

Nous cherchions un indice, et soudain le voilà : un écriteau orange avec l'inscription *Italia* en dessous duquel un homme est assis sur une chaise paillée. Je freine : ça ne peut pas être une coïncidence.

– Senhor, lui dis-je, pourquoi cet écriteau ?

– Parce que j'aime l'Italie, répond-il, aussitôt attentif. Vous êtes italiens ? Puis sans attendre : Bienvenue à Arraial !

Il se lève : une fois debout, c'est un colosse mi-Batave, mi-pêcheur de l'Algarve. C'est Joana qui vous envoie ?

Je descends de la voiture et je me présente. Bizarrement, Andrea ne bouge pas de son siège.

– Je dois remettre une lettre à mademoiselle Roxana.

– Je suis Odisseu, frère de Joana et oncle de Roxana. Ma sœur m'a expliqué l'histoire au téléphone. Elle était sûre que vous viendriez.

– Et vous êtes resté là depuis, à nous attendre au bord de la route ?

– Non, j'ai mis cet écriteau il y a seulement quelques jours. Je suis cuisinier dans un petit restaurant, je viens quand j'ai du temps libre. Aujourd'hui, j'ai eu de la chance !

Je retourne à la voiture pour chercher le sachet contenant les miettes de la lettre de Joana, puis je le lui montre.

Incrédule, l'homme fixe le petit tas de confettis, et je me dépêche de lui expliquer que je recollerai la lettre dès que possible, mon fils Andrea l'ayant, pour ainsi dire, un peu trop appréciée.

– Mais vous l'aviez lue avant ? demande-t-il avec un mouvement d'humeur.

Il dévisage Andrea, l'air de penser que c'est un bien vilain geste que d'avoir déchiré cette lettre.

– Vous ne l'auriez pas lue et déchirée exprès, par hasard, insiste-t-il, un peu agressif.

– Mais non, voyons !

– Vous en êtes bien sûr ? Parce que ça ne se fait pas de lire le courrier des autres !

Il me domine de toute sa masse, ses mains sont larges comme des battoirs et ses savates sans doute aussi lourdes que nos sacs à dos.

Il grommelle quelque chose puis tente de s'emparer du sachet en disant qu'il se chargera de l'apporter à Roxana.

– Non, je ne suis pas d'accord pour lui remettre un courrier tout en vrac.

– Senhor, la lettre est arrivée où elle devait arriver, insiste-t-il.

– C'est Roxana, sa destinataire !

Andrea, qui compte les points depuis son poste d'observation, ouvre d'un coup la portière, zigzague sur quelques mètres, se retourne, reluque on ne sait trop quoi, ignorant Odisseu. L'homme s'ébroue, se gratte les bras et semble retrouver son calme.

– Senhor, je devrais peut-être vous expliquer un peu la situation…

Je suis debout, à Arraial d'Ajuda, au Brésil. Un homme me parle de sa sœur. Joana habitait à São Paulo, avec sa fille Imacolada. Une gamine compliquée, depuis son plus jeune âge, toujours à traîner avec des voyous, avec l'un d'eux elle a même fait un bébé, puis elle a disparu en laissant la fillette, Roxana, sur les bras de Joana. J'ai persuadé ma sœur de s'installer ici, et elle a élevé la petite. Roxana a maintenant dix-huit ans, c'est une belle jeune fille…

Roxana est là, pas de panique, Andrea, Roxana est là.

– Attends, malheureusement elle est aussi bizarre que sa mère, pauvre Joana, elle en aura vu de toutes les couleurs, la vie n'a pas été tendre avec ma sœur et comme si ça ne suffisait pas, ce sale type y a mis son grain de sel, il voulait l'épouser, il la voulait comme cinquième femme, il en avait déjà quatre et il lui en fallait une de plus…

Le gros monsieur d'Ilhéus m'avait parlé d'un certain Alvaro Dias Barbosa, mais je garde ça pour moi.

– À cause de ce salopard, j'ai dû l'aider à fuir au Panama, chez des amis qui lui avaient trouvé un travail, et elle continuait à envoyer de l'argent pour Roxana, qui a refusé de suivre sa grand-mère. On a tous pris soin d'elle, seulement il y a trois mois, sans prévenir, elle a filé à São Paulo. Elle disait qu'elle rêvait tout le temps de sa mère, qu'elle voulait voir où elle était née. On n'a reçu aucune nouvelle depuis ce jour.

Andrea, Roxana n'est plus là !

– Personne n'a le cran de le dire à Joana. Quand elle nous appelle, ses amis d'Arraial et moi on lui dit que la gamine va bien, qu'elle travaille, qu'il ne faut pas qu'elle s'inquiète. Les jeunes oublient leurs parents, c'est normal. On espère tous qu'elle va revenir, c'est sûr. On a prévenu des connaissances à São Paulo, qui la cherchent…

Je soupèse le sachet de plastique plein de bouts de papier. J'ai la sensation que l'inquiétude de Joana s'en dégage. Elle nous a poussés jusqu'ici avec la force de son espoir.

Entendu, trouvons d'abord un hôtel, et puis nous remettrons nos idées en ordre et nous déciderons quoi faire. Avant tout, essayer de recoller cette lettre.

Tout en démontant son écriteau marqué du mot *Italia*, Odisseu nous signale que le bungalow de Joana est inhabité en ce moment et qu'on peut s'y installer, si cela nous convient. Restez donc un peu avec nous, ajoute-t-il, on est bien ici.

Andrea s'avance vers Odisseu, s'apprêtant à l'embrasser, puis il recule et fonce en direction du village. Je le vois disparaître derrière un virage, sourd à mes appels. Je saute dans la voiture, suivi d'Odisseu qui peine à faire entrer son grand corps dans l'habitacle, malhabile. Nous rattrapons Andrea devant la première maison. Il tripote une clochette accrochée sur la porte, l'écoutant tinter.

Monte, lui dis-je, et nous repartons. Odisseu passe la main par la fenêtre pour nous indiquer le chemin, parmi des ruelles bariolées et paisibles. À un moment donné il lève les bras en l'air : à partir d'ici, il faut continuer à pied. Nous suivons un sentier menant sur une falaise au bord de laquelle sont perchées des maisonnettes qui regardent l'océan. La porte du bungalow n'est pas fermée à clé, la cuisine est minuscule, il y a deux chambres à coucher, spartiates mais accueillantes, on entend le bruit des vagues. Un paradis. Andrea explore les lieux, ouvrant tous les tiroirs, il trouve des objets, deux ou trois casseroles, il range sur l'appui de la fenêtre une série de verres, tous différents.

Odisseu fouille un placard et en sort un cadre avec trois photographies. Je reconnais Joana, plus jeune. Elle c'est Imacolada, me dit-il, et voici Roxana. Qui ressemble davantage à son aïeule qu'à sa mère : les mêmes lèvres, les yeux noirs, comme des gouffres. Imacolada est la seule dont le regard est lourd de questions, auxquelles personne, sans doute, n'a su répondre.

Je montre la photo de Roxana à Andrea, belle, naturellement.

Odisseu s'est tout à fait radouci. À plus tard, nous dit-il, si vous avez besoin de moi, je suis au restaurant, et il disparaît. Sans salamalecs. On entre et on sort, un monde sans barrières.

Nous avons un toit rien que pour nous, et pourtant nous sommes indécis : nous sommes venus à Arraial avec une lettre déchirée et nous n'avons personne à qui la donner. Je me sens un peu noué. Andy, dis-moi ce qu'on fait ici ?

– Se baigner, répond-il, déterminé, comme toujours.

Jusqu'ici, nous avons parcouru les Amériques, libres comme des oies sauvages privées de boussoles, à présent, il va falloir opérer un retour à la norme, aller faire des courses, acheter de l'eau, du pain, des biscuits pour le petit déjeuner.

Je ne sais pas pour combien de temps, je ne sais même pas pourquoi, mais pour le moment je veux faire halte ici. Cela pourrait bien être la dernière étape de notre voyage.

Partis en reconnaissance dans les rues d'Arraial d'Ajuda, nous croisons Odisseu, sur le seuil de son restaurant. Il vient d'afficher un écriteau : *La lettre pour Roxana est arrivée.* Il nous demande s'il nous manque quelque chose, rien du tout, lui dis-je, et c'est la vérité vraie.

– Parfait, alors Andrea peut venir à la fête, dans deux jours. Les jeunes se réunissent, au bord de la mer. C'est une bonne occasion pour lier amitié…

– Je ne sais pas trop, dis-je.

– Pourquoi, le gamin a un problème ?

J'écarquille les yeux, se moque-t-il de moi ?

– Tu plaisantes ? C'est un garçon autiste !

– Ah, tu m'as fait peur, un instant j'ai cru qu'il avait une maladie…

Odisseu est d'un sérieux absolu.

– Et cette fête, alors ?

Nous verrons, il lui faudrait se débrouiller seul, au milieu d'inconnus.

Nous grimpons de nouveau le sentier, les sacs chargés de victuailles, et pour la première fois depuis que nous sommes partis, je cuisine, utilisant les casseroles et les ustensiles de Joana. Elle serait bien capable de sentir le fumet de ce que je mijote sans quitter le Panama. Après le dîner, affalés dans les hamacs sous la véranda, nous regardons l'océan, tout en bas. Je tourne entre mes doigts le petit rouleau de scotch. Enfin, je l'ai. Je la reconstituerai, cette lettre. Le silence nous enveloppe et nous sombrons dans la nuit d'Arraial.

Facteurs

Dans la nuit, le vent a balayé les hamacs, les coussins, les serviettes et tout ce qui se trouvait sous la véranda. C'est le bruit qui m'a réveillé : j'ai couru sous la pluie pour récupérer les coussins qui s'échappaient en roulant et rattraper les serviettes avant qu'elles ne se transforment en cerfs-volants.

Profondément endormi, Andrea n'a rien entendu.

Sur la petite table de ma chambre, j'ai commencé à rassembler les premières pièces du puzzle sur une feuille de papier. J'ai posé dessus une autre feuille, puis un caillou, pour ne pas qu'elles s'envolent. La minutie avec laquelle Andrea a réduit cette lettre en timbres-poste ne me facilite pas la tâche. Joana a écrit recto verso, ce qui n'arrange rien.

Au petit déjeuner : eau, café et biscuits. Trop frugal pour deux ogres comme nous. Nous descendons au centre d'Arraial et faisons un raid sur le premier *barzinho* que nous trouvons. On nous apporte deux chaises et nous nous installons dans la rue, pour dévorer des galettes au sucre.

– Tu as appris des mots nouveaux ?

– Oui.

– Par exemple ?

– Oui.

– Allez, Andy, comment dit-on plage, en portugais ?

– Oui.

– *Praia !*

– *Praia !* s'exclame Andrea.

Tu vois que tu parles un peu le portugais ! Il rit, je le trouve magnifique. Ce sourire à la fois hésitant et malin…

Notre arrivée n'est pas passée inaperçue, la nouvelle de la présence ici de deux facteurs très spéciaux a circulé. Un certain Tulio, sorte de hippie local, vient à notre rencontre et nous offre un mandala qu'il a lui-même confectionné ; la marchande de glaces, du seuil de sa boutique, se lance tout à coup dans une tractation dont l'objet est Andrea.

– Quel beau garçon !

– Glace verte, glace verte, répond-il au débotté en lui collant deux baisers sur les joues.

La marchande est en extase.

– Tu me le donnes, ce garçon ?

– Ah, je ne sais pas…

– Je t'offre vingt litres de glace au chocolat.

– Vingt litres…

– Plus dix à la papaye, et cinq à la goyave.

– Pas mal…

– Je vois ! Je rajoute trente kilos de ces esquimaux.

– Miam ! L'affaire est dans le sac ! Mais tu vas me le ramener dès demain, je le crains !

La marchande de glaces me regarde avec douceur : elle garderait volontiers Andrea parce qu'il possède une aura, dit-elle, et qu'il est assis à côté du bon Dieu.

Nous marchons, ravis, nos glaces à la main, Andrea met le cap sur la mer.

Nous passons une soirée formidable : la place se remplit de personnes qui bavardent tranquillement, certaines discussions sont assez théâtrales, presque jouées, et pourtant tout le monde a l'air sincère. Nous passons un moment là, comme ça, à observer. Puis Andrea se lance, circulant entre les petits groupes. Tapes sur les épaules, bonsoir, qui es-tu ?

Embrassades. Odisseu rapplique : c'est l'heure de la pause en cuisine, il nous présente amis et connaissances. Il confirme à la cantonade que nous avons apporté un courrier de la plus haute importance.

– Enfin, dans quel état, et il soupire.

– J'y travaille, lui dis-je.

Nous serrons les mains de Nadia, Sebastião, Tadeu, Imacolada, Jojoma, Odélia, Futebol et Reginaldo. Ensuite, je ne sais plus…

Odisseu retourne à son restaurant. Un Canadien prénommé Donald nous aborde. Il a saisi, au vol, l'état d'Andrea : sa mère travaille justement à un projet sur l'autisme, il évoque une méthode pour purger le corps des métaux lourds qui s'y accumulent. Cela ferait sans doute plaisir à sa mère de nous rencontrer.

Le groupe s'élargit. Il y en a un qui donnerait bien quelques coups de couteau à ce pourri d'Alvaro Dias Barbosa, qui voulait Joana à tout prix, dormait devant sa porte, la menaçait, elle et son entourage, et commettait tous les méfaits imaginables. Puis on nous parle de l'Italie : ils savent qu'elle se trouve en Europe et qu'elle est en forme de botte, ils savent que nous avons le pape, Rome et Venise, un grand championnat de football, et ils aimeraient savoir si Andrea Bocelli est vraiment aveugle, ou s'il fait semblant.

Je leur dis qu'il est aveugle.

Tout le monde n'est pas convaincu, il y en a même un qui est prêt à parier que non.

Argile

Quelle drôle d'impression, après une si longue route avec un moteur sous les fesses, d'être obligé de marcher et de pouvoir observer un décor à l'arrêt. Je peux compter les pétales de fleurs sur le rebord des fenêtres, effleurer en passant quelques clochettes. Je ne demande mon chemin à personne, je salue les vieux assis sur les bancs, j'entre dans de minuscules bazars. On vous y attire au moyen de charmants écriteaux calligraphiés : *Les tasses du bonheur, N'achetez que ce qui vous plaît.* Il vous vient l'envie de faire l'emplette de tout et de n'importe quoi, les commerçants sont sympathiques et peu envahissants, ils ne vantent guère leur marchandise et vous parlent de choses et d'autres, des petits événements du quartier, du fils du voisin, d'un chat qui s'est perdu, de barques mystérieusement échouées sur la plage sans que personne sache à qui elles appartiennent. C'est un babil constant, une tapisserie que l'on brode et à laquelle chacun ajoute un fil de soie, une image ou une fable.

Surgi de nulle part, Odisseu me demande s'il peut emmener Andrea, il souhaite lui faire rencontrer d'autres jeunes.

– Tu veux accompagner Odisseu ?

– Oui.

Je récite les sempiternelles recommandations : Tu restes avec lui, tu ne t'en vas pas tout seul, tu te tiens tranquille. Odisseu est un homme solide, à la fois un peu brusque et attentionné. J'ai confiance. Je les vois tous les deux, côte à côte, disparaître entre les maisonnettes colorées.

Je me balade sur la plage, où ruissellent des filets d'eau claire qui vont se perdre dans l'océan.

Je restaure la lettre pour Roxana, et puis ça suffit, après on rentre, me dis-je. J'ai le numéro d'une agence, je pose quelques jalons pour notre vol de retour : aucun vol direct dans l'immédiat. Ils me rappelleront.

Je bois une bière chez Tremendão, c'est une cahute isolée, tenue par un rasta qui philosophe sur Dieu, les femmes et l'art de faire frire les patates. Mais pour comprendre le sens de la vie, du cosmos et de l'arthrite, me précise-t-il, tu devras t'immerger dans le Lagoa Azul. Ce n'est pas loin d'ici, tu peux même y aller tout de suite.

D'accord, mais après une dernière bière.

Suivant les instructions de Tremendão, je m'engage sur un sentier qui s'enfonce sous les arbres. Une demi-heure plus tard, j'arrive devant une énorme caverne du haut de laquelle tombe une cascade, l'eau charrie de l'argile en quantité. Au pied de la caverne se sont formées de larges mares boueuses, rougeâtres pour certaines, une bouillie de sang et de rouille. Recouverts d'une nouvelle peau grise et craquelée, hommes et femmes ont l'air cuirassés de tortues ou de rhinocéros. Certains semblent des roches munies de membres, des spectres de terre cuite, des larmes sèches, des poumons crevés par un soupir.

Sous la chute, la caresse de l'eau est d'une douceur extrême, les filets liquides s'étirent au ralenti, rebondissant à peine sur le corps, puis glissent, un peu huileux.

Je voudrais me vider l'esprit. Au lieu de quoi me revient l'image de Joana confiant sa lettre à Andrea. J'en ai des frissons.

Je rentre à Arraial avachi comme un linge mille fois lavé et relavé. Andrea et Odisseu m'attendent sur un banc, à l'entrée de la placette.

– Odisseu, j'ai quelque chose à te dire…

– Quoi ?

– Il faut que je parle à ta sœur, tu me passerais son numéro de téléphone ?

– Ça y est ! Je m'en doutais ! Tu veux lui dire que Roxana est partie ? Tu fais le mouchard ?

– Je ne suis pas un mouchard ! Je dois lui dire la vérité, que nous n'avons pas pu lui remettre sa lettre.

– Bravo ! Et qu'est-ce qu'elle va en faire, de ta vérité ? Savoir que sa petite-fille est on ne sait où à São Paulo va la rassurer plus que d'imaginer qu'elle est ici ? Tu le crois vraiment ?

Je reste coi.

– Laisse-nous faire à notre manière…

Puis il m'explique que tout est prêt pour la fête et qu'Andrea a rencontré toute une bande de jeunes.

Andy, tu vas vraiment y aller, à cette fête ?

– Fête belle, papa !

Nous dînons au bungalow de Joana, chez nous, pour ainsi dire. J'ai acheté des pâtes, trouvé une boîte de tomates et concocté une sauce honorable.

Nous bâfrons sur la véranda lorsque au loin, je vois Odisseu qui arrive, une jeune fille l'accompagne. Mince, Andrea, on a de la visite ! Nous les observons, la fille avance d'un pas décidé, le regard ardent. Voici Angelica, dit Odisseu.

Elle porte un jean délavé, une chemisette à fleurs et des sandales. Ses mains sont petites, délicates : des mains d'enfant. Mais on comprend qu'elle sait ce qu'elle veut : on grandit vite, sous ces latitudes.

Je lui serre la main et je l'invite à s'asseoir.

Angelica est venue inviter Andrea à la fête sur la plage, qui est aussi sa fête d'anniversaire, une invitation dans les règles. Elle me jauge avec une pointe de défi, Odisseu a dû lui faire part de mes hésitations, bien sûr. Je lui explique que je suis heureux qu'Andrea ait des moments de liberté, le problème n'est pas là. Mais il faut le préparer pour cela, il doit s'entraîner. Angelica me rétorque que ses amis sont des gens bien, pas des ivrognes, il n'y a aucun danger. En prononçant ce mot, elle rive ses yeux aux miens. Je me sens obligé de lui en dire un peu plus au sujet d'Andrea, elle m'écoute et paraît troublée. Odisseu a dû rester bien vague.

Andrea est à quelques pas de nous. Il s'approche, pique de petits baisers sur ses joues, lui pétrit les mains et les bras.

Une fois Odisseu et la jeune fille partis, en m'arrachant la promesse de laisser venir Andrea à la fête, je ne peux pas me retenir : Qu'est-ce que tu en dis ? Tu as vu comme ils y tiennent, à t'inviter à leur grand bal ?

Andrea serre ses bras contre sa poitrine, sans répondre.

– Et cette Angelica, tu ne la trouves pas mignonne ?

Andrea écarquille les yeux, je regrette presque ce que je viens de lui dire.

Métaux lourds

Andrea est distant. C'est tout juste s'il me regarde. Je dois insister pour lui faire faire quoi que ce soit.

Donald, le garçon canadien, passe pour nous inviter chez lui. Sa mère brûle de nous rencontrer.

On nous accueille très amicalement, toute la famille de Donald, en rang devant la porte, nous salue dès que nous apparaissons à l'orée du sentier.

Sa mère est au centre du groupe et ne cesse de nous fixer, nous entrons dans la maison et on nous fait asseoir.

Tandis que je savoure un bon café, elle cherche à établir un contact avec Andrea. Elle lui effleure la main, il se rétracte, lève les bras, me cherche du regard puis disparaît à la suite de Donald qui souhaite lui montrer sa collection de billets de banque. Il ne sait pas ce qu'il risque. Sa mère en profite pour me parler de la « chélation », un procédé censé désintoxiquer l'organisme des résidus de métaux lourds, en particulier du mercure dont la présence pourrait être liée aux vaccins.

Je soupire, je lui raconte que nous avons expérimenté cette thérapie pendant un an et demi, nous fiant à un médecin qui avait importé cette technique des États-Unis, où il y avait appris sa base théorique.

– Et donc tu n'y crois pas ? me demande-t-elle, très directe.

– Je ne sais pas trop, je n'ai constaté aucun résultat, lui dis-je, mais je ne parle que de mon point de vue, de ce que j'ai pu comprendre.

Quand nous partons, j'emporte avec moi cette phrase de la mère de Donald : si même la chélation n'a pas fonctionné, tu dois accepter le fait qu'il ne guérira jamais.

La chenille bleue ne deviendra jamais papillon ? Quelle tempête, dans ma tête.

Nuit brésilienne

Pas besoin de se mettre en frais pour la fête, ni cravate ni chemise repassée : tongs, T-shirt, et de l'énergie à revendre.

Nous voyons arriver les jeunes avec des guitares, de la bière et quelques bouteilles d'alcool. L'un d'eux allume un feu, d'autres ont apporté de quoi manger et préparent un barbecue pour y griller de la viande.

Il y a beaucoup de mouvement, mais rien de frénétique, ils sont lents et paisibles dans leur façon d'être ensemble, de se saluer et de s'embrasser.

J'ai demandé à Odisseu de me tenir compagnie et maintenant nous sommes là, assis un peu à l'écart. La musique démarre, à plein volume, et ils dansent.

J'ai confié Andrea à Angelica ; du regard, je lui ai fait comprendre que je comptais sur elle.

– Ne t'inquiète pas, me dit Odisseu.

– Andrea peut être imprévisible.

– On est là !

– C'est vrai.

– Tu crains qu'Angelica ait des idées derrière la tête ?

– Qu'est-ce que tu veux dire ?

– Qu'au Brésil, les filles ne sont pas aussi compliquées qu'en Europe. Si Andrea lui plaît...

– Si Andrea lui plaît ?

– Il se passera ce qui doit se passer, c'est naturel !

Naturel ! Un mot tout simple. Je n'ose pas avouer à Odisseu ce qui me vient à l'esprit. Je sais si peu de chose des désirs d'Andrea. Les spécialistes et les médecins conseillent la plus grande prudence face à la sexualité des personnes autistes. Peut-être cherchent-ils seulement à temporiser. En tout cas, personne n'a su me donner de conseil précis à ce sujet : que faire lorsque votre fils autiste devient un homme ? Andy, je suis démuni face à cela, mais au moins, je ne prétends pas le contraire.

Je m'efforce de respirer à fond pendant toute la soirée. De temps à autre, je vais jeter un coup d'œil : Andrea sautille avec les autres jeunes, il embrasse Angelica, par moments il reste tranquille à regarder danser la compagnie. Rien à signaler.

Il se fait tard. Angelica, suivie d'Andrea, vient me chercher. Elle me demande si elle peut dormir chez nous.

Ouh là ! J'ai un accès de confusion. Je bredouille que ça n'est pas vraiment chez nous, qu'on nous a prêté la maison. Comme si elle n'avait rien entendu, Angelica, les poings plantés sur les hanches, attend une réponse claire.

Oui, il y a de la place à la maison, lui dis-je, me doutant bien des conséquences, puis je les observe tandis qu'ils marchent côte à côte, elle lui arrive à peine à l'épaule mais elle bouge avec aisance, décontractée. Sur la pointe des pieds, Andrea avance à foulées rapides, se tournant souvent vers elle, furtif, puis il regarde distraitement le ciel. Oui, Angelica est une jeune fille gracieuse et décidée. J'entends tinter ses bracelets multicolores.

À la maison, je lui demande poliment si elle veut bien nous préparer un thé, je dois m'assurer de l'humeur d'Andrea.

– Tu veux qu'Angelica reste avec toi cette nuit ?

– Angelica tu la veux.

– Tu la veux ?

– Je la veux.
– Si elle passe la nuit ici, elle dort avec toi.
– Oui, avec toi.
– Andrea, écoute-moi, ce sera peut-être une belle nuit.
– Nuit belle, nuit belle.

Je sais que je peux me fier jusqu'à un certain point à ce qu'Andrea dit avec les mots, mais je le sens convaincu et surtout, très heureux.

Nous buvons le thé. Andrea et Angelica restent sous la véranda. À leurs voix, je dirais que l'ambiance est gaie et sans malice. Avant d'aller se coucher, ils prennent une douche ensemble : je l'entends rire, il a le cœur léger.

Ils dorment dans le même lit.

Le silence se fait.

Angelica

Elle entre sans faire de bruit dans la cuisine. Elle me dit qu'elle a plusieurs questions à me poser. Je l'invite à s'asseoir, je lui offre du café. Elle en boit une gorgée et tout de suite, sans montrer aucune gêne, me déclare qu'Andrea lui plaît. Il est beau, me dit-elle. Certes. Il a des yeux bizarres, ajoute-t-elle. Je lui demande ce qu'elle y voit et elle me répond : des nuages qui passent.

Je ne sais pas quoi lui dire, alors je me tais. Et Angelica, sans détours, de me demander si Andrea est vierge. Misère de misère ! Eh bien, à vrai dire… Il a dix-sept ans, il n'est pas insensible à la beauté féminine… Mais bon, en effet, il n'a jamais été avec une femme ! Angelica me regarde en silence. Nous attendons qu'Andrea se réveille, nous prenons le petit déjeuner ensemble puis je les accompagne à la plage.

Andrea se met à passer du temps avec d'autres personnes. D'abord Odisseu, et maintenant Angelica. Ça ne s'était pas encore produit durant ce voyage.

À quelques centaines de mètres, à l'endroit où une rivière se jette dans la mer, se trouve un restaurant, disons plutôt une charmante paillote avec une terrasse, où l'on grille du poisson tout frais pêché. Le fumet est irrésistible. Je m'informe des plats du jour : *isca de peixe* et *bobó de camarão.* Magnifique ! Je passe ma commande puis je bavarde avec le chef pendant qu'Andrea et Angelica se lancent au milieu des vagues. J'éprouve un sentiment d'euphorie. Je les appelle. En les regardant manger, je ne vois qu'un jeune couple, deux petits amoureux, c'est la première fois qu'Andrea m'apparaît sous cet angle. Pour d'autres parents, c'est sans doute tout naturel, pour moi c'est plus émouvant qu'un voyage sur la lune.

Après le repas nous accompagnons Angelica chez elle, nous convenons de nous retrouver dans la soirée. Elle me confie qu'elle a du mal à communiquer avec Andrea, elle en est triste et aimerait trouver un moyen de s'en rapprocher. Je la comprends: c'est déjà difficile pour moi, et elle le connaît si peu…

Nous voilà seuls tous les deux, Andrea est absent, absorbé par ses gestes compulsifs. Je ne capte son attention qu'avec beaucoup d'insistance. Il peine à répéter ce que je lui dis, me répondant de manière mécanique; dès qu'il le peut, il s'échappe.

– Dis-moi quelque chose de ta nouvelle amie Angelica, elle est douce?

– Douce Angelica.

– Tu aimerais qu'elle soit ta fiancée?

– Fiancée je veux.

– Tu veux parler, ou non?

– Non.

– D'accord, je respecte ta vie privée…

Je me suis donné du mal pour organiser un beau dîner, j'ai invité la marchande de glaces ainsi que Tulio, le hippie. Nous passons une soirée joyeuse. Andrea est plus présent. Il se déplace souvent, venant s'asseoir tour à tour auprès de chaque invité. On dirait qu'il écoute tout le monde. Il participe, à sa façon. Angelica n'est guère loquace. Je lui pose des questions sur sa famille mais elle ne nous révèle pas grand-chose. Lorsque nos hôtes ont pris congé, elle s'approche, se tord un peu les mains, puis me fixe en m'annonçant qu'elle désire Andrea. Elle n'attend pas ma permission, seulement des conseils sur la manière de se comporter avec lui. Je suis plutôt mal à l'aise, mais j'essaie de faire bonne figure et je lui explique à nouveau comment fonctionnent les rituels d'Andrea, les signaux qui à mon avis montrent sa nervosité.

Je les laisse en tête à tête et je retourne sur la véranda, le cœur battant à tout rompre. Quelques minutes plus tard j'entends un grand bruit. La porte s'ouvre brusquement et je vois apparaître Angelica l'œil hagard : Andrea lui a pétri la poitrine avec brutalité et l'a meurtrie, elle ne s'y attendait pas et le geste lui a fait peur. Je m'efforce de la rassurer, je vais chercher Andrea et lui dis de présenter des excuses. Il est très agité.

– Andrea, on ne caresse les filles qu'avec douceur, tu sais.

Il ne me répond rien et son regard se fait fuyant. Non, Andy, tu restes avec nous !

– On raccompagne Angelica jusqu'à sa maison ?

– À sa maison Angelica.

En regardant la jeune fille, j'ai compris que pour elle aussi, c'était la meilleure solution. Nous nous mettons en route et je la sens profondément troublée. Elle salue Andrea devant sa porte avec une voix défaite. À moins que je ne sois en train de projeter sur elle mes états d'âme, et qu'elle ne soit tout simplement un peu triste.

Nous longeons la plage, Andrea et moi, à la clarté diffuse de la lune et de son reflet sur l'eau. Nous avons besoin de nous détendre. Nous revenons vers la paillote de ce midi, à l'endroit où le ruisseau s'écoule vers l'océan. Le jeu de la lune sur le courant crée un curieux effet lumineux. Andrea voudrait le traverser mais je le retiens. Difficile d'évaluer la profondeur de cette eau argentée comme du mercure qui le fascine et qu'il caresse. Je dois le ramener de force à la maison.

Professeurs de ski

Matinée nuageuse, nous restons sous la véranda et nous grignotons des biscuits en laissant le temps glisser entre nos doigts.

Que nous arrive-t-il ? Hier encore nous courions, libres, et nous voilà ici, pris dans un tourbillon d'énergies humaines. On ne peut comprendre le monde d'Andrea d'un seul point de vue, le temps d'une seule vie. Il me faudrait renaître et vivre mille fois avant de saisir le sens de ses gestes élégants, leur mystère.

Je téléphone à Odisseu pour discuter de ce qui s'est passé hier, il préfère m'en parler face à face et me donne rendez-vous sur le banc habituel, à l'entrée de la place.

Quand nous arrivons, Odisseu suggère qu'Andrea aille rendre visite à la marchande de glaces. J'hésite un peu.

– Allez, il va bien s'amuser, insiste-t-il.

Nous nous installons, comme deux vieux amis. Odisseu me rassure : il a déjà parlé avec Angelica. La jeune fille a eu peur, mais elle a compris que le geste d'Andrea n'avait été qu'une réaction instinctive, dénuée de toute méchanceté. Il l'a trouvée plutôt tranquille.

– Mais j'imagine qu'elle ne voudra plus le revoir… dis-je avec appréhension.

– Ça, je l'ignore.

– Qui est cette Angelica, en vérité ?

Voyant mon expression, Odisseu se rembrunit.

– Angelica est une fille bien ! Qu'est-ce que tu vas t'imaginer ! Il suffit de ne pas lui dicter sa conduite.

– D'accord.

Je me lève, un peu embarrassé. Du coin de l'œil j'aperçois Andrea sur la place, poursuivi par la marchande de glaces. Il réapparaît de l'autre côté, ravi : il adore ce genre de partie de cache-cache.

En me promenant dans le village, je découvre un petit atelier de mécanique, comme ceux d'autrefois, avec des bicyclettes suspendues en attente de réparation, des monceaux de pièces de moteurs, une odeur de lubrifiant, des motos à vendre avec un panneau *comme neuves.* J'amadoue le mécanicien en devisant de Ducati et de Gilera, et il accepte de me louer une moto. Je la caresse, tout ému.

– Où nous conseillez-vous d'aller ? Il m'examine puis me répond : Trancoso, ça en vaut la peine.

À nouveau seuls, sur la route. L'esprit du voyage refait surface : une balade en moto, une halte, un plongeon et c'est reparti. La place de Trancoso est un champ fleuri ; ici, le monde n'a pas changé de décor depuis un siècle. Je bois un moka somptueux pendant qu'Andrea dévore un gâteau au chocolat.

Assis sur un banc, nous regardons les passants. Nous voyons approcher plusieurs hommes vêtus de T-shirts semblables sur lesquels est inscrit : *Professeur de ski.* Professeurs de ski ? Je ne résiste pas et je les aborde. J'apprends qu'ils sont italiens et qu'ils ont fondé le Club de ski de Porto Seguro, qui n'a rien à voir avec la montagne, ni avec la neige, encore moins avec les joyeuses descentes sur les pistes ou le sourire faux du bellâtre bronzé instruisant les dames de la haute. Pas de raquettes, mais de la solidarité.

– Veux-tu venir voir Yuri avec nous ?

Pourquoi pas ? Nous laissons la moto et grimpons dans le bus du Club de ski. Yuri est un enfant, il habite une favela.

– Veux-tu savoir quel prix a remporté Yuri ?

Merci, je vous fais confiance, je comprends à sa voix qu'il doit encore s'agir d'un crève-cœur. Nous nous faufilons entre des baraques, bois, fer et plastique, qui doivent avoir vécu plus d'un déménagement et connu plus d'une décharge.

Les favelas, m'explique un professeur, sont des endroits humains. Bien sûr, mieux vaut éviter d'exhiber sa Rolex : si tu as l'air trop riche, ils te dépouillent. Ils n'ont pas besoin qu'on leur rappelle à quel point ils sont malchanceux, ils le savent.

Nous stoppons devant la demeure de Yuri : un prodigieux amoncellement de tôles. On a beau avoir de l'imagination, on est rarement assez préparé. Le gamin est entièrement bandé. Je préfère ne pas savoir le nom de sa maladie, qu'est-ce que ça changerait ? Ils se saluent, ils nous présentent. Andrea reste derrière moi, un peu caché. Je pensais qu'ils avaient apporté des colis de secours, des vivres, des médicaments, un peu d'argent. Non, c'est le jour du grand divertissement, aujourd'hui. Les colis passent par d'autres voies. Yuri est enchanté des sketches de clowns : répliques, blagues, bourrades, hurlements pour de rire. Et les professeurs de ski se donnent à fond. Le petit rit aux larmes quand ces messieurs se mettent à imiter les comiques de la télévision. Il doit s'agir de numéros célèbres car Yuri les connaît par cœur. S'il le pouvait, il gambaderait parmi eux. Les parents sourient eux aussi, et ça ne doit pas leur arriver tous les jours.

Ils nous raccompagnent à l'endroit où nous avons garé la moto. Si j'avais encore la Harley, je me lancerais volontiers dans une virée à l'américaine, histoire de cramer quelques kilomètres d'asphalte, mais au royaume des nids-de-poule, mieux vaut ne pas y penser. Avec un soupir, nous rendons la moto au mécanicien, qui ne nous demande que quatre sous pour l'essence.

Tentations

On frappe énergiquement à la porte, j'entends aussi cogner de toutes petites mains. Je vais ouvrir et aussitôt, Tulio le hippie, deux enfants et une dame inconnue réclament Andrea.

Monsieur n'est pas à la maison, dis-je pour plaisanter. Je fais des manières : mais enfin, tout le monde le veut, ce garçon ! C'est alors qu'il surgit dans mon dos, muni d'une louche trouvée je ne sais où, avec laquelle il nous bénit. Andrea, Andrea, viens avec nous ! crient les enfants. Ils doivent préparer des étalages pour y vendre ce soir des limes à ongles, des chaussettes reprisées, des livres incomplets : tout un bric-à-brac de troisième main provenant des familles du village. On va s'amuser comme des fous, ajoute Tulio.

– Andy, tu veux aller avec Tulio ?

– Tulio beau.

– Tu y vas ?

– Oui.

J'hésite, mais Tulio connaît un peu l'italien, ils trouveront bien un moyen de se comprendre. Odisseu lui aussi sait dire une douzaine de mots : oui, non, ça va, bonjour et ce genre de choses. Je regarde Andrea partir et prendre la tête de la troupe, il file, de sa foulée aérienne et puissante. Il a une force vitale, irrésistible, qui lui est propre : sous ces latitudes où l'on marche, où le temps, morcelé, se déroule au ralenti, il pourrait avoir un autre rôle, une autre aura.

Va, me dis-je, va. Ils disparaissent. Un petit pincement au cœur, comme toujours.

Je me balade dans les environs, longeant le bord de la falaise, sans trop m'éloigner. Quand résonne l'écho d'une clochette, inquiet, je cours vers le bungalow. Je m'imagine déjà qu'Andrea, quelques centaines de mètres plus loin, s'est égaré.

Au lieu de quoi, je trouve Donald, le Canadien. Je t'ai vu hier foncer à moto, me dit-il. Un beau tas de ferraille ! Ça ne te plairait pas une vraie virée sur deux roues dignes de ce nom ?

– C'est que j'en ai fait, vois-tu, de la route, en Amérique du Nord…

– Oh, rouler là-bas c'est comme emprunter un escalator. Au Brésil il y a de ces routes qui te sonnent pire que Mohamed Ali.

– Elles n'ont jamais vu mon jeu de jambes.

– Alors je te lance un défi. Viens avec moi à Cumuruxatiba, au programme : forêt majestueuse, villa dessinée par un type trop influencé par les Beatles, passages vicieux entre fleuves et plages qui apparaissent et disparaissent à toute vitesse…

– Comment ça, à toute vitesse ?

– Tu lèves les yeux et tu as déjà les pieds mouillés.

Cent cinquante kilomètres, on part demain matin et on sera de retour dans la soirée.

– Et Andrea ?

– On va piloter des motos hors route, ça ne serait pas une partie de plaisir pour lui, me répond Donald.

L'aventure me tente, mais sans Andrea…

– Il restera avec Odisseu et les autres, pas de problème.

– Je l'abandonne.

– Mais bien sûr que non, une demi-journée…

Cumuruxatiba

Je me lève très tôt et un peu angoissé, j'écoute la respiration régulière d'Andrea. Il doit être bien calme, sans quoi il serait déjà debout et suivrait ces parcours qu'il est le seul à voir, grâce à ses capteurs à infra-je-ne-sais-quoi, ceux qui lui servent à repérer les sentiers des fourmis et de la poussière de lune. Je le réveille avec douceur pour lui expliquer une fois encore que je serai absent toute la journée. Ça fait un bail que je ne me suis pas éloigné d'Andrea plus de quelques heures. J'attends Odisseu, qui a accepté de veiller sur lui. Quand il me voit, il comprend aussitôt l'état dans lequel je suis, et il éclate de rire.

– Quand tu rentreras ce soir, tu verras que je ne l'ai pas démonté et revendu, je te le rendrai tel quel !

Andrea reste au lit, je ne sais pas si c'est pour manifester sa désapprobation au sujet de ce petit abandon. Je lui ai demandé plusieurs fois si je pouvais y aller et il m'a répété que oui.

Donald m'a conseillé de ne pas charger mon sac de choses inutiles. Une bouteille d'eau, un T-shirt et un K-way, on ne sait jamais.

Nous partons doucement. Donald me précède et sans tarder, il met les gaz, pour me pousser à accélérer. La piste que nous empruntons au bout de quelques dizaines de kilomètres se fait bientôt plus étroite et s'enfonce au cœur de la végétation, où toute trace de présence humaine disparaît.

Nous émergeons dans la lumière aux environs d'un fleuve et nous tournons à la recherche d'une embarcation qui puisse nous transporter, nos engins et nous, sur l'autre rive. Des bateliers indiens, menus et silencieux, surgissent de nulle part. Les motos chargées, nous nous accroupissons. Avant de débarquer, nous payons quelque chose, la pirogue repart, s'éloigne et disparaît. Nous longeons un village avant de piquer de nouveau droit sur l'océan. Nous suivons un moment la plage, nous franchissons un ruisseau discret, puis nous replongeons dans la forêt. Plantes et arbustes nous fouettent les jambes pendant plus de deux heures et soudain, au bout d'un chemin de traverse, apparaît un splendide bâtiment blanc, un phare dressé face à l'océan, et Donald me fait signe que nous sommes arrivés.

Ses amis nous attendaient. Il me les présente : deux architectes de renom, un publicitaire et une riche Canadienne, amie de sa mère. Avant de nous faire visiter la maison, ils nous emmènent sur la falaise et nous laissent nous en mettre plein les yeux ; l'immensité nous aspire, on jurerait voir l'Afrique du Sud.

Quel drôle d'effet, pour moi, de me retrouver là sans Andrea, de pouvoir lâcher un peu prise.

Donald est tout à fait à son aise en compagnie de nos hôtes de la villa. Moi je commence à regarder l'heure, d'après le temps qu'il nous a fallu pour arriver, nous devrons bientôt nous remettre en route. Mais Donald ne semble pas s'en inquiéter. Il ne cesse de relancer la conversation et, lorsque la maîtresse de maison nous offre l'hospitalité pour la nuit, ouvre les bras comme pour dire : si cela ne vous pose pas de problème…

– Il y a un petit problème, dis-je, mon fils est resté à Arraial et je ne voudrais pas le laisser tout seul.

– Quel âge a-t-il ? demande la femme, surprise.
– Dix-sept ans.
– Mon cher, à dix-sept ans on a besoin de tout excepté de rester avec ses parents !

Donald tente d'intervenir, comprenant que cette réponse m'est extrêmement pénible. Bien sûr, la dame ignore tout de l'état d'Andrea et je ne peux pas lui reprocher de ne pas lire dans mes pensées, ni de n'avoir pas perçu le léger tremblement de ma voix. J'essaie de me calmer, c'est mon sentiment de culpabilité qui m'irrite, je le sais, je n'aurais pas dû venir, voilà tout. Moi je rentre, dis-je à Donald.

– Mais non, restez dormir chez nous, insiste la Canadienne. Ici, la nuit, la Voie lactée apparaît dans toute sa splendeur, on a l'impression de tutoyer l'Univers. Ne vous inquiétez pas pour votre fils, passez-lui un coup de fil et vous verrez qu'il vous pardonnera cette escapade.

Un coup de fil…

Je regarde Donald droit dans les yeux : je m'en vais. La compagnie me trouve grossier, ça se voit. Donald est embarrassé. Je ramasse mon sac et je prends congé.

J'enfourche ma moto. Donald approche la sienne, bricole je ne sais quoi, vérifie le niveau d'essence. Attends ! hurle-t-il, mais je suis déjà parti. J'accélère, je voudrais que la piste défile en un éclair et qu'Arraial soit derrière le prochain virage. La jungle m'entoure à nouveau, la lumière a changé, j'essaie de retrouver des points de repère, mais une cinquantaine de kilomètres plus loin, j'ai l'impression d'être bel et bien perdu. Les arbres m'ont l'air plus grands qu'à l'aller, des nuées d'oiseaux se lèvent devant moi. L'arrivée d'une carriole traînée par une mule me redonne espoir, mais quand je lui demande la route d'Arraial, le garçon qui la conduit hausse les épaules comme pour dire : jamais entendu parler. Il stoppe la carriole et en descend, il réfléchit et me suggère de retourner à Cumuruxatiba, d'où je suis venu. Il ignore également de quel côté se trouve l'océan, il sourit, désolé.

J'appuie la moto contre un arbre et je regarde autour de moi, immobile. Je ne vois rien mais je comprends beaucoup de choses. Que toute cette hâte et cette angoisse n'ont aucun sens. Nous avons fait un long voyage. Nous aurions pu nous égarer, rester piégés Dieu sait où. Et nous sommes ici. Avec les mêmes questions, et des réponses éparpillées dans chacune de nos poches.

Je remonte sur la moto, je vais me laisser guider par mon instinct, tout simplement, sans paniquer.

L'après-midi est bien avancée, Arraial se trouve forcément quelque part.

Au croisement de deux routes blanches : un kiosque. Je demande à boire, l'homme qui me tend la tasse connaît Arraial et me confirme que je roule dans la bonne direction, je devrais y être dans deux ou trois heures. Je le paie, soulagé. Je crois reconnaître les lieux, deux ou trois kilomètres plus loin, la route longe l'océan, je suis la plage. Le ruisseau franchi à l'aller a grossi, peut-être une histoire de marées. Je ne tenterai pas de le traverser. Je suis inquiet. Un bruit. Ce bruit que par moments, j'ai cru entendre dans la forêt, derrière moi. C'est la moto de Donald, qui m'a suivi : une escorte pour le fugitif énervé.

– Tu vois ce qui arrive quand on n'en fait qu'à sa tête ? Il faut connaître l'horaire des marées, sinon on reste bloqué.

– C'est bon. Et maintenant ?

Il faut rebrousser chemin, suivre une autre route.

– On arrivera à Arraial avant la nuit ?

– On va essayer, répond Donald.

Nous repartons mais peu après, un orage terrible s'abat sur nous. Je n'ai même pas le courage d'enfiler mon K-way.

Nous cherchons refuge dans une maisonnette au bord de la route, si colorée qu'on la distingue malgré le rideau épais de la pluie torrentielle. Des fenêtres émane la lueur ténue mais à nulle autre pareille de la télévision. Nous sonnons, frigorifiés, une femme ouvre la porte et nous invite aussitôt à entrer. L'intérieur est tout aussi gai, avec des murs de teintes différentes, de jolis bibelots, et une ribambelle d'enfants. Avec une douce autorité, la femme nous fait asseoir sur une banquette, derrière la troupe des gamins tous massés en silence devant une telenovela. Dehors, la tempête fait rage. Hypnotisés par le feuilleton, les enfants s'endorment les uns après les autres: sur le divan, par terre ou sur la table, tombés au front télévisuel, ils ne se relèveront pas. Orage et telenovela prennent fin presque en même temps, synchrones. Il fait nuit, la matrone nous regarde en secouant la tête: impensable de repartir. Comprenant mon désarroi, Donald jure.

– Odisseu est un brave homme, crois-moi, tu peux lui faire confiance.

– Mais c'est la première nuit qu'il passe avec des étrangers.

– Odisseu n'est pas n'importe quel étranger.

J'écarte les bras, je lève les yeux au ciel et je dis: Allez, Andy, tu en as traversé, des nuits sans lune. Tu t'en es toujours bien sorti.

Nous sommes éreintés et nos jambes sont en feu, les coups de fouet des plantes se rappellent à nous. La femme pose devant nous une bouteille de cachaça pour nous désinfecter. Donald commence par en boire une lampée. Nous ôtons nos pantalons et nettoyons nos écorchures, rouges et gonflées, avec l'alcool: c'est à hurler, mais les enfants dorment...

Voilà pour notre punition, en plus de ça, nous dormirons à même le sol.

Si ça se trouve, Andrea passe une meilleure nuit que moi.

Romantique

Les telenovelas ont le pouvoir de la fleur de pavot, nous ouvrons les yeux en même temps que les enfants, restés en catalepsie depuis la veille. La matrone nous distille un café prodigieux qui nous galvanise le corps et l'esprit.

L'orage a transformé les nids-de-poule en mares de boue, nous avançons lentement. Arraial est encore loin. La forêt goutte et crache, elle lave et croule. Nous sommes trempés jusqu'aux os, nos plaies, malgré la cachaça, sont en feu. Même Donald, pourtant jeune et vigoureux, a l'air de souffrir. Nous nous arrêtons tous les dix kilomètres, épuisés.

Après une pause, ma moto ne redémarre pas et je commence à penser que le destin complote pour me retenir loin d'Andrea. Donald se débat avec le moteur, il nettoie, fait des essais, puis pense au carburant, à Dieu sait quels résidus. Il arrête une voiture qui passe et demande s'il y a une pompe dans les environs. Il part à la recherche d'essence de bonne qualité.

Nous ne reprenons la route que dans l'après-midi, Donald a dû chercher longtemps avant de trouver une pompe. Nous arrivons à Arraial au crépuscule. Nous rendons les motos, Donald me frappe gentiment l'épaule.

– Jamais plus ? demande-t-il.

Je ne suis pas en colère contre lui, je l'embrasse et je vais chercher Andrea.

Odisseu n'est pas surpris de ce retard, encore moins fâché. Tout s'est bien passé avec ton fils, me dit-il. Il est resté chez moi, il a déplacé toutes les boîtes qu'il a pu trouver. Et rangé les ciseaux, tous les couteaux de la cuisine, et les savates que j'avais laissées traîner partout. Naturellement, il a laissé le frigo grand ouvert.

– Il est allé aux toilettes ?

Je pense aux aspects concrets.

– Ah ça, je n'ai pas vérifié ! Viens plutôt voir ce qu'il a fabriqué…

J'espère qu'il ne s'agit pas d'une bêtise, mais Odisseu a l'air admiratif, et mes craintes font long feu. Il m'entraîne au pas de course jusqu'au bâtiment où sont organisées les fêtes. De loin, j'aperçois de petits groupes de personnes tournant autour, les murs semblent vibrer d'une sorte de phosphorescence brillante.

Je reconnais aussitôt les compositions chromatiques d'Andrea. Il a recouvert presque toute la surface de ses mots : blanc de chaux, jaune de chrome et vert bouteille.

C'est une idée d'Angelica, me raconte Odisseu. Elle a envoyé Tulio chez Perpetuo, celui qui peignait les maisons, autrefois. Il doit bien avoir des restes de peinture, lui a-t-elle dit, s'il n'a pas oublié les pots au soleil, auquel cas elle sera vieille et desséchée tout comme lui. Et Perpetuo avait bien des fonds de pots, un bon nombre, et il n'en faisait plus rien parce que ayant usé tous ses pinceaux, il a cessé de peindre les façades du village.

– Ton fils est un artiste ! s'exclame Odisseu en applaudissant.

– Et où est-il ?

– Parti se promener avec Angelica. Ils ont dormi ensemble cette nuit. Ils vont bien finir par rentrer.

– Comment ça, ils ont dormi ensemble ?

– Chez moi. Tout va bien. Pas de problème.

– Attends, pas de problème, c'est-à-dire ?

– Ils ont dormi, ils se sont levés, ils sont partis se promener…

Il fait presque nuit, mieux vaut aller à leur rencontre. Nous ne les trouvons pas, ils ne sont pas non plus au bungalow. Peut-être se sont-ils arrêtés quelque part pour manger. Nous retournons sur la place, aucune trace d'eux dans les bars du quartier. Rien. Alors je m'inquiète. Odisseu s'inquiète. Mais où peuvent-ils bien être ?

Aucune idée. Andrea aime beaucoup la plage, même de nuit.

– Ah non ! s'écrie Odisseu. La plage est dangereuse, la nuit, pour deux jeunes tout seuls.

Le ton de sa voix me glace les sangs en un éclair et l'instant d'après, nous courons tous les deux vers la plage, en proie à la panique. Dans des moments comme celui-là, saturés d'adrénaline, on pense au pire : enlèvement, homicide, trafic d'organes. Je m'arrête pour reprendre mon souffle et je me souviens qu'avec Andrea, l'autre soir, nous avons poussé jusqu'à cette rivière qui se jette dans la mer. Il adore cet endroit, il l'a forcément fixé dans sa mémoire. J'explique tout ça à Odisseu et nous repartons en courant, hors d'haleine. La lune est splendide ; Andrea et Angelica sont face à face, elle l'enlace et lui, il tient son visage entre ses mains. Ils s'embrassent, en se regardant comme deux amoureux. Ils le sont peut-être, à ce moment précis. Les larmes me montent aux yeux.

– Tout va bien ?

– *É tão bom aqui com a lua*, dit Angelica.

La peur s'est envolée d'un seul coup. Andrea court à ma rencontre. Je le prends dans mes bras, je le sens frémissant et plein d'énergie. Angelica dit qu'Andrea l'a prise par la main et entraînée vers cet endroit magnifique.

Bravo Andy, tu es un romantique qui sait où emmener les filles. Nous rentrons tous ensemble, en plaisantant et en riant.

Angelica et Andrea marchent devant moi. J'ai l'impression de planer.

Terriens

Ce sont mes jambes qui me forcent à ouvrir les yeux à la lumière du jour. Elles brûlent et elles s'en plaignent, mes bras aussi sont douloureux, après la conduite hors route, sur la plage. Je sors du lit, plié en deux, impossible de me tenir droit : j'ai encaissé deux rudes secousses sur d'énormes nids-de-poule profonds comme des gouffres. Les nids-de-poule du Brésil sont du genre généreux, ils ont même un effet retard.

Mais la bonne humeur me revigore, je m'allonge et m'étire comme un chat, et je reprends du poil de la bête. Je me mets à sautiller. Et c'est en sautillant, d'un pied sur l'autre, que je rejoins le lit d'Andrea pour constater qu'il n'y est plus. Je cesse ma petite danse, et je regarde autour de moi.

Il a mangé quelque chose, la porte du bungalow est entrouverte. Il doit être tard, le sommeil m'a terrassé parce que j'étais ivre de bonnes sensations.

Je jette un coup d'œil dehors : le ciel est nuageux. Je frissonne, pourtant je n'ai pas froid, et je ne suis pas inquiet non plus. J'ai rêvé tant de fois que sa chambre était vide et que c'était simplement parce que tout allait bien. Il est guéri, me disais-je, voilà, ça n'était rien, c'est passé.

Le téléphone sonne pendant que je m'habille. C'est l'agence. On me propose un vol pour rentrer, dans deux jours. Un soupir m'échappe, l'employée me demande si tout va bien.

Je lui réponds que dans deux jours, c'est parfait.

Andrea est immobile parmi les plantes, à quelques pas. Me voyant, il s'approche.

– Andrea, on rentre à la maison.

Il ne dit rien, il se tient le bras, en souriant.

Nous partons vers la plage. Quand il aperçoit Angelica, Andrea se lance. Sa joie est palpable : c'est tellement fort de le voir comme ça. Je les laisse seuls.

Je rejoins Odisseu au restaurant, il prend son courage à deux mains et m'avoue qu'il a promis à Angelica de lui laisser la maison ce soir.

– Elle veut rester toute seule avec Andrea ?

– Ça veut dire qu'elle a confiance en lui.

Je souffle. Allez, me dit Odisseu, ne fais pas cette tête. Tu te rends compte qu'Angelica a demandé à Tulio de lui traduire des phrases en italien pour mieux se faire comprendre de ton fils ? N'est-ce pas mignon ?

– Quelles phrases ?

– Des trucs du genre : « écoute-moi, je peux parler avec toi ? », « tu m'accordes un peu d'attention ? », « laisse-toi embrasser », « laisse-moi te caresser ». Ne t'inquiète pas. Si ça se trouve ils vont s'embrasser, comme ils l'ont déjà fait, ou bien ils dormiront comme deux enfants. Ou alors ils vont regarder un film.

Odisseu éclate d'un rire d'ogre.

– Et ça te fait rire ? Tu sais ce que j'avais décidé en rentrant de Cumuruxatiba ? J'avais décidé de parler à Angelica de manière explicite… J'étais prêt à la payer, peu importe combien. Tu comprends Odisseu ? J'allais le faire. Je n'en ai même pas honte ! Je me sens nul, mais je l'aurais fait.

– Allez, me répond Odisseu, ne te prends pas la tête maintenant. Laissons faire la vie, qui sait ce qu'elle a à faire.

– Ils peuvent aussi aller au bungalow de Joana, alors ?

– Mais oui, pourquoi pas. Et toi et moi on ira zoner, comme deux imbéciles.

Je m'offre un café, sur la petite place d'Arraial. Un café tout seul, rien que pour moi.

Je me demande si Andrea pourra faire l'amour avec une fille, découvrir sa sexualité et la considérer comme une source d'enrichissement, sinon de bonheur. Personne ne dispose d'une carte permettant d'éviter les erreurs. On nous dit que le sexe n'intéresse pas beaucoup les enfants autistes, que cela implique un rapport à l'autre trop intime. Quelqu'un aura reçu une lettre envoyée de leur monde qui disait : le corps et le sexe ne nous intéressent pas, ce qui nous plaît, ce sont les nombres premiers, les tableaux abstraits, et aussi de compter les cure-dents. Je ne détiens pas la vérité, mais il me suffit d'observer Andrea pour comprendre qu'il a des pulsions et des désirs. Quand on évoque ce genre de sujet, un certain sourire se dessine sur son visage et ne s'en va plus.

Je passe l'après-midi avec lui. Je scrute le moindre de ses gestes. Il n'a pas l'air tendu, je lui ai connu des jours plus tourmentés. Il a écouté un peu de musique sur son Ipod, puis il s'est baladé autour du bungalow, examinant le monde à travers le microscope de son esprit. Je cherche dans mes affaires son dernier écrit.

TU ES PLUTÔT HEUREUX OU PLUTÔT TRISTE ?

Heureux

ET TOUTES CES CHOSES QUE L'AUTISME T'EMPÊCHE DE FAIRE, ÇA NE TE REND PAS TRISTE ?

Autisme c'est monde parallèle, je dois apprendre être terrien.

PARCE QUE TOI… TU N'ES PAS UN TERRIEN ?

Terrien j'apprends à devenir

Puis je le déchire, en tout petits morceaux.

Nous laissons Andrea et Angelica assis sur un banc de la place. Odisseu et moi nous promenons dans Arraial comme si nous étions dans un de ces villages de mon enfance. Celui où nous avons grandi, peuplé de gens qui nous servaient de modèles, qui nous faisaient fantasmer et nous donnaient des leçons de vie, parfois les exemples étaient du genre à ne pas suivre, mais ils nous étaient utiles. Nous apprenions en écoutant et en regardant, car les personnages ne manquaient pas.

Il m'arrive de penser qu'ils se font de plus en plus rares.

Nous marchons vers la falaise. Odisseu a pris avec lui une glacière avec de la bière et de la cachaça, au cas où. Je lui dis que la cachaça est un vrai tord-boyaux, il a l'air tout à fait insensible à ma réserve. Nous allons nous caler derrière un muret, nous y posons la glacière et puis nos fesses, comme deux imbéciles. Je jette un coup d'œil à la maison, à une cinquantaine de mètres de là. Moi je regarde les savates d'Odisseu, et lui, la tête que je fais. J'ai peur qu'il lise sur mon visage un mélange de crainte et d'espoir. La princesse embrassera le crapaud, et il se transformera: comme c'est mignon, et j'ouvre une première canette de bière.

Nous les voyons arriver, Andrea devant et elle, légère et vigilante, derrière. Il s'arrête, se retourne, la cherche du regard, s'éloigne, elle lui effleure la main, avance, ouvre la route.

Dans le bungalow de Joana, une lumière s'allume et les murs les cachent à notre vue.

Je bois une gorgée de bière, elle n'a aucun goût.

– Tu sais, Odisseu, avec certaines personnes, la vie s'est emmêlé les pinceaux au dernier moment.

– De quelle manière ?

– Elle a loupé une virgule et mis un point là où il n'en fallait pas. Elle a oublié un œil, une oreille, un peu de cervelle, une main, elle s'est embrouillée, elle s'est arrêtée un millimètre avant. De tout petits manquements, au regard de tout ce que la vie doit faire.

– C'est sûr.

– Tu sais de quoi je rêve ?

– Non.

– D'une taxe. Et si toute l'équipe des humains se cotisait afin d'affronter les désordres de la vie. Il ne s'agit pas d'argent, mais de civilisation. Parce que ça peut arriver à n'importe qui, c'est une loterie, à ce détail près que c'est la défaite qu'on partagerait, pas la victoire. La victoire, ceux qui la remportent en profitent, c'est juste, mais la défaite, c'est un fardeau que tout le monde devrait supporter en partie.

– C'est un rêve.

– Irréalisable, tu crois ?

Odisseu saisit la bouteille de cachaça, la contemple comme s'il lui demandait son avis, avant de s'en envoyer une bonne lampée.

– Je ne sais pas trop, dit-il ensuite.

– Ça n'arrivera jamais ?

– Qui peut le dire ?

– Si on est les seuls à y croire… Non.

– C'est bien le problème.

Nous distinguons des mouvements sous la véranda : Andrea et Angelica viennent s'y asseoir quelques minutes, enlacés. Ils rentrent. Après quoi Andrea sort en courant et se dirige vers nous. Je voudrais lui crier qu'il n'est pas forcé de faire quoi que ce soit, seulement ce dont il a envie. Je voudrais lui dire qu'il est fort, je le pense vraiment, je voudrais lui donner confiance. Je murmure, tout bas, que je l'aime.

Andrea passe devant le muret sans nous voir, il s'arrête un peu plus bas, se retourne, lève le bras et effleure la lune, puis il rentre. Angelica est restée sous la véranda, à l'observer.

Mon Dieu, Andy, quelle nuit tu vas passer… Et comme elle va être longue, pour moi. L'émotion que j'éprouve est indescriptible, rien à voir avec ma première fois !

Une lumière s'allume, puis s'éteint. Plus rien. En un instant, j'oublie tout ce que j'ai étudié et un peu appris sur l'autisme. Parce qu'on s'informe, on voudrait comprendre, on compare les expériences, espérant que les choses avancent, que les recherches se poursuivent, imaginez que tous les scientifiques du monde s'attèlent à la tâche et un beau jour, la vie sonne à votre porte et vous propose une solution. Mais ici, maintenant, un peu de silence suffit, un peu de magie, afin que le cœur trouve un instant de répit.

Bien calés contre notre muret, nous buvons sans vergogne bière et cachaça. Il souffle un vent à décorner les bœufs.

Bonne nuit, Andy, et bon voyage.

La lettre

Odisseu s'est assoupi, affalé contre le muret. Puis il s'est réveillé, et s'est levé pour rentrer chez lui. Tu veux venir à la maison ? Je me suis levé à mon tour, sans un mot, je lui ai fait un vague signe avant d'entrer dans le bungalow, en essayant de ne pas faire de bruit. Silence et obscurité. Je me suis faufilé dans ma chambre. J'ai pris une torche électrique et éclairé la lettre de Joana, sur la petite commode. Le restant de la nuit, je l'ai passé à recoller les derniers lambeaux de papier. Le restant de la nuit, j'ai lu ces mots :

Chère Roxana,

On a souvent dû te dire que tu n'avais pas de chance de faire partie d'une famille de femmes seules. Bon, ça peut sembler juste, à première vue. Ton arrière-grand-mère, quand elle a cessé de se plaire, s'est enfermée chez elle et n'a plus voulu voir personne. Ta mère n'a désiré qu'un seul homme, même si ça n'était pas le bon, et moi j'en ai eu trop et je n'ai pas su les quitter. Mais tout cela n'a rien à voir avec la malchance ni avec la solitude. Est malchanceux celui qui trébuche et rate l'autobus, ou se prend une branche sur le crâne en passant sous un arbre. Quand il t'arrive des choses importantes, même si c'est douloureux, ça n'est pas de la malchance : c'est ta vie, tu dois faire avec, et aller de l'avant du mieux que tu le peux. Pour ce qui est de la solitude, ne te laisse pas effrayer par ce mot. Une femme ne peut pas souffrir de la solitude, je n'en ai jamais souffert moi-même, parce que tu peux toujours ouvrir une fenêtre et respirer l'air frais, observer un chat en équilibre sur une corniche, te passer la main dans les cheveux, rêver les yeux ouverts à tout ce que tu désires. La solitude, c'est quand tu manques d'air, quand tu as l'impression que rien ne change et que tu fais le même rêve toutes les nuits. Ça n'est donc pas parce que je me sens seule que je t'écris. Je t'écris, et j'aimerais te parler, pour que tu comprennes que tu n'es pas seule. Pour éloigner de toi cette idée fausse. Si tu t'aimes toi-même, tu aimes la vie et la vie ne nous laisse jamais seuls. Fatigués, parfois, mais jamais seuls.

Joana, la mère de ta mère.

S'aimer, me suis-je répété. Est-ce qu'Andrea arrive à bien s'aimer ?

Dans la cuisine, je prépare le petit déjeuner avec des précautions d'agent secret. Je visse la cafetière comme si c'était le silencieux d'un pistolet.

Angelica fait son apparition, elle ne dit rien, sinon qu'elle veut du lait. Pendant que je le fais chauffer, malgré moi, je l'interroge du regard. Elle dispose soigneusement une tasse, une cuillère et une serviette sur la table. C'est plus fort que moi. Comment ça s'est passé ?

Angelica touille lentement son lait, c'en est presque agaçant. Après un long silence, elle me dit que connaître Andrea a été une belle expérience. Elle me regarde avec des yeux limpides. Je brûle de lui poser des questions auxquelles Andrea ne répondra jamais, mais je me ressaisis avant d'aller trop loin et d'ailleurs, ça n'a pas tellement d'importance.

– Nous partons cette nuit.

– Odisseu me l'a dit.

– Nous reviendrons, peut-être…

Je cherche mes mots. J'entends du bruit, Andrea s'est levé, il est allé aux toilettes et il a dû faire tomber quelque chose. Je l'appelle.

Andrea observe Angelica, l'air bizarre et le regard interrogateur. Andrea, on dit au revoir à Angelica ? Tu veux lui laisser un souvenir ?

– Souvenir pour Angelica.

– Qu'est-ce que tu veux lui laisser ?

– Un souvenir.

– Ton bracelet, ça ira ?

– Ça ira.

Je l'aide à l'ôter et à l'attacher au poignet d'Angelica. Elle le regarde un long moment.

– Andrea, tu accompagnes Angelica jusqu'à la grille ?

Cet instant-là leur appartient.

Je reste assis, immobile. Si ces adieux me sont pénibles, Andrea la saluera peut-être comme on se salue tous les jours, sans manifester d'émotion.

En apparence.

Demain

La journée dure une minute, ou cent heures, je ne sais plus. Nous commençons à faire les bagages. J'insiste pour qu'Andrea m'aide à remplir nos sacs, désormais historiques. Lorsque nous avons terminé, nous restons sous la véranda, le temps est couvert. Je lui demande comment il envisage le voyage, le retour à la maison, les retrouvailles avec sa mère, son frère et Filippo, notre chien volant. Andrea est très attentif et j'ai le sentiment d'un véritable dialogue.

Derniers adieux, dernier repas concocté par Odisseu qui ensuite nous accompagne à l'aéroport. Retard de quatre heures. Demain, chez nous.

J'ignore pourquoi, quelques nuages assombrissent mes pensées. Est-ce à cause des turbulences tout à l'heure, causées par des trous d'air ? Certains soucis, bien rangés tout en haut du placard, viennent de tomber.

Une chose est sûre : la mère d'Andrea et moi, un jour, nous ne serons plus là. En conséquence de quoi, Andrea restera seul une trentaine d'années au moins. Sur cette terre. Dans sa tribu indienne, sa réserve. Sain, robuste et beau comme je le vois, j'imagine qu'il vivra sans problème jusqu'à cent ans.

Il est possible qu'alors, les choses étant ce qu'elles sont, Andrea traîne son existence enfermé dans une institution : réfectoire, règlement, médicaments. Sans relations vraies.

Plongé dans une solitude qui viendra s'ajouter à la sienne. J'ai du mal à me faire une raison. Pour l'instant j'ai assez d'énergie, et j'arrive à faire tourner ma vie autour de la sienne. Mais le temps n'est pas notre allié, et le jour où Andrea parviendra soudain à conjuguer son univers avec le nôtre ne viendra pas. Un jour où, me trouvant assis sur un banc, il s'approcherait en tapinois, avec ce sourire qu'il a, pour me dire : c'est bon, papa, tu peux aller où tu veux maintenant, je m'en sors tout seul...

Je comprends les terribles pensées qui submergent certains pères et les entraînent dans un tourbillon destructeur quand ils voient leurs enfants osciller au bord de l'abîme. Moi aussi, je pense à la mort. Sans tristesse. En ce qui me concerne, je pourrais mourir aujourd'hui, ma vie est déjà bien remplie : travail, voyages, amour, amis, satisfactions, aventures et mésaventures. Je suis prêt. Mais je pense à lui : est-ce vivre que d'être enfermé dans l'autisme et entre les murs d'une institution, dans un désert affectif, pendant des dizaines d'années ?

D'instinct me vient l'idée terrible et peut-être très égoïste de l'emmener avec moi quand ce sera le moment. Nous ferons une grande fête, un témoignage de regrets éternels. Au revoir tout le monde. Andrea arrachera les feuilles des plantes qui décoreront la salle, il touchera le ventre des invités et nous boirons un dernier verre. Nous ferons voler dans le ciel des théories de bulles, montgolfières d'eau et de savon, nous allumerons des feux d'artifice qui éclipseront les étoiles.

Ne resteront que les petits morceaux de papier, ces pages déchirées qu'Andrea sème partout, comme s'il voulait marquer le chemin qui mène au paradis.

Mettons cela sur le compte des trous d'air, ou de la fin du voyage. Du simple fait que la vie est belle, et complexe.

Ou peut-être est-ce parce que nous en savons si peu, et qu'imaginer, le pire comme le meilleur, nous aide à avancer.

Jusqu'au lendemain.

Cet ouvrage a été achevé d'imprimer en janvier 2014
dans les ateliers de Normandie Roto Impression s.a.s.
61250 Lonrai
N° d'imprimeur : 135002
Dépôt légal : février 2014

Imprimé en France

Cet ouvrage a été achevé d'imprimer [illegible]
dans les ateliers de Normandie Roto Impression s.a.s.
61250 Lonrai
N° d'impression : [illegible]
Dépôt légal : février 2008

Imprimé en France